民國文化與文學 研究文叢

十七編

李 怡 主編

第 5 冊

延安文藝教育研究（1936～1949）（上）

翟 二 猛 著

國家圖書館出版品預行編目資料

延安文藝教育研究（1936～1949）（上）／翟二猛 著 -- 初版
-- 新北市：花木蘭文化事業有限公司，2024〔民 113〕
目 2+164 面；19×26 公分
（民國文化與文學研究文叢 十七編；第 5 冊）
ISBN 978-626-344-845-2（精裝）
1.CST：文學 2.CST：文藝思潮 3.CST：文學思想史
4.CST：教育史
820.9   113009391

ISBN-978-626-344-845-2

9 786263 448452

民國文化與文學研究文叢
十七編　第 五 冊　　　　　　　　ISBN：978-626-344-845-2

延安文藝教育研究（1936～1949）（上）

作　　者　翟二猛
主　　編　李 怡
企　　劃　四川大學中國詩歌研究院
總 編 輯　杜潔祥
副總編輯　楊嘉樂
編輯主任　許郁翎
編　　輯　潘玟靜、蔡正宣　美術編輯　陳逸婷
出　　版　花木蘭文化事業有限公司
發 行 人　高小娟
聯絡地址　235 新北市中和區中安街七二號十三樓
　　　　　電話：02-2923-1455／傳真：02-2923-1452
網　　址　http://www.huamulan.tw 信箱 service@huamulans.com
印　　刷　普羅文化出版廣告事業
初　　版　2024 年 9 月
定　　價　十七編 11 冊（精裝）台幣 28,000 元　　版權所有 · 請勿翻印

延安文藝教育研究（1936～1949）（上）

翟二猛 著

作者簡介

翟二猛，河北保定人，文學博士，中國語言文學博士後，西南大學副教授。主要從事文學教育與中國現代文學、延安文藝、國際中文教育研究，發表論文十餘篇，著有《延安文藝檔案·延安作家》《現代中國文學與文學教育研究》《陝甘寧邊區文學教育研究》《延安文藝報刊匯輯述略》等，主持國家社科基金項目一項（結項等級良好）、重慶市博士後研究特別資助項目一項，獲陝西省哲學社會科學優秀成果二等獎一項。

提　　要

　　《延安文藝教育研究》基於現代中國的文學想像與文化變遷，聚焦於全民抗戰背景下延安這一地域內展開的文學教育活動，對延安文藝教育的發生、發展及其演變過程中，在理論探索、教育教學模式、教學實踐與調整、教育實績等方面的歷史境況與表現進行系統考察與整理，旨在橫向揭示延安文藝教育生成與演變的歷史語境，縱向深度挖掘延安文藝教育的歷史經驗，全方面論述延安文藝教育對於現代中國文學及當代中國文化的深刻影響。

　　本書對延安文藝教育的整體觀照，始終基於它誕生於中國共產黨領導的革命戰爭這一基本史實。簡言之，是「革命需要文學教育」催生了延安文藝教育。為了理清這一文化邏輯，本書從兩條歷史線索上把握和歸納延安文藝教育。其一是在近代以來擺脫精神困境的文化創造期待裏，延安提出建構「中國作風」「中國氣派」，能夠充分發掘作為弱小民族之一的中國人的內在經驗，並基於這種內在經驗建構自己的批判性資源。其二是在西方主導的「現代化」推進下，人類認知結構逐漸發生分化，現代文學教育是這種知識更迭和分化的自然結果，文學教育成為一種知識生產。

本書係作者主持的國家社科基金青年項目「延安時期的文藝教育研究（1936～1949）」（17CZW047）的最終成果

答范玲問：「文史對話」的文學立場
——《民國文化與文學研究文叢‧十七編》代序

李 怡

一、「文史對話」的歷史來源

范玲（以下簡稱「范」）：李老師您好，八年前您曾以「文史對話」替換「文化研究」這一概念，並用以指涉新時期以來中國現當代文學研究界逐漸興起的某種研究趨向。〔註1〕我注意到，您在當時的討論中傾向於將「歷史」「文化」視為一個詞組而並未對二者作出明確的區分。請問這樣一種處理是否有特別的原因？

李怡：（以下簡稱「李」）：從 1980 年代到 1990 年代，一直到新世紀的今天，文學研究實質上一直在試圖走出「純文學」的視野，希望在更廣大的社會文化領域開闢新的可能性。但與此同時，中國之外的西方文學世界也正在發生一個重大的變化，也就是我們今天看到的所謂「文化研究」的興起。這一研究趨向也在這個時候開始逐漸在我們的學術領域裏產生重要的影響，不僅文學研究界，歷史學界也在發生著重要的變化。

文學界的變化就是越來越強調從歷史文獻中尋覓文學的意義解讀，而不是對文學理論的某種依賴。這裡的歷史文獻包括文字形態的，當時也包括對文學發生發展背後的一系列社會史事實的瞭解和梳理。

在歷史學界，就是所謂後現代歷史觀的出現，以及微觀史學這樣一個方法

〔註1〕參見李怡：《文史對話與中國現當代文學研究》，《中國社會科學》2016 年第 3 期。

的出現，它們都在很大程度上改變了我們過去習慣的那套思維方式——不再局限於將歷史認知僅僅依靠於一系列的「客觀的」歷史事實，如文學這樣充滿主觀色彩的文獻也可以成為歷史的佐證，或者說將主觀性的文學與貌似客觀的歷史材料一併處理，某種意義上，歷史研究也在向著我們的文學研究靠近。

這個時候，整個文學思維和文學研究的方法也開始面臨一個特別複雜的境況。正是在這樣的背景下，當我們需要探討從 1980 年代中期的「方法熱」到 1990 年代再至新世紀，這一二十年圍繞文學和社會歷史這一方向所發生的改變，就不得不變得特別謹慎和小心。所以你說我八年前在使用這些相關概念時，顯得特別謹慎，我想原因就在於，當時無論是用「文史對話」來替代「文化研究」，還是在不同的意義上暗含著對「歷史」「文化」的不同的理解，都包含了我對這樣一個複雜的文學研究狀態的一個更細緻的理解。

范：那麼在這樣一種複雜的背景下，我們應該如何更好地理解和界定「文史對話」這一概念呢？能否談談用這一概念替換「文化研究」的原因還有這種替換的有效性？

李：實質上，在《文史對話與中國現當代文學研究》這篇文章裏，我涉及到了好幾個概念。所謂 1980 年代中後期的學術方法，我其實更傾向於認為它既不是今天的「文史對話」，也不是我們 1990 年代所說的「文化研究」，我把它稱為「文化視角」的研究。什麼是「文化視角」的研究呢？就是從不同的文化角度解釋文學現象，這是和 1980 年代初期到中期的方法論探討聯繫在一起的。而這個方法論，它本質上是為了突破新中國建國後很多年間構成我們文學研究的一個最主要的統治性的研究方法，也就是所謂的社會歷史研究。

當然，我們曾經從社會歷史的角度來研究、解釋文學，這是沒有問題的，但在那個特殊的年代，這幾乎被作為我們解釋文學的唯一方法，一種壓倒性的，甚至是和政治正確緊密聯繫在一起的方法。而 1980 年代初期和中期開始的方法論更新，則意味著我們開始可以從不同的角度認知文學，解釋文學。一個評論家擁有了解釋的權利，而且能夠通過這樣的解釋發現文學更豐富的內涵，那麼所謂從社會歷史或者社會文化的角度來解釋文學，那就只是其中的一個方法，而且在當時就出現了比如從不同的文化方向解釋文學發生、發展規律的一些重要嘗試。

著名的「二十世紀中國文學」概念中專門就有一部分是談「文化視角」的。他們仍然認為「二十世紀中國文學」中一個非常重要且不能被取代的角度，就

是從文化角度研究、分析並解釋我們中國文學的發展問題。所以那個時候，這個所謂的「文化視角」研究是非常重要的一個思路。隨著 1980 年代後期，比如尋根文學思潮的出現，文化問題再一次成為了我們學界關注的一個重心。那個時候，是所謂「文化熱」。這個「文化視角」實際上是伴隨著人們那時對整個文化問題的興趣而出現的，這是 1980 年代。

范：也就是說，我們其實是需要回到學術史發展的整體脈絡當中去重新梳理其中變化的軌跡，才能夠更好地理解和把握「文史對話」這一概念的，對嗎？

李：對的。事實上，到了 1990 年代中期，情況就發生了一個變化。這裡面有一個標誌性的事件，那就是 1994 年汪暉與美國加州大學洛杉磯分校的李歐梵教授在《讀書》雜誌上發表的系列對話。他們從西方學術史的角度出發，追問什麼是「文化研究」，「文化研究」與地區研究的關係等問題。這個在學術史上被看作新一輪「文化研究」的重要開端。值得注意的是，像汪暉、李歐梵所介紹和追問的「文化研究」，其實不同於我剛才說的中國學者在 1980 年代借助某些文化觀點分析文學的這樣一種研究方法。

英國學者雷蒙‧威廉斯和霍加特的「文化研究」是對歷史文化本身的各種文化元素的研究，而不再是我們討論文學意義時的簡單背景。1980 年代，我們強調通過社會歷史文化背景來進一步解釋文學產生過程的基礎問題，但是在「文化研究」裏，這些所謂的社會歷史文化元素，不再是背景，他們本身就成為了研究考察的對象。或者說，那種以文學文本為研究中心，而其他社會歷史文化都作為理解文本意義的這樣一個模式，是被超越了，突破了。整個社會文化被視作一個大的「文本」。

范：那這樣一種「文化研究」的範式是怎樣逐步被中國文學研究界接納並最終獲得較為廣泛的發展和影響力的呢？

李：其實在 1990 年代首先意識到這種重大變化的並不是我們的現當代文學研究界，而是文藝學研究界。那時可以說是廣泛地介紹和評述了這個所謂的「文化研究」。1990 年代中期以後，一大批學者成為了「文化研究」的介紹者、評述者，包括像是李陀、羅崗、劉象愚、陶東風、金元浦、戴錦華、王岳川、陳曉明、王曉明、南帆、王德勝、孟繁華、趙勇等基本都是以文藝理論見長的學者。他們的意見和介紹，在某種意義上，是將正在興起的「文化研究」視為了超越中國文藝學學科自身缺陷的一個努力的方向。

　　這種來自文藝學界的對「文化研究」的重視，發展至 1990 年代後期已相當有聲勢，並且開始對中國現當代文學研究界造成衝擊和影響。一些中國現當代文學研究界的學者也開始提出文學的「歷史化」問題，正是在這個時候，新歷史主義的歷史闡釋學和福柯的知識考古學被較多地引入到了中國現當代文學研究界。洪子誠老師的《中國當代文學史》被公認為中國當代文學學術化與知識化研究的開創之作。這本書的一個基本觀點可以說改變了中國當代文學研究的格局，那就是：「本書的著重點不是對這些現象的評判，即不是將創作和文學問題從特定的歷史情境中抽取出來，按照編寫者所信奉的價值尺度（政治的、倫理的、審美的）做出臧否，而是努力將問題『放回』到『歷史情境』中去審察。」〔註 2〕

　　范：中國當代文學研究格局變化了以後，是否也對中國現代文學研究產生了直接的影響呢？

　　李：如果我們對百年來中國文學研究的變化作一個更細緻的區分的話，我覺得中國現代文學研究和中國當代文學研究的內部可能還存在一些差異。當代文學研究是最早提出「歷史化」這個問題的，這與當代文學這個學科一開始就存在爭議有關。1980 年代，人們其實仍然在討論當代文學應不應該寫史的問題，到了 1990 年代後期，當代文學研究界便提出了「歷史化」的問題。這其實就讓當代文學是否應該寫「史」成為了過去，而這個「史」從什麼時候開始，怎樣才能寫「史」，就是重新再「歷史化」的一個過程。這是對文學背後所存在的巨大的歷史現象加以深刻的、整體關注和解讀的結果。

　　那麼現代文學呢，它的反應沒有當代文學那麼急切。但是，可以說從 1990 年代後期到新世紀開始，現代文學研究界同樣也提出了在不同社會文化背景中進一步深挖現代文學的歷史性質種種可能性。包括我自己在內的一些學者對「民國文學」的重視。「民國文學」作為文學史的概念最早是張福貴教授完整論述的，後來又有張中良老師，丁帆老師等等，我們所探索的民國文學史的研究方法，其實都是和這個歷史事實的追尋聯繫在一起的。

　　范：感覺這種「歷史化」的訴求以及對歷史材料的關注發展到今天似乎已經非常廣泛而深入地嵌入進了中國現代文學和當代文學研究的內部。在您看來，這種研究趨向的興盛依託的核心動力是什麼呢？它和 20 世紀 90 年代以來愈發強烈的「回到歷史現場」的訴求是怎樣一種關係？

〔註 2〕洪子誠：《中國當代文學史》，北京大學出版社，1999 年，第 5 頁。

李：所有這些變化背後最重要的動力，我覺還是尋找真相。其實文學研究歸根結底就是為了尋找真相。過去為什麼我們覺得真相被掩蓋了，是因為我們很多所謂的研究方法和理論，最後在成熟的過程當中，越來越成為凌駕於文學作品之上的一個固定不變的原則，甚至在一段時間裏邊兒，這種原則與政治正確還聯繫在一起，這裡面當然充滿了人們對「方法」和「理論」的誤解。

所謂「回到歷史現場」，其實是這個大的文化潮流當中的一個具體的組成部分。「歷史化」是當代文學經常願意使用的一個概念，而現代文學呢，則更願意使用「回到歷史現場」的表述。所謂「回到歷史現場」，意思就是說，我們過去的很多解釋是脫離開歷史現場，從概念或者某種理論的方法出發得出的結論。那麼，「回到歷史現場」重要的其實就是破除這些已經固定化的方法對我們的思維構成的影響，重新通過對具體現象的梳理，來揭示我們應該看到的真相。當然這裡邊兒有很多東西可以進一步追問，比如「現場」是不是只有一個？回到這個「現場」是否就是一次性的？……其實只要有方法和外在理論束縛著我們，我們就需要不斷回到歷史現場。歸根結底，這就是我們發揮研究者自身的主體性，用自己的眼光，自己的心靈來感受這個世界的一個強大的理由。

二、「文」與「史」的相異與相通

范：您此前曾談到，「文史不分家」本就是「中華學術的固有傳統」，史學家王東傑教授也曾撰寫《由文入史：從繆鉞先生的學術看文辭修養對現代史學研究的「支持」作用》一文，對中國「文史結合」的學術傳統進行了重申與強調。〔註3〕而新文化史研究興起以後，輕視文學資料的成見亦逐漸在史學界得到改變，不僅文學作品、視覺形象等被發掘為了史料，甚至一些歷史學者亦開始嘗試文學研究的相關課題。請問史學界的這一研究轉向與前面討論的文學研究界的變化是否基於同一歷史背景？兩者的側重點是否有所不同？它們的核心區別在何處？

李：今天文學研究在強調還原歷史，回到歷史情境，並希望通過歷史和文化來解讀文學的現象。同樣的，歷史研究也在尋求突破，也在向文學靠近。特別是在後現代歷史觀的影響下，歷史研究已經從過去的比較抽象、宏大的歷史

〔註3〕參見王東傑：《由文入史：從繆鉞先生的學術看文辭修養對現代史學研究的「支持」作用》，《四川大學學報（哲學社會科學版）》2014 年第 6 期。

敘述轉向微觀史、個人生活史、日常生活史的敘述,而並不僅僅局限於對客觀歷史文獻的重視,當前人的精神生活也被納入進了歷史分析的對象當中。那麼這個時候,歷史研究和文學研究是不是就成了一回事呢?兩者是否最終就交織在一起,不分彼此了呢?

這就涉及到歷史學的「文史對話」和文學的「文史對話」之間微妙的差異問題。在我看來,今天我們強調學科的交叉和融合,固然是一個值得注意的傾向,但是在交叉、融合之後,最終催生的應該是學科內部的進一步演變和發展,而不是所有學科不分彼此,都打通連成了一片。當然,交叉、融合本身可能是推動學科進一步自我深化的一個重要過程或路徑,這就相當於《三國演義》裏面,我們都很熟悉的那句話──「天下大勢,分久必合,合久必分」。我們因為某種思維的發展,需要有合的一面,需要有學科打破界限,相互聯繫的一面;但是,另外一個歷史時期,我們也有因為那種聯合,彼此之間獲得了啟示,又進一步各自深化,出現新一輪的個性化發展的一面,我覺得這兩種趨勢都是存在的。

在這個意義上,我們回頭來看其實會發現,歷史學的「文史對話」實質還是通過調用文學材料,或者說是人主觀精神世界的一些感受來補充純粹史學材料的不足,或者說通過對人的精神現象、情感現象的關注,來達到他重新感受歷史的這樣一個目的。他最終指向的還是歷史。眾所周知,歷史學家陳寅恪是「文史互證」的著名的提出者,在前人錢謙益治學方法的基礎上,陳寅恪先生要做的就是用文學作品來補充古代歷史文獻的欠缺,唐代文獻不足,但是先生卻能夠從接近唐代的宋、金、元的鶯鶯故事中尋覓重要的歷史信息:崔鶯鶯的出生門第,唐代古文運動與元白的關係等等,這是「以文證史」。而文學研究中的「文史對話」走的路徑則正相反,它是通過重塑歷史材料來重建我們對歷史的感覺,重建研究者對歷史的感受,通過重新進入文學背後的歷史空間,我們獲得了再一次感受和體驗文學所要描述的那個世界的重要機會,從中也真正理解了作家的用意與精神狀態。換句話說,他最根本的目標還是指向文學感受的,是「以史證文」。一個是重建「歷史」,一個是重建「文學」,這就是史學的「文史對話」和文學的「文史對話」之間很微妙但又很重要的一個差異。當然,今天由於這兩個學科都在向著對方跨出了一步,所以往往在很多表述方式上,你可以看到他們有一些相通之處,我們彼此之間也可以展開更密切的相互對話。

范：我記得英國歷史學家托馬斯‧麥考萊（Thomas Macaulay）曾說，「歷史學，是詩歌和哲學的混合物」〔註4〕；而錢鍾書在《管錐篇》中也有提到：「史家追敘真人真事，每須遙體人情，懸想事勢，設事局中，潛心腔內，忖之度之，以揣以摩，庶幾入情合理，蓋與小說、院本之臆造人物、虛構境地，不盡同而可相通。」〔註5〕他們好像都正好談到了歷史學與文學的某種相通之處，您認同他們的看法嗎？

李：無論是歷史學家托馬斯‧麥考萊，還是中國的文學作家、學者錢鍾書，的確都道出了「文學」和「歷史」的相通之處。「歷史」更注意科學和理性，但它也關乎「人」。所以我們可以說它是「詩歌和哲學的混合物」，「詩歌」這個詞就強調了它的主觀性，「哲學」則強調了它理性思考的層面。我想，「文學」和「歷史」最根本的相通還是它們都是對「人」的描述，歷史描繪的中心是人，文學表達的情感中心也是人，所以它們能夠相互連接，相互借鑒，或者說「文學」和「歷史」能夠相互對話。

不過，就像我前面所說的，這兩者的表現形式有很多相通之處，但目的不同。「文史對話」的歷史研究根本上是為了解釋歷史，為了對歷史本身進行描述，而文學的「文史對話」則是要重建我們的心靈。這背後的不同是文學學科和歷史學科的不同。歷史學科歸根結底還是重視一種理性的概括，而文學學科更重視的則是對鮮活生命感受的完整呈現。

三、回到「文學」的「文史對話」

范：從您的表述中我好像能比較明顯地感受到您對於文學研究「自身的根基」問題似乎有著愈加強烈的憂慮感受。在八年前的那篇文章裏，您已在討論「文史對話」的相關議題時談到，史學家「以文學現象來論證歷史」與文學研究者「借助歷史理解文學」其實有很大不同，並強調「跨出文學的邊界，最終是為了回到文學之內」。〔註6〕而在去年發表的《在歷史中發現「文學性」》中，您則更進一步地指出，「我們必須回應來自文化研究和歷史研究的『覆蓋式』衝擊」，重提「文學性」的問題，以避免「文學研究基本自信和價值獨立性的

〔註4〕參見易蘭：《西方史學通史》第5卷，復旦大學出版社，2011年，第68頁。
〔註5〕錢鍾書：《管錐編》第1冊，中華書局，1979年，第166頁。
〔註6〕參見李怡：《文史對話與中國現當代文學研究》，《中國社會科學》2016年第3期。

動搖」。〔註7〕既然您如此在意「文」與「史」的邊界問題，為何仍會提出「文史對話」這樣一個概念並著力加以強調呢？

李：事實上，我之所以要強調「文史對話」，正是想提出一個更大的可能性以及今天我們的中國現當代文學研究如何獲得自身獨立品格的這樣一個問題。因為無論是 1980 年代的「文化視角」，還是 1990 年代從文藝學學科裏面生發出來的「文化研究」，我覺得都是呈現了來自國外學科發展的一個趨勢，它並不能夠代替我們中國現當代文學對自身文學現象的理解。固然我們可以把很多精力花到文學背後更大的歷史當中去，並且這大概在今天已經成為一個不可逆轉的趨勢。我們看到很多高校的研究生在他們的學位論文裏面，我們甚至看到高校的這些研究生的導師們，這些知名的學者，在他們近幾年的文章裏面，越來越傾向於淡化文學研究，強化文學背後的歷史研究、文化研究的份量。我想，越是在這個時候，新的問題也應該引起我們更自覺的思考——那就是隨著我們越來越重視對歷史和文化的研究，文學研究還有沒有自身獨立性的問題。

正是在這個意義上，我所謂的「文史對話」其實指的是一個更寬泛意義上的認知「文學」的努力，一種與文學學科、歷史學科相互借鑒的方法。我傾向於把它視為一個大的概念，在這個大的概念裏邊兒，1980 年代的「文化視角」，1990 年代的「文化研究」和我們「以史證文」式的文學研究應該是不同的趨勢和路徑。

范：能否請您再詳細談談促使這樣一種學科危機意識在當前變得愈發顯明的原因？

李：其實我們在今天之所以會重新提出「文史對話」的起源及其歷史作用等問題，都是基於對當下學術發展態勢的一個觀察。1990 年代以後，「文學」和「歷史」的這種對話便逐漸構成了我們今天不可改變的一個大的歷史趨勢，其中一個特別引人注目的現象就是越來越多的文學研究者開始介入文學背後歷史現象的討論，而逐漸脫離開了文學研究本身。一個文學的批評者幾乎變成了一個歷史的敘述者，越來越多的文學研究主題演變為了歷史故事的主題。這已經成為我們今天學術研究裏邊兒最值得注意的一個傾向，包括一些研究生的碩士論文，也包括我們經常看到的發表在報刊雜誌上的一些文學研究的論文都是如此，以至於前些年就有學者發出了這樣的憂慮，那就是文學研究本身

〔註 7〕參見李怡：《在歷史中發現「文學性」》，《學術月刊》2023 年第 5 期。

還有沒有它的獨立性？這裡面一個很深刻的問題是，如果文學研究因為走上了「文史對話」的道路就逐漸的與歷史研究混同在一塊兒，或者文學研究已經主要在回答歷史的一些話題，那麼我們的文學研究還有什麼可做的呢？又何必還需要我們「文學」這樣的學科呢？

而且，更重要的是，一個文學研究者的起點，歸根結底其實還是我們對人的精神現象的一種感受。當我們僅僅從這種感受出發，試圖對更豐富的歷史事實做出解釋的時候，這裡是否已經就暴露出了一種先天性的缺陷？例如我們不妨嚴格地反問一下自己：文學研究是否真的能夠替代歷史研究？如果我們的文學批評、文學研究在內容上其實已經在回答越來越多的歷史學的問題，那麼我們就不能不有所反省，這樣以個人感受為基礎的歷史描述是否已經包含了更多的歷史文獻，是否就符合歷史考察的基本邏輯？如果我們缺乏這樣的學術自覺，那就很可能暗含了一系列的學術上的隱患，這其實就是文學所不能承受的「歷史之重」。

今天，我們重提「文史對話」的意義，重新檢討它的來龍去脈，我覺得一個非常重要的傾向，就是通過對學術史的重新梳理來正本清源。我們要進一步地反思我們文學研究自身的目標是什麼。我們和歷史研究可以相互借鑒，在很大意義上，我們在方法、思維上都可以互相借鑒，取長補短，但是我們最終有沒有自己要解決的問題？

范：那文學研究最終需要自己解決的問題在您看來應該是什麼呢？

李：我覺得這個問題是很明確的，那就是解決「人」的精神問題，解決「人」心靈發展的問題，這是一個非常重要的方向。「文史對話」對於「文學」而言應該是關於心靈走向的對話，對於「歷史」而言可能就是關於歷史進程的對話。儘管「心」與「物」或者說「詩」與「史」之間常常互相交織、溝通，但歸根結底，「文史對話」對我們文學研究而言，是為了保持文學研究本身的彈性與活力。有的人就是因為我們過去的學術研究日益走向僵化、固定化，因此提出了文學走出自身，走向歷史的這樣一個過程。但是我想要強調的是，即便我們再頻繁地遠離開了我們的文學，但只要還是文學研究，便最終仍會折回到我們的起點，這也是文學研究所謂的「不忘初心」。

我最近為什麼會提出一個「流動的文學性」概念，也是因為，我們不斷地突破「文」，最後卻遺忘了「文學性」，或者根本的就拋棄了「文學性」。這裡邊兒一個可擔憂的地方在於，我們再也找不到我們文學的研究了。我們離開了

文學研究，是否就真的成為了一個歷史學者或者思想史的學者？我覺得事實上也不是那麼簡單。一個真正的歷史學者和思想史的學者，他有他的學科規範，有他的學科基礎、目標和範式，如果我們在歷史學界或者思想史學界對我們來自文學界的學術成果進行一番調研的話，你可能會發現我們很多所謂離開文學的「文史對話」也未必獲得了歷史學界或者思想學界的完全認可。他們同樣會覺得我們不夠規範，或者認為中間存在很多的問題。

這其實就是啟發我們，一個真正的文學研究者即便離開文學，在文學之外去尋找靈感，尋找問題的解答思路，但我們最終都不要忘了，我們是為了解決或者解釋文學的某些獨特現象，才暫時離開了文學。這樣的話，我們的文學研究實際上就是不斷地在其他學科的發展當中汲取靈感，一次次地汲取靈感，並使我們一次次地呈現出不同的文學景觀。隨著我們學術研究的不斷發展，我們獲得的不同文學景觀就呈現為一種流動性，這就是我說的「流動的文學性」。文學性在流動，但是它還是有文學性，並不等於歷史研究，也不等於思想史考察，當然也不是純粹的社會文化問題的研究。我們還是為了研究文學的問題，而不是社會文化問題，這就是這兩者之間的邊界和差異。

范：確實，若無法在「文史對話」的過程中恰當處理「文」與「史」的邊界問題，甚而直接將歷史學或思想史問題的解決視為了文學研究的至高追求，這對於以「感受」為基點的「文學」而言不僅難以承受，還將使文學研究自身的根基變得愈加脆弱。不過，時至今日不論是在文學研究界，還是在歷史研究界，亦出現了許多「文史對話」的有益成果。請問在您看來，有哪些代表性的研究成果能夠作為某種示例供以參照？「文史對話」這一漸趨成熟的研究方法於當前的文學史研究而言還存在哪些尚待發掘的意義與可能性呢？

李：要我對學科發展的未來做詳細的預測，我覺得這是很難的，因為既然是「流動的文學性」，一切都在不同研究者個體的體驗當中，個體體驗越豐富，就越是多元化的、百花齊放的景象。惟其如此，我們的文學研究才能突破固有的、僵死的邊界，走出一個更為廣闊的未來。不過在這裡呢，我很願意推薦我很尊敬的，中國社會科學院文學研究所的研究員劉納老師在 1990 年代後期出版的一本代表作——《嬗變——辛亥革命時期至五四時期的中國文學》。

這本書寫的是晚清到五四前夕這段時期中國文學演變的基本事實，其中最重要的一個特點是，這部分文學史是長期被人忽略的，包括大量的歷史材料都是我們不熟悉的，但劉納老師非常嫻熟地穿梭在這些歷史文獻當中，並清理

出了中國文學被遺忘的這一段歷史景觀。與此同時，她整個的著作不是為了重塑純粹客觀的社會歷史，而是在社會歷史的豐富景觀當中呈現了人的心靈史、精神史。所以這本書看似有很多歷史材料，但又保持了一個基本的文學的品格。而且這本著作整體上有一個從歷史材料到最後的精神現象不斷昇華的過程。尤其寫到最後一章的時候，就從更為廣泛的歷史材料的梳理當中，得出了非常深刻的關於人的精神現象以及文學發展特徵的一些結論。可以說，這就完成了從歷史文獻向著人的心靈世界觀察的一種昇華和發展。

我給歷屆的學生其實都推薦了這本書，我覺得這裡邊兒充分體現了一個優秀的中國現代文學研究者如何在歷史文獻和文學感受之間完成這種自如的穿梭，然後把心靈感受的能力，文學解讀的能力和掌握分析解剖豐富材料的能力，很好地結合起來。所以，說到「文史對話」的代表作，我仍然願意提到這本書。

目

次

引言 延安文藝教育與現代中國

一、關於延安文藝教育研究的若干思考

延安文藝教育研究可以在很多方面展開。由於目前的研究工作多處於資料整理階段，且資料整理尚有不足，而文學教育學學科也處於醞釀探討階段，這給本課題帶來相當大的難度。本課題的展開，需逐步解決資料佔有、概念界定、理論命題等問題。具體來說，本論題涉及到延安文藝教育的發生和演變歷程，延安文藝教育之於延安文學和 20 世紀中國文學的意義，延安文藝教育的設計者和參與者，延安文藝教育機構的活動情況，等等。

關於延安文藝教育的研究，有以下幾個問題需要特別說明：

第一，延安不僅是一個空間概念，同時還隱含著某種心理的和文化的預期。空間上，它以延安為中心，是戰時中國共產黨領導人民革命戰爭的大本營，也是中共領導的整個解放區的核心；它在政治上和地理上卻是偏居中國一隅的「地方」。在心理和文化預期上，它預示著中國人對西方世界的文化挑戰與對話有了新的回應，也預示著「地方」與「中國」、「中國」與「世界」有了新的聯結形態。因而，本研究所謂「延安」不再指曾被稱為「膚施」的陝北小城，而是三四十年代的「革命聖地」及其領導的整個左翼革命區域。

在此前後，人們對它有不同的預期。在這樣特定的歷史時空下，中國共產黨在陝北落腳並積蓄力量，力圖建立新的意識形態，逐步展開有關共和國的想像。延安也再次出現了結束思想意識形態混亂、恢復大一統的努力，延安作為一種新的文化權威的象徵迎合了很多人的期待，毛澤東等中共領導人的文化理想從此開花結果。此前嘗試帶領中國人走出「舊」文化陰霾的五四新文化及其背後運行

—1—

的全盤西化思維，都在此得到了重新闡釋，並以鄉土中國的頑強生命力融合了本
土形式與西方思想，講述紅色的文化夢想。夾雜著理性的和空幻的夢想，很多青
年和知識者開始在此集聚，人們在這裡統一思想，力行思想、文化、語言的新範
式，而後重新出發，將火種播灑向全國。在這樣的教育下，身份的差別變得模糊，
都是集體的一份子，身處權力外、體制裏、思想中，個人的命運與現代民族國家
和政黨緊密連在一起，都被要求成為無產階級革命戰士。文學青年和成名作家都
是文學教育的受教者，被期待成為黨的文學工作者，構建黨的文學，這意味著自
五四之後的又一次文學範式的轉型。此時，共產黨的文學趣味經歷了較大的轉
變，小資產階級情調、知識者意識被洗滌殆盡，取而代之的是帶著濃厚鄉土氣息
的工農兵趣味，從而指明了剛健激昂的前進方向。

　　這樣，經過延安文藝教育的實踐，中國共產黨給延安這一「地方」注入新
的因素，激活了其原本就有的「中國」形態，並積累了一種新的「中國文化」
的「現代」方案。可以說，延安文藝教育的發生和發展，不僅使陝北地方的自
然環境、風俗民情進入「現代」中國的視野；而且引發了延安內外、「新」「舊」
元素的交流互動，有了新的「地方」調整，「延安」被重新建構，從而與「中
國現代文學」產生了同構共生的動態關係。這充分說明，中國最貧瘠、最落後
的「地方」也是有可能孕育出「現代性」而完成「現代化」的。隨著中國共產
黨逐漸取得全國範圍內的革命戰爭的勝利，延安的「地方」經驗也隨之被推廣
至「中國」和「世界」，從而真正完成了「地方—中國」、「中國—世界」的流
轉變遷，走出了中國的「世界」之路。

　　這一時空內展開的文學教育活動，既存在於學校和文學社團等文學組織
內，也存在於報刊徵稿、批評等文學活動中，還存在於文學史書寫和文學翻譯
之中。鑒於後者的複雜性，我們將在本研究完成後專門對這些相對特殊的文學
教育活動進行研究。本研究主要集中於文學組織的文學教育，以保持本文論述
的相對統一。

　　一般而言，學校教育系統中的文學教育存在於中小學、大中專、研究生等
各個階段。因而，除了高等教育階段的文學教育，對中小學等基礎教育階段的
文學教育進行研究，也是「延安文藝教育研究」的題中應有之義。這一部分研
究的展開，需要對「語文教育」與「文學教育」作概念區分。基礎教育階段的
文學教育，還承擔著語言教育的任務，更加注重知識傳授，有較強的工具性特
徵，目的在於培養學生的認知能力和表達能力，稱之為「語文教育」更為適宜。

而文學教育最終還是要落腳於培養學生的思想素質和藝術感知能力，重在對受教者心靈潛移默化的影響。這決定了基礎教育階段的文學教育與高等教育階段的文學教育在整體風貌上還是有較大差異的。不過，鑒於本書是對延安文藝教育的整體觀照，且尚屬於初創，在實際論述過程中只選取了延安魯藝、華北聯大等這些更加典型的學校教育作為觀照對象。

第二，從內涵上看，文學教育有廣義和狹義之分。廣義的文學教育泛指人們在文學閱讀中受到的文學教育；狹義的文學教育，主要是指在有組織、有計劃、有目標的學校教育系統裏的文學教育，有相對固定的教育體制、教育方針，開設一定的文學課程。不過，處在戰爭時代的延安文藝教育有其特殊性。文學天然具有的宣傳、教育功能，在戰爭時代被進一步放大。為加強對革命根據地和北平、上海、武漢等大城市文藝工作的領導，為保障取得革命鬥爭的勝利，基於二三十年代時期和中央蘇區時的文藝活動經驗，中國共產黨十分重視文藝問題，也亟需在馬克思主義武裝下建立無產階級文化、推進文藝的大眾化，從而壯大無產階級革命力量。在這一情況下，中國共產黨充分發揮了文學藝術的宣傳、教育功能。而它得以快速有效地實現，則需要建構黨的文藝工作者隊伍，這便需要仰賴共產黨的文學教育。

由於主客觀條件的限定，共產黨的文學教育不是從容的、固定的、一般的文學教育。首先，共產黨及其政權相對處於弱勢地位，是在野的革命黨，其政權偏居「地方」一隅而並不穩固。其次，戰爭狀態下，國內外形勢瞬息萬變，既有的計劃部署隨時可能被打亂節奏；而且戰爭帶來的破壞和損耗是不可逆也不可預期的，對人力的需求是前所未有的，反過來會對人才培養提出更高效且更迫切的要求，這無疑會影響教育的形態、方法和內容，乃至教育主體的心態，實用主義、功利主義思想的盛行在所難免。因而，整體上看，延安文藝教育並不完全是常態的學校教育，而且即便成立了專門的文學教育的院校，也存在著短訓班與正規學校的兩種辦學思路的糾結與衝突。再者，整體上延安文藝具有教育特性，毛澤東等領導者也有意將整個延安辦成一所學校，使得文藝政策、集會、文化名人的紀念活動、講演、報告、講話，甚至報刊的社論、發刊詞、卷首卷尾語、徵稿詞，文學社團及文學論爭等等文學活動，均可納入延安文藝教育的範疇，作為學校教育的必要補充。

古今中外，文學教育一直存在著兩種基本傾向，即工具論的實用主義教育（道）和藝術論的審美主義教育（藝）。而在中國，長期居於主導地位的是前

者。本來，不論何種教育傾向，由於文學藝術獨具的審美屬性和人文關懷品質，它對個體的影響是潛移默化而持久的。文學教育的有效展開，由於教育對社會的輻射性影響，其對於凝聚與昇華民族精神、激發想像力和創造力、推動社會物質文明，必將發揮積聚作用。但受儒家學統的影響，人們往往從道德倫理和經世致用的角度理解文學教育，導致文學教育發生偏差，放大它的實用屬性，壓制它的審美價值。顯然，受限於時代語境，延安文藝教育屬於實用主義教育，這是有其獨特的歷史文化蘊含的。

實用主義的文學教育，是我們對延安文藝教育的基本判斷。穆勒指出，「一切行為均出於某種目的，故行為準則勢必屈從於行為目的並完全體現出目的的各種特性」〔註1〕。但與我們慣常理解不同的是，「功利主義的標準不是指行為者自身的最大幸福，而是指最多數人的最大幸福」〔註2〕。堅持最大幸福原理，使得功利主義者更加注重發揮「眾」的作用，「在將精神愉悅置於肉體愉悅之上時，主要注重的是廣義上的永恆、安全、節儉等精神因素，言下之意即更為追求符合環境的善而非依賴於自身的內在本性」〔註3〕。為獲得這幸福，手段的選擇是靈活多樣的。「凡是可以被證明是『善』的東西，那麼當它作為一種手段使人民獲得了某種無需證明就被認可為善的東西時，它自身的善就必然得到了證明」〔註4〕。作為一種手段，延安文藝教育最大的善在於革命戰爭取得勝利、廣大工農群眾獲得解放。它參與新民主主義革命與新民主主義文化建設並取得了勝利，這種民族的階段性勝利是善的，因而延安的文學教育是「善」的。需要強調的是，這種「善」是歷史的具體的，因而只有「回到歷史現場」才不會有所遮蔽，也不會有所偏狹。延安文藝教育在戰爭背景下展開，其歷史經驗在和平時期並不具備天然的合理性。但正是這種階段性的勝利帶來的強大的情感認同，左右了人們的理性思考，延安模式的權威地位在和平時期很長時間內得以延續〔註5〕，先驗性

〔註1〕 〔英〕約翰・斯圖亞特・穆勒著，葉建新譯：《功利主義》，北京：中國社會科學出版社 2009 年版，第 2～3 頁。

〔註2〕 〔英〕約翰・斯圖亞特・穆勒著，葉建新譯：《功利主義》，第 18 頁。

〔註3〕 〔英〕約翰・斯圖亞特・穆勒著，葉建新譯：《功利主義》，第 13 頁。

〔註4〕 〔英〕約翰・斯圖亞特・穆勒著，葉建新譯：《功利主義》，第 6 頁。

〔註5〕 共和國成立後，中華大地上存在的各種大中小學校陸續被政府收編。其中，1952年大學院系調整，大學教育由美式教育轉為蘇聯體制，使得曾在戰時取得成功的延安模式在全國得到推廣，並持續至今。文學教育被規定服務於政治、經濟建設，這固然有政治任務緊迫、經濟落後的客觀原因，卻忽略了人的素養是支撐政治經濟長久發展的根本要素，必然導致教育自身和整個文化發展的嚴重失衡。

地、單線條地完成了從「地方」到「中國」的轉變與銜接。延安的「善」是勝利與獨立，到了解放後，「善」已經變成富強與民主，目標已改變，手段卻還在延續。所以延安文藝教育的經驗在解放後的自然移植，必然會遺留很多問題，這也是當下文學教育問題的一個根源。

第三，從文學教育的結構層次看，其一般包括施教者、媒介與手段、受教者三個部分。施教者自然是文學教師（教員），受教者自然是學生。不過，我們要顛覆固有認知，不能天然地把文學教師和創作者視為文學教育的主體、把學生和讀者視為文學教育的對象。一般而言，文學教育中的施教者比受教者有更深厚的文史知識，有更深邃的理論思考，有更豐富的藝術經驗，有更純熟的藝術技巧。不過，只要參與文學活動，任何參與者都可能從文學作品裏獲得某種情緒的感染或思維的觸動，從而潛移默化中接受文學作品的影響。也就是說，文學教育的感染教化功用既能指向文學教師（施教者），又能指向學生（受教者）。

延安的特殊性在於，施教者和受教者的身份變得更為複雜。首先，作為一般意義上的施教者，從四面八方奔赴延安的文學家們，他們或是成名已久的作家，或是理論素養很高的批評家。單就文學問題而言，他們或許是最有發言權的，也的確曾經佔有發言權；但在延安，政治經濟和文化環境迥然不同於他們過往的「現代」經驗。他們的「現代」經驗或許是「中國」的，甚至是「世界」的，卻未必是「延安」的，也未必是適於延安的。尤其是在整風運動中，這些「現代」文學家們失掉了知識、學理上的先天優勢，陷入政治錯誤、道德教化的迷茫中，他們也不得不重新在新的意識形態規範下學習，成了新的文學教育的受教者。其次，廣大工農兵群眾作為一般意義上的受教者，雖然文學知識與文學技能近乎空白，但由於是最先進生產力的代表，體現著「最多數人的最大幸福」的訴求，天然地具有政治正確性和道德先進性。這是中國共產黨規定出來的施教者，他們實際上並不參與文學教育活動，而是提供道德正確、思想先進的生動範本，他們的生活世界、他們的語言和思考都是鮮活而淳樸的，供前述受教者觀摩、學習，他們同時還是正在生成的黨的文學的內容來源和唯一的服務對象。再者，延安文藝教育的特殊性還在於，中國共產黨的一些領導者也是施教者。他們很少參與實際的文學教育活動，而是以出臺文藝政策、發表講演、組織文藝獎金評比、組織文學社團、發起批評與批判等形式規定文學發展方向、組織文學隊伍等等，深度影響著共產黨的文學教育。

這裡固然有其歷史局限，但文學教育的延安經驗在當下國際國內劇烈轉

型、價值多元的情況下，我們尤需關注和重視其探索多樣有效的文學教育路徑和方法手段。

第四，資本主義主導的現代化發展中，既然「文學」成為現代學科體制中的一門學科，一種可以用科學手段生產和傳播的「知識」，「文學教育」也成為知識生產的過程；那麼，對「文學」和「文學教育」的從業者的稱呼或定位也可以作出相應調整，以示與傳統文學和傳統文學教育的區別。基於這種邏輯，在本研究中，我們將不再使用「文人」、「知識分子」等稱呼，以「知識者」指代延安文藝教育的相關從業者，必要時仍沿用「文學家」、「作家」等通稱。此外，為了不致闡說混亂，我們在指稱「現代化」以前的傳統文化人士時，仍然沿用「文人」的稱呼。

最後，本研究以「文學教育」為對象，而採用較為普遍的「文藝教育」之說，是對延安時期以來慣用稱呼的沿用。本研究中，「文藝教育」基本等同於「文學教育」，偶有混用出現「文學教育」云云，也算是對清末以來「知識分化」的一種隱性回應。文學教育是一種以文學傳承為內容的人文教育，它的主要價值在於以文學陶冶人、提升人的精神境界，從而使人獲得一種力量，在精神與物質層面得到全面發展。而且，「文學教育」並非培養作家那樣簡單，而是關乎整個民族的文學藝術能創造這樣一個世界，它使人生的意義得以詮釋，讓人從浩瀚星空裏去體悟人類社會的過去，感知生命存在的意義，並以此為根基構建自己的審美和認知，從而精神成人。文學教育則是通向這個世界的橋樑，它以文學創作和評點欣賞的方式，引人入境，提升語言能力、思維能力、藝術感知能力和精神力量。在有著濃厚詩教傳統的中國，文學的流脈源遠流長，不曾改變。但自晚清發生「三千年未有之變局」以來，一切秩序、意義都受到前所未有的衝擊、質疑。不僅中國文學的存續被深度質疑，甚至整個中華文明都有被顛覆的危險，全盤西化的聲音不絕於耳。解決中國人的精神困境，成了各個領域無數仁人志士最為迫切的任務。文學教育如何在這樣的背景下調整以自洽，並在延安集聚、迸發出能量，是本研究的切入點。

放眼 20 世紀中國，不論是從文學史的角度，抑或從思想史、教育史的視角，延安文藝教育都是一種關節性的存在。不僅因為它參與促成了中國現代文學的第二次轉型，更在於它參與了有關共和國想像的文化建構，奠定了影響「現代」中國的文化雛形。

辜鴻銘曾經指出，「要估價一個文明，我們最終必須問的問題，不在於它

是否修建了和能夠修建巨大的城市、宏偉壯麗的建築和寬廣舒適的馬路，也不在於它是否製造了和能夠製造出漂亮舒適的農具、精緻實用的工具、器具和儀器，甚至不在於學院的建立、藝術的創造和科學的發明。要估價一個文明，我們必須問的問題是，它能夠造就什麼樣的人性類型，什麼樣的男人和女人。事實上，正是一個文明所造就的男男女女，也就是人性類型，正好顯示出該文明的本質和個性，即可以說顯示了該文明的靈魂和精神。」〔註 6〕談到延安，它只存在短短十餘年，卻產生了一種再造文明般的影響力和輻射力，無疑是值得深思的。我們帶著相同的問題，去審視中國共產黨在延安究竟通過怎樣的手段、經歷了怎樣的步驟，從精神意志、思維方式、思想認識、審美趣味、話語系統〔註 7〕、甚至行為方式等各個方面深刻影響中國人數十年並仍將影響下去，無數文人的命運沉浮是這種影響的生動寫照。將這種影響完全歸結於政治集權的力量，顯然比較淺顯。因為它離不開整個意識形態體系的構建與支撐。在眾多意識形態中，文學和文學教育在中華文明的凝聚和創造中無疑具有最為深遠的影響力。梳理整個近現代中國文化史，無論是何種派別、何種主張，他們都是在力行文化創造，以期達到救亡圖存、強國富民的終極目標。而「文化創造是『人為』的，教育就是文學傳播和通向文化創造的重要途徑」。〔註 8〕我們會發現，教育尤其是文學教育，是其背後得以運行的不容忽視的因素。

　　在上述思考的基礎上，本研究將主要關注並嘗試回答以下問題，其中包括

〔註 6〕鍾兆雲著：《辜鴻銘（下卷）》，北京：中國青年出版社 2008 年版，第 1059 頁。

〔註 7〕朱鴻召指出，「毛澤東作為人民的領袖，他對中國社會歷史的影響不止是政治集權和毛澤東思想，而且更有毛澤東話語……自古迄今，有三個半人對漢民族語言發展有過至深至巨的影響。其一是莊子，在先秦神話話語基礎上開創了漢語文學語言的先河；其二是韓愈，集中古文化話語之大成，規範聲則；其三是毛澤東，創造了現代漢語事功話語體系；其半乃梁啟超，通過新聞語體，大量轉移日語語彙，促成了古漢語單音節詞向現代漢語雙音節詞的轉換，從而豐富了近代漢語的話語表達能力。」（參見朱鴻召著：《延安文人》，廣州：廣東人民出版社 2001 年版，第 221～222 頁。）自延安時期開始形成的「毛文體」，對中國大陸的影響滲透到社會的方方面面，遠遠超出了政治和文化的範疇。由於語言是思維的工具，而語言對思維有反作用，「毛文體」已經極大改變了我們的思維和表達習慣，使得同以漢語為母語的中國大陸與中國港澳臺地區出現了不同的語彙系統和書寫表達風格，呈現出明顯不同的話語風格和文化風貌。

〔註 8〕李繼凱等著：《20 世紀中國文學的文化創造》，北京：中國社會科學出版社 2009 年版，第 434 頁。

延安文藝教育的發生、演變過程及其影響。

延安為何會有文學教育？為何是文學和文學教育？它如何產生，並有怎樣的背景和經驗？有何基礎？它建立了怎樣的文學教育機制？延安有哪些文藝院校？延安文藝教育的性質是怎樣的？文學藝術乃至整個意識形態的一統與規範的確立，與文學教育的展開有著怎樣的內在邏輯？

從扎根延安到走進整個解放區乃至全國，延安文藝教育歷經十餘載，最終將其經驗傳播開去，奠定了「新中國」文學教育和文學藝術發展的基礎。那麼，延安文藝教育經歷了怎樣的演進歷程？前後有怎樣的變化？變化的原因是什麼？基於以上分析，我們有理由繼續追問：延安文藝教育留下了怎樣的精神和物質遺產？創造了怎樣的文化資源？它與對整個中國現代文學產生巨大影響的延安文藝有怎樣密切的聯繫？它從哪些方面支撐著延安文藝？它的精神資源有哪些？它是如何建構新傳統與規範的？文學教育的延安模式是否仍然有效？這種歷史效應的利弊何在？是否可以穿越這種歷史效應？如何去做？

思索並回答以上問題，不可避免地牽涉到對以下問題的認知：共產黨文化領導權的建立、人才政策、毛澤東文藝思想和毛澤東教育思想與毛文體的形成、延安文藝整風運動與《講話》等，這些都是本論題展開的基本前提或背景。

一般而言，文學教育的理念、內容、功能和意義等必須受到其所在文學環境與文學體制的規約，進而影響著自身教育職能和目標的實現程度。因而，細心梳理延安文藝教育與延安文藝之間複雜而生動的聯繫，並在此基礎上引發對此後幾十年文學教育狀況的審視，就顯得十分必要。

有學者把文學教育視作「一種知識生產途徑，或直接或間接地影響了一時代的文學走向」〔註9〕。基於這種理解，我們就能明白，歷史上的延安文藝教育很大程度上奠定了此後數十年間文學教育的基調，影響著人們的文學審美和創作心理，進而影響並改變著文學發展的面貌。延安文藝及其經驗何以在五十年代以後成為中國文壇主流，梳理延安文藝教育就是一個重要的視角。

二、在「新」「舊」之間「突圍」的文學教育

清朝末年以來，中國被殖民主義捲入世界市場。在激烈的文明碰撞中，中國文化一方面正經歷著前所未有的自我審視和懷疑，另一方面則有了與世界

〔註9〕陳平原著：《現代中國的文學、教育與都市想像》，北京：北京師範大學出版社 2011 年版，第 40 頁。

各族文化比較和對話的歷史契機。在應對「亡國滅種」的危困時，士大夫們的「救國」路徑和手段從技術、器物、制度逐漸移轉到教育、文學等精神陶養領域，進而又實現了多維度融合。一部分士大夫在經歷多種創痛之後，終於將國家的衰弱和民族的危機歸因於教育和文學的「舊」。他們逐漸意識到，強國先強體，強體先立人，於是新式教育方興未艾。由此，「新」的觀念日漸深入人心，並施於語言、文學，進而與多民族的「現代」國家的「新生」息息相關。於是，現代中國的學術、思想和文化開始在引入西方話語的基礎上建構起來。

這樣的現代中國構想，不僅在事後看來始終難以跳出「中心與邊緣」、「支配與從屬」、「影響與反應」的認知結構，而且在當時的「新陣營」內外尚有另外的文化救國的路徑。如果說用西方話語資源建構「新」中國是「求新」，那麼另一種路徑則是「守正」。

事後看來，「求新」的思路裏潛藏著一個隱秘的價值參考框架和話語權力「等級體系」。因而其言說雖不至「隔靴搔癢」，但很可能並未觸及問題的根本，或者說其力量用錯了方向。在這樣一種認知結構裏，人們更傾向於撿拾西方的文化資源去處理一個個未知的難題。更有甚者，它逐漸自洽地把「中國」裝入一種以西方文化為原點和中心點的權力等差格局，由此建構出這樣一種西方中心的「世界文化」價值秩序。在這樣一種時空秩序中，內在地規定著西方的「新」與中國的「舊」、西方的「先進」與中國的「滯後」的等差對立。

那麼，採信西方標準，將文學作為「學科」獨立建制，使之專門化、制度化便成為當時中國各派勢力、各種傾向的知識者的基本共識。也因此，「文學」就不再是偏於「天朝上國」一隅的「文章學」，不再是「政治之餘」，更不再是純粹情感性、審美性的文字表達，而變成了一種制度性的知識生產，一種與異質文明的對話機制，還是一種在世界語境中的自我省思。作為文學從業者，其身份也悄然發生置換，不再是「儲備幹部」或政治家，轉而成為一種兼具社會活動家、革命家、學者、編輯等多種身份的職業人，是現代化大生產鏈條中的一分子。

在這樣一種價值鏈條中，清末以來的中國知識者一方面在一種決然的「西化」傾向中展開想像世界的文化實踐，以使中國成為「世界」中的中國；另一方面中國知識者也以西方話語審視和估量中國文學，以支撐其「兼濟天下」的文人使命、響應復興中華的時代命題。

在「守正」的思路裏，「舊」不是原罪，但卻不是牢不可破的鐵板一塊。

這裡有林紓、嚴復等對「西方學」的「補我之需」的改寫，有章黃學派以「保文化救家國」的張揚，有脈系駁雜的研究系在其「生前身後」對現代報章雜誌的開闢和對「新中國未來」的憧憬，有清華國學院和後續的學衡派重視道德、宣揚「昌明國粹」，有革命激情褪去後「整理國故」的「反正」，更有東南大學——中央大學師生及「延安八老」等對舊體詩詞的堅守與鍾愛，等等。諸如此類，不論「國語統一」和新的文學革命怎樣潮水奔湧，「舊」的文脈在民間始終都不曾斷絕。直到 1920 年代末，關於國學的基礎教育終於引起普遍重視。其標誌性事件是作為通識教育的「大學國文」〔註10〕課程構建起來並延續到抗戰時期及其以後。在此之後，伴隨著「科學與人生觀」大論戰，現代新儒家崛起。他們以科學知識系統作為「新外王」的材質資源，試圖充實中華文化的生命本體，以使中國人的人格向更高維度進階，使中華民族的精神向更高維度發展。

　　不過，新儒家面臨著致命的理論困境，它脫離了與其理論整合的具體的社會文化生活秩序。它的基本邏輯架構尚未發生實質的改變，因而難以應對歷史文化變遷，尤其是西方列強全面入侵之後的顛覆式的變遷。這樣，它的諸多理論探討對不斷展開著的中國文化的現代化探索就難以產生多少實質效用，因而它也就難以從容回答「傳統與現代」、「東方與西方」、「本土與全球」等諸多問題。

　　但不管怎樣，以新式學校為核心陣地，新的文學運動和新文學教育得以次第展開並一度風起雲湧。要之，清末以來的「求新」與「守正」是一體兩面、殊途同歸，都是大國圖存之道。《禮記‧大學》開宗明義，大學之道，在明明德，在親民，在止於至善。三者之中，「明明德」可視為目標，「止於至善」是為終極結果，而中間的路徑則須要「親民」。清末以來的「大學之道」便是救亡圖存。從整個世界歷史的複雜背景和詭譎進程來看，中國圖存以至新生，須要從中國出發、從民出發。

　　由此觀之，「求新」路徑的問題是，改造固有文化與吸取他人文化，必須先有對本族群文化的徹底研究，以確立本族文化的主體性。「守正」路徑的問

〔註10〕在著名的 1904 年癸卯學制裏，「國文科」以隨意科（即現在所說選修課）進入學科體系。1913 年，民國教育部頒行的《大學規程》裏，國文成為預科必修科目。到 1929 年，民國教育部修訂《大學規程》，國文成為「一年級學生共同必修科目」，並一直遵行至 1952 年院系大調整。1980 年代以後，國學課程又以「大學語文」、「中國語文」等名稱重新進入國民高等教育。

題是，新道德與新傳統的建立須有廣泛的「民」的社會生活作為基礎，進而在不脫離世界文明發展大道的總前提之下，揚棄內聖外王之學，使傳統中國學能回答世界發展的問題，使中國成為「世界的中國」、世界成為「有中國的世界」。這種對「民」的發見、對「中國」的張揚，有待於到了中國共產黨領導的延安模式才有了更為充分的展開。

　　當然，上述判斷都是事後之見。處於過程中的人和事當複雜得多、艱難得多。但幾十年後延安的經營與探索，確實讓我們看到了克服上述「新與舊」的糾葛問題的可能性。

　　令人欣慰的是，不論是否全盤西化，或者說在「新」與「舊」的夾擊中，探求「大學之道」的中國學統得以傳承下來。這種傳承或化為求新的思路與方法，或化為守正的底氣與資材。這其中引人矚目的是新的文學與新的教育的交融。

三、延安文藝教育的歷史脈絡與文化創造

　　在延安文藝教育的成績中，我們尤其想要探討的是延安文藝教育的文化創造問題。隨著知識分化、學術分科趨勢的深化發展，現代「文學」日益成為一門獨立的、專業的、知識性的學科，並且借助現代教育體制化、制度化運作的力量，日益發散出較強的文化生產力與創造力。我們是在近代百餘年來中國的民族生存危機和文化危機日益加深的大語境內來思考這一問題的。事實上，如果不置於近代以來中國人精神困境這樣的語境下，任何的文化或文學研究都是黯淡失色的。

　　眾所周知，19 世紀中期以來，中國人面臨著日益嚴峻的家國危機。中國文化一方面正經歷著前所未有的家國危機，另一方面則有了與世界各族文化比較和對話的歷史契機。但是，當時的中國人在尋找文化「突圍」的方法時，沒有歌德提出「世界文學」時那種從容的心境和馬克思超拔的理論自信，反而長期陷入一種難以超脫的精神困境。在這個意義上，19 世紀中晚期以來的中國文化進程，可以視作試圖以文化創造解除精神困境的過程。從「融入」西方世界開始，不少中國人決意「跳出自身狹隘的圈子」，變得更加偏執。大概在這種文化心理作用下，「全盤西化」的思路一度佔據主導。與之相應的是，近現代中國的學術、思想和文化開始在引入西方話語的基礎上建構起來。從魏源等人喊出「睜眼看世界」，到梁啟超引入西曆並以「歐西文思」發起文學界革

命，再到陳獨秀胡適等發起「新的文化運動」，以及瞿秋白借共產國際理論倡議「顛覆文明」的文化革命，都未能跳出西方凝視的現代文明怪圈，仍然是在「西方的世界」裏徜徉。直到 20 世紀 40 年代，中國共產黨基於自身內在的革命經驗，在延安提出建構「中國氣派」、發掘植根於黃土地的工農大眾美學，中國人才開始在現代文學領域建立起理論自信，進而將這種文化創造的姿態發散開去。這不僅糾偏了中國清末以來的「歐化傾向」，使中國從「西方」的世界偏執中逐漸尋回「中國」的世界；而且為世界各地的弱小民族通過革命戰爭和理論建構從殖民主義真正「突圍」打開了一種新的可能性。

但是，這種可能性轉化為現實性顯然需要經歷漫長的過程。在這個過程裏，弱小民族既要面臨西方世界在諸如政治、經濟、科技、輿論等方面的限制與資本主義發展的陷阱；又要避免滑向教條國際主義與狹隘民族主義的兩種極端，避免因將弱小民族的內在經驗與批判性資源割裂開而導致帶來新的壓抑與損害。那麼，由此可以得出一個基本判斷，對於包括中國在內的弱小民族而言，超越西方殖民主義文化的根本前提是充分發掘自己的內在經驗，並基於這種內在經驗建構自己的批判性資源。

以上是我們認識延安文藝教育的基本歷史線索。而這一線索的另一方面是資本主義創造出現代世界的文明秩序之後所帶來的人類認知體系的更迭。

在工業文明的驅動下，美西方不僅率先完成「現代化」，而且在資本原始積累的過程中不斷發動殖民擴張，客觀上將世界各區域逐步勾連起來。「世界」從靜止而隔絕的地圖而逐漸成為運動而聯結的歷史。20 世紀以來，在全方位的現代化戰爭的顛覆式衝擊下，整個世界不斷經歷著「解構—重構」的複雜運動，並在科技革命、市場經濟、現代民族解放等的共同作用下，各個區域的現代性因素不斷生長融合，「世界大同」的一體化、多元化趨勢日益顯現。在多種複雜因素作用下，人類社會經歷了前所未有的整體性、內在統一的世界歷史運動。伴隨工業文明的全球拓展，人類社會的現代性機制不斷向各個區域滋長擴散，繼而使之成為共生共存、不可分割的整體。人們跨區域的交通來往日益突破時空阻隔，聯結成一個似乎不證自明的「現代」共同體。在這一共同體內部，在強勢的「西方中心」的「凝視」之下，各個弱小民族和文化均發生了「現代化」變革，出現了「現代」文學與「現代」教育，以及它們共同參與建構的「現代」文化。

這一西方資產階級主導下的「現代」形態，內在地包孕著資產階級對「現代」社會的意識形態要求。它要求建構與之文化訴求一致的價值秩序，並將這

種訴求投射於社會文化的方方面面。按照馬克思主義的闡釋，所謂經濟基礎決定上層建築，資產階級的文化秩序建構的訴求必然首先指向封建主義的上層建築，在「破舊立新」中建構起符合資產階級意識形態的文化秩序。那麼，依附在上層建築之上並與之密切相聯的文學藝術便成為資產階級發起文化革命的關鍵著力點。或者說，文學藝術領域的變革就成為資產階級文化「現代」形態的期待。隨著資產階級的「新」的文學藝術對封建主義的「舊」的思想精神的蕩滌與突進，後者的文化秩序開始分崩離析，而前者便開始期待著「現代」形態的教育予以鞏固確認。於是，「現代」文學與「現代」教育得以在資產階級現代文化的期待之下相遇。

相對而言，封建主義文化以和諧、整一、融合為主要特徵，而資產階級文化則以分化為主要特徵。馬克斯·韋伯在其《宗教社會學導論》裏指出，「現代」是西方理想主義所建構出來的一種文化形態，歐洲的「現代性」是宗教與形而上學所表達的實質理性一分為三（科學、道德和藝術）的自然結果。這種意識「分化」正對應著人類不同的活動內容即認識問題、規範問題和趣味問題。隨著資本主義文化的發展，在人類具體的文化實踐中，有關這些問題的探討研究越發建制化、專業化，進而成為「專家」的職權。這就是伴隨著「現代」的發生而發生的「知識分化」的現象。這種知識分化不僅給現代教育體制與現代學術的建構與組織提供理論支持，而且還為現代社會與現代國家的文化構成與制度安排搭建「上層建築」。

近代以來隨著中國被迫融入西方主導的「現代」世界，中國也出現了同樣的「現代性」的知識分化的過程。與歐洲不同的是，中國沒有產生西方意義上的「現代」宗教，而是延續著樸素的宗教意識形態，即一種講求「天人合一」的天理世界觀。自然地，中國近代的知識分化過程中，越發地突出了統一的科學世界觀，也就是以科學對抗樸素宗教和天理、以科學統攝整個認知體系的世界觀，而在具體的問題上再行分化。

基於上述歷史文化背景，也即在西方的「凝視」下，中國不僅創辦不少新式學校，而且引進了西方學制和學科體系。1904 年，清政府頒布《奏定大學堂章程》，明確規定「大學堂內設分科大學堂」，分科的目的在於「教授各科學理法，俾將來可施諸實用」〔註11〕。「自然而然地」，「科學至上」、「實用至上」

〔註11〕朱有瓛主編：《中國近代學制史料·第二輯上冊》，上海：華東師範大學出版社
1987 年版，第 770 頁。

的理念開始滲入文學領域。科學主義者極力推崇科學，並試圖將一切「學問」科學化、學科化，從而引發了 1920 年代一場「科學與玄學」的大論戰。在這一背景下，「文學」不僅成為八科之一，而且成為經學科大類兼習科目。在文學「學科建設」日漸合理、日漸科學的過程中，文學不再推重技能訓練，轉而強調知識生產和知識傳播。人們借助課程設置逐漸將「大文學」的其他文化內涵從文學學科中剝離出去，但仍然將中國傳統文學教育的功利訴求推向極致，賦予其更明確的政治文化使命。而承擔這一使命的重中之重便是「文學史」的書寫。文學科下的中國文學門「主課」即包含「歷代文章流別」、「周秦至今文章名家」、「周秦傳記雜史周秦諸子」等文學史類課程，「補助課」更是明確設有「西國文學史」。加上其他課程，中國文學門共計 16 門課程中，有學科史性質的課程達 10 門。可見，與一時代的政治意識形態和社會觀念聯繫頗為緊密的「文學史」成為文學教育的重心。傳統的文學教育中占主導的實用主義訴求找到了新的落腳點。這種「實用主義訴求」本是中國文學的載道傳統，而在「新」「舊」兩種路徑那裏都贏得了共鳴。周作人在其《中國新文學的源流》中便將其概括為中國新文學的特質，這在司馬長風的《中國新文學史》得到繼承與發揚，也就是中國新文學和新文學教育「反載道始，以載道終」〔註12〕。

　　大約與此同時，參訪日本、美國的梁啟超陸續發起了文界革命、詩界革命和小說界革命，將文化革新的「矛頭」直指阻遏中國走向西方式「現代化」的「舊」的傳統文化「流毒」。這已然超出了文化革新和學術更迭的範疇，而帶有資產階級政治革新的政治色彩，從而將「文學」與「新民」緊密聯繫起來。為了實現西方式的經文藝復興和思想啟蒙走上「現代化」，梁啟超不遺餘力地鼓與呼，還先後創辦或主持了《時務報》、《清議報》、《新民叢報》、《新小說》，不懈追求其政治新民理想。這不僅在個人層面和實踐層面極大地助推了文學的現代化，而且開啟了中國現代文學史上極富魅性的「國民性」主題。

　　在這種意義上，我們認為「現代」文學與「現代」教育從此發生。可見，中國現代文學的發生與發展，從來都伴隨著多種社會因素的介入，包括觀念的與制度的、政治的與文化的、社會的與個人的。在這一過程中，「文學」不再是純粹的觀念與審美的存在物，逐漸化為制度的、科學的知識生產。「現代」文學與「現代」教育的相遇與結合就是順利成章的了，從而有了不同於傳統文

〔註12〕 司馬長風：《中國新文學史・上卷・導言》，香港：昭明出版社有限公司 1980 年版，第 4 頁。

學教育的運行機制。從此，文學教育的全過程都有了制度設計，諸如教材選編、課程設置、教法運用、效果評估等都可以量化操控，而這也是中國現代文學教育與傳統文學教育的根本區別。作為「知識」的文學便不再是凝固的、形而上學的形態，而作為「知識生產」的文學教育便更加注重發現和闡揚「制度」中潛藏的個人經驗以及這種經驗所勾連的制度與生活世界的關係，進而去改善乃至創造更和諧的關係。

「文學」與「教育」原本是兩個邏輯關係薄弱的概念，而其能夠結合起來，一方面在於我國重感興的詩教傳統，一方面在於二者本質上都具有陶養人心性、品格、見識的審美功能，還在於晚清以來人們迫切需要文學能夠發揮即時的現實作用的功利預期。當文學遇到教育，借助施教者的解讀闡釋和受教者的自覺感悟，文學世界的審美空間得以擴展，也推動了文學觸達讀者心靈的可能；當教育遇到文學，教學實踐中借助文學形式反映的教育內容往往比單純強調某一方面的內容更能觸達受教者心靈並使之心領神會。

教育與文學結合，將其共生共榮的審美屬性和陶養功效在教學過程中發揮多功能效應，無疑是當前教育者孜孜以求的。而唯有教育，才能夠將文學固有的審美屬性和陶養功效發揮至最佳狀態，滋養人的身心和素質的發展。教育者，往往更在於實現對人的全方面陶養，享受人性的全方位觀照和生命的整體生發，通過開拓人的智力和創造力，在教育過程中和教育者的成果上體現出人的本質力量對象化。影響人發展的決定性因素便是環境和教育，而唯有文學能夠將教育與每個人所處的公域環境與私域環境勾連起來，使人似春風化雨般悄然告別蒙昧無知的情狀。

現代意義上的文學教育的發生，既是「現代化」發展的需要，也是時代的需要。在它漫長的形成過程中，它充分汲取了有關學科的養料。到今天，它愈發具有獨立的範疇，也有實際應用的價值。文學教育，不是簡單的「文學加教育」，而是文學活動與教育活動相互交叉、滲透、融合。它根本上講求充分調取文學藝術的審美價值和認知價值向受教者施加影響，激活其獨特的審美體驗，利用人們樂於領略文學的情感陶養的天性，使人在審美享受和認知更新的過程中受到陶養、感染、啟發，最終達到培育人、教養人的目的。

當然，從「文學教育」的詞彙結構來看，「文學教育」是「教育」的分支，因而，它必然以教育活動的一般規律、原則、方針、方法為基本理論前提。它會表現出與一般教育方針、教育規劃的一致性，在具體教學活動中保持與其他

教學活動的同步與參與。同時，因文學教育是施與文學或關於文學的教育，必然有其特殊規律，是文學滲透於教育活動的必然結果。因而，我們可以說文學教育表面上看是文學與教育的相遇，實則是教育一般原理在文學的教育功能這個獨特園地的落實與應用。

　　我們需要特別警惕的是，所謂中國「現代文學」，其概念和內容本身實則是建立在文化舶來品基礎之上的。不論概念怎樣更迭〔註13〕，它始終難以跳脫出「中心與邊緣」、「支配與從屬」、「影響與反應」的認知結構。換句話說，固然立意整體認知的「世界文學」或「世界文化」越發呈現出其合理的、積極的方面，但中國「現代文學」的言說卻常常基於西方話語和西方邏輯，潛藏著一個隱秘的價值參考框架和話語權力「等級體系」。因而其言說雖不至「隔靴搔癢」，但很可能並未觸及問題的根本，或者說其力量用錯了方向。在這樣一種認知結構裏，人們更傾向於撿拾西方的文化資源去處理一個個未知的難題。更有甚者，它逐漸自洽地把中國文學裝入一種以西方文學和文化為原點和中心點的權力等差格局，由此建構出這樣一種西方中心的「世界文學」價值秩序。在這樣一種時空秩序中，內在地規定著西方文學的「新」與中國文學的「舊」、西方文學的「先進」與中國文學的「滯後」的等差對立。那麼，採信西方標準，將文學作為「學科」獨立建制，使之專門化、制度化便成為當時中國各派勢力、各種傾向的知識者的基本共識。也因此，「文學」就不再是偏於「天朝上國」一隅的「文章學」，不再是「政治之餘」，更不再是純粹情感性、審美性的文字表達，而變成了一種制度性的知識生產，一種與異質文明的對話機制，還是一種在世界語境中的自我省思。作為文學從業者，其身份也悄然發生置換，不再是「儲備幹部」或政治家，轉而成為一種兼具社會活動家、革命家、學者、編輯等多種身份的職業人，是現代化大生產鏈條中的一分子。

　　在這樣一種價值鏈條中，清末以來的中國知識者一方面在一種決然的「西化」傾向中展開想像世界的文化實踐，以使中國成為「世界」中的中國；另一方面中國知識者也以西方話語審視和估量中國文學，以支撐其「兼濟天下」的文人使命、響應復興中華的時代命題。因而，在被動「20世紀」、被動「現代」、

〔註13〕眾所周知，進入20世紀以來，在西方學術化思潮影響下，中國文學界先後出現了「新文學」、「現代文學」、「新民主主義文學」、「當代文學」、「現當代文學」、「20世紀中國文學」、「民國文學」等諸多概念，各個概念之間都有大體相同的界定對象或者有一定交集，而卻指嚮明顯不同的意識形態期待。

被動「文學」、被動「中國」的過程中，中國文學教育仍然肩負起文化創造的使命。

在《奏定大學堂章程》所劃定的八科之一「文學科大學」中，「中國文學門」成為獨立的一門科目，包括七門「主課」和九門「補助課」。十六門課程中，有文學史性質的課程多達十門，主要的有「歷代文章流別」、「周秦至今文章名家」、「周秦傳記雜史周秦諸子」和「西國文學史」等。為了更好地將這種課程設置落到實處，該章程了建議仿照《文心雕龍》和日本的《中國文學史》展開搜集整理，以便編纂講授。除此之外，該章程中的一項要求尤為值得注意，它要求「研究文學者務當於有關今日實用之文學加意考求」〔註14〕。相比上述建議性質的溫和口吻，這項要求則要堅決得多，是強制的、命令式的，實則體現出了教育改革者對於文學教育的實用主義要求。

傳統的文學教育雖同樣有濃鬱的功利色彩，但往往將各種「載道」訴求付諸於誦讀、品味、模擬和創作等技能訓練。新式教育下的文學教育，則轉而更加偏重知識傳授，變寫作練習為知識記憶，對練習的文體等也不再作僵化要求。坊間所謂的「中文系不培養作家」之說，大抵源於這種文學教育重心的轉向。這部章程的制定者顯然高估了學員在文學素養及其相關的審美能力上自修自習的能力，也低估了學校在學風導向、學員成長及其個人知識結構能力偏向乃至一時代一民族的文化選擇等問題上的深遠影響。他們相信，學員倘若能夠「博學而知文章源流者，必能工詩賦」〔註15〕。但是，「博學而知文章源流」與「工詩賦」之間並不是必然的強邏輯關係，需要有一定程度的寫作練習和相當的審美感知能力才能將二者勾連起來。當學員將更多精力分配於知識記憶，必然有意無意地減少審美感知能力的修養。學員經過短時間的強記，能夠熟練地道出各種文章的源流，輕易地誦讀出「周秦至今文章名家」的經典作品，卻未必能夠創作出在水平線上的作品，甚至未必能夠對名家名作給出令人信服的評點。況且，整個社會的主導思潮是務實救國，自上而下的教育改革也是明顯的務實思路。大環境如斯，作為個體的教員和學員不僅無力扭轉文學教育重心的轉向，而且更可能在這種轉向上「推波助瀾」，加速了文學教育的「現代」

〔註14〕朱有瓛主編：《中國近代學制史料·第二輯上冊》，上海：華東師範大學出版社1987年版，第786頁。

〔註15〕朱有瓛主編：《中國近代學制史料·第二輯上冊》，上海：華東師範大學出版社1987年版，第787頁。

轉型。轉型後的中國文學教育，目標更明確，課程設置更科學，教育內容更成體系，教學手段和方法更直接，實操性更強，更易規模化普及，更易見到教育成效，評價標準更客觀。

這樣，在「現代」知識分化的學術邏輯下，在教育體制化建構與文學作為學科獨立的運作之下，文學與整個社會建立起更為廣泛的聯繫，它對於「現代」國民的精神輻射作用更加明顯。具體到延安文藝教育的文化創造，便是延安文藝運動中對「眾」的拓展，接續了清末民初對「民」的闡發。與清末民初發現「民」不同的是，延安文藝運動不再是居高臨下的「化大眾」之倨傲啟蒙，而是立足於中國氣派、中國形態，通過充分發動和教育工農群眾使之參與大眾文化建設，充分發掘中國革命的內在經驗，從而將中國之「現代」與最廣大的工農群眾勾連起來，實現了由「民」到「眾」的拓展。延安文藝教育中，既有持久的、規模龐雜、策略堅決的識字運動不斷拓寬「現代人」的邊界，又有各種類型的文藝培訓班和大規模的集體創作確立和充實「眾」的精神蘊涵，進而以頗具前教育機制的文學教育凝鑄囊括全社會的道德共同體。這樣，在拓展「眾」的內涵與外延的過程中，文學意識形態悄然間完成了轉換與重構。

在文學「現代化」的過程中，出現了以文學為重要表徵的現代人文話語。這背後對應著現代民族國家和現代社會體制的形成。現代人文話語為中國現代社會和國家權力關係提供了規範，那麼，作為現代學科的文學便被「鑲嵌」在現代國家規定的學術體制之內。從這個意義上說，傳統文學觀念如何在「現代化」過程中被「現代」文學揚棄，這必然應成為現代文學教育的應有內容。「新」的文學教育就不再只是「文學科」裏的課程設置、教師隊伍、教材編選和招生，而且還涉及到整個民族社會的語文教育。這是一個更為龐雜的系統工程，需要確認文學經典（由此可以判定什麼是「文學」，什麼是「非文學」；什麼是「好文學」，什麼是「壞文學」），提示和規範人們如何閱讀文學並借助文學想像民族社會，為社會提供一整套認識、接受和鑒賞文學的基本方法、途徑和價值標準。這也就是羅蘭‧巴特所說的「文學是被教授的東西」。

四、當文學教育遇到革命戰爭

在中國共產黨的革命戰略構想中，文藝是整個革命事業的有機組成部分。而革命的文藝構想如何落實為文藝的革命實踐，進而有效推動革命進程，則經過了較長時間的探索。從「左聯」、中央蘇區到延安，革命戰爭的發展不斷提

出「革命需要……」的現實母題，列寧政黨政治美學則為之掃清了理論陰霾。黨的文學和黨的教育先後進入中共的革命議題，並由於為革命戰爭服務的共同使命而融合、開拓出黨的文學教育。在這種召喚、融合中，政黨政治和革命話語介入文學，並逐步確立了新的文學發展方向、美學規範，塑造了新的文學家，文學話語也得以革新重置。這種變化，深刻地反映出中共領導的左翼文學視野從地方轉向中國、從世界轉向民族，進而在很長一段時間內左右了中國現代文學的面貌和進程。

1923 年 6 月，《新青年》改版為中共政治理論刊物。從此，中國共產黨便逐步將文藝納入革命軌道，並不斷積累著革命的文藝工作經驗。到了「左聯」時期，左翼文藝力量因準政黨組織的強力動員而迅速集結。他們的文學創作、理論宣傳發揮了突出的示範和教育效用，強化了「以文學介入政治（革命）」的選擇。可以說，「『左聯』為中國無產階級文學事業建立了一個值得珍視的偉大的戰鬥傳統」。〔註 16〕中共天然地繼承了「左聯」文學觀念，開始通過黨組織介入文學實踐，突出文學的社會屬性（包括教育效用在內）。這為延安文藝作了充分鋪墊和生動預演。又因「左聯」與蘇聯「拉普」的關係，中共「以俄為師」，開始全面學習、借鑒蘇聯的文學理論和文藝政策，〔註 17〕尤其是開始探索實踐列寧政黨政治美學。列寧政黨政治美學內含著對革命文學隊伍進行教育以凝練黨性的要求。顯然，未經黨的文學教育的「左聯」文學，「黨性」不足，黨組織控制並不嚴密，其有限的文學活動多係作家自發行為。由於缺乏有效的黨的文學教育，不少左翼作家並未完成無產階級化，其言行做派和文學創作本身仍有濃厚的舊文人色彩。這使得左翼文學不僅不能真正為黨所用，甚至給黨的事業造成損害〔註 18〕。缺乏黨的文學教育的弊端還在於，黨內作家對事關文學走向的重大理論問題〔註 19〕認識模糊、彼此矛盾，難以形成革命文學的戰鬥合力。

〔註 16〕陳安湖：《中國現代文學社團流派史》，武漢：華中師範大學出版社 1997 年版，第 274 頁。

〔註 17〕劉忠：《〈講話〉對左翼文學的吸收與改寫》，《中州學刊》2007 年第 4 期。

〔註 18〕如 1920 年代末黨內作家發起的針對魯迅、茅盾等人的革命文學論爭，以及「兩個口號」論爭，牽扯出宗派主義傾向，嚴重傷害了左翼文學陣營的團結，因在內部論爭上產生了過多無謂的消耗，減損了左翼文學陣營的戰鬥力，也妨害了左翼文學力量的文學創作。

〔註 19〕如文學在黨的事業中的位置和作用、黨與文學和作家的關係、新的審美意識形態如何建構等。

「大革命」後，中共深入農村，逐步建立蘇維埃政權（蘇區）。此時敵我力量對比懸殊，革命根據地空間相對封閉狹小，鬥爭形勢瞬息萬變，加之中共理論素養仍不成熟，各項工作很難有預想和規劃，因而提出「一切蘇維埃工作服從革命戰爭的要求」總方針。從革命現實需要出發並不斷校正工作偏誤、總結經驗，便成為中共開展工作的優良作風。為滿足革命戰爭要求，古田會議決議案明確指出，「紅軍的宣傳工作，是紅軍第一個重大工作」〔註20〕，明確以黨的綱領性文件提出「革命戰爭需要文學」的歷史課題。後來，瞿秋白接任蘇維埃政府教育部長，兼管下屬藝術局工作。瞿秋白領導蘇區文學實現了文學宣傳和教育工作的有機融合，奠定了以列寧政黨政治美學指導文學實踐的基礎。瞿秋白精通俄文，撰寫了大量譯介俄蘇文學及其理論的文論。瞿秋白犧牲後，魯迅將其部分譯述編輯整理為《海上述林》。作為馬克思主義文藝理論中國化的重要一環，《海上述林》尤為引人注意的是瞿秋白詳細闡述了列寧《黨的組織和黨的文學》的主要內容，將列寧政黨政治美學的核心觀點介紹到中國。瞿秋白對俄蘇文學和俄蘇文藝理論理解頗深，加之他頗具詩文才情、對中國現實景況和革命鬥爭的需要有深刻洞察，所以瞿秋白的翻譯和注釋往往夾雜著頗多個人理解。瞿秋白開宗明義地指出，「關於藝術的問題，以及關於道德等的問題，列寧是從無產階級的利益的觀點上來觀察的。只要無產階級還沒有解放自己，因此也還沒有解放一切勞動者，而脫離剝削者的壓迫，那麼，無產階級每一步的行動都應當服從階級鬥爭的利益。」〔註21〕因此，「有階級的社會不可避免地把自己的痕跡印在一般的藝術上，部分地說來，也就在文學上」。〔註22〕基於此，「文學應當成為黨的，……社會主義的無產階級應當提出當黨的文學的原則，發展這個原則，而盡可能的在完全的整個的方式裏去實行這個原則。」而「黨的文學」的原則是「文學的事情應當成為無產階級總事業的一部分，成為一個統一的偉大的社會民主主義機械的『齒輪和螺絲釘』，這機械是由全體工人階級的整個覺悟的先鋒隊所推動的。」〔註23〕這些論斷同樣

〔註20〕中國共產黨晉察冀中央局：《毛澤東選集卷四》，新華書店晉察冀分店 1938 年版，第 151 頁。

〔註21〕瞿秋白譯，魯迅編：《海上述林（上）：辨林》，成都：四川人民出版社 1983 年版，第 235 頁。

〔註22〕瞿秋白譯，魯迅編：《海上述林（上）：辨林》，成都：四川人民出版社 1983 年版，第 235 頁。

〔註23〕同上，第 236～237 頁。文字加黑及著重號部分為原書標示，本書作者注。

切中當時中國革命鬥爭的要害〔註24〕，給瞿秋白以強烈的震撼和鼓舞。他認
為，「列寧關於文學的這些意見，到現在還完全保存著它的意義。……這是工
人階級的歷史上所向來沒有的。尤其在無產階級專政的改造時期，在社會生活
的幾百年來的基礎和方式的偉大的改革條件之下，文學的作用和意義特別加
強了。藝術和文學（不但是藝術的文學），應當成為社會主義建設的強有力的
槓杆之一。」「在過渡時期，階級鬥爭表現在社會生活的一切方面，文學方面
也是如此。」所以，瞿秋白特別強調，「為著要順利的在這方面同階級敵人鬥
爭，必須研究列寧在這方面所具體應用的方法」。〔註25〕這樣，瞿秋白明確地
將列寧政黨政治美學列為黨的文藝活動的指導教材。中央蘇區的短暫經歷，既
是瞿秋白文藝思想的一次有效的實際操練，同時也使其文藝思想得到一定的
發展和深化，進而為毛澤東在延安的文藝論述打下堅實基礎。

　　瞿秋白到蘇區後，給黨的文學工作帶來新的思路。基於前期潛心研究與深
刻認識，加之身兼多職的便利、相對封閉封鎖環境下開展工作的緊迫性、邊戰
鬥邊工作的殘酷性，為保證革命工作的高效展開，瞿秋白在蘇區將「黨的文學」
與「黨的教育」有機融合起來，從而開拓出「黨的」文學教育。或者說，瞿秋
白在談論文學工作或教育工作時往往是將二者結合起來看待的：文學可以成
為教育的有效手段和工具，教育可以拓展文學隊伍。這成為包括文學教育在內
的整個延安文藝實踐的前認知。

　　毛澤東與瞿秋白曾在中央蘇區共事，兩人同樣兼具藝術才情和革命氣質，
恰巧當時都在黨內鬥爭中比較失意，很容易有「同是天涯淪落人」的惺惺相惜。
他們「時常坐在樹蔭下、草地上，背靠背，互相酬唱，抒發心中的不平和憤慨」
〔註26〕。經由情感共鳴，自然容易引起理念認同。這在李又然記錄的一個細節
裏可見一斑：李又然說，「毛主席，文藝界有很多問題！」隔了許久，毛澤東
氣憤地說，「怎末（沒）有一個人，又懂政治，又懂文藝！」李又然接道，「要

〔註24〕　如凱豐、洛甫等曾批評指出，中央蘇區「教育部工作中每月明顯的確定自己的
　　　　　方針，……存在著資產階級教育的傾向，沒有把共產主義教育明顯地提到」，
　　　　　而「把蘇維埃的教育當作資產階級的啟蒙運動」。（參見凱豐《團對教育部工作
　　　　　的協助運動》，《紅色中華報》1933 年 9 月 6 日第五版；洛甫《論蘇維埃政權
　　　　　的文化教育政策》，《鬥爭》1933 年第 26 期。）
〔註25〕　瞿秋白譯，魯迅編：《海上述林（上）：辨林》，成都：四川人民出版社 1983 年
　　　　　版，第 238 頁。
〔註26〕　蔡桂林：《秋白之華：瞿秋白傳》，北京：解放軍文藝出版社 2013 年版，第 324
　　　　　頁。

是瞿秋白同志還在就好了！」毛澤東深受觸動，「始終一動不動地站在那裏，頭深深埋著」，李又然走時還罕見地沒有去送。〔註27〕毛澤東對瞿秋白早逝的痛惜赫然紙上。據馮雪峰回憶，魯迅曾託馮雪峰將《海上述林》轉送給毛澤東，毛澤東曾在延安的窯洞裏認真研讀。〔註28〕我們會注意到這樣一個饒有意味的現象：瞿秋白較少探討的問題，毛澤東也較少涉及；瞿秋白重點闡述的問題，毛澤東也會花費較多筆墨；從中可以看出二者的繼承關係。

革命戰爭最初「完全是軍事的鬥爭，黨和群眾不得不一齊軍事化。怎樣對付敵人，怎樣作戰，成了日常生活中的中心問題」〔註29〕。而革命隊伍要壯大、革命戰爭要取得勝利，就必須長期辦黨的教育，且先從部隊開展。古田會議決議案強調，「紅軍黨內最迫切的問題，要算是教育的問題。……因此，有計劃的進行黨內教育，糾正過去之無計劃的聽其自然的狀態，是黨的重要任務之一」。〔註30〕這樣，中共逐步將教育問題上升到革命戰略的高度，並將教育視為解決黨內問題的必要手段。隨著革命根據地的發展壯大，需要組織和鼓動更多工農群眾參加革命，幹部教育、工農大眾教育、培養革命後代的基礎教育乃至某些專門教育，先後納入革命工作日程。中共逐步明確了有步驟、分階段、重實效的務實教育思路。尤其是中央蘇區建立後，中共在相對封閉的空間裏有了更多餘裕展開黨內教育的探索實踐，在制定黨的教育政策、展開教育實踐時，思路越發清晰、方法越發靈活。中華蘇維埃共和國前兩次全國代表大會都花了相當篇幅談論教育問題。在第二次大會上，中共明確指出，「蘇區還缺乏完備的專門教育的建設」，「專門教育之應該跟著普遍教育的發展而使之發展起來，無疑的應該成為教育計劃中的一部分」〔註31〕。與此同時，中共開始重視文學尤其是戲劇的教化作用，文學與教育從此開始在蘇區融合，開拓出黨的文學教育。黨的文學教育逐漸成為戰爭和革命動員中一個不可或缺的力量，不斷地提高著廣大群眾的政治文化水平，凝築著人們對黨的革命事業的道德情

〔註27〕李又然：《毛主席——回憶錄之一》《新文學史料》，1982 第 2 期。
〔註28〕魯迅研究資料編輯部編：《魯迅研究資料·1》，北京：文物出版社1976年版，第 87 頁。
〔註29〕毛澤東：《井岡山的鬥爭（俄華合訂本）》，上海：中華書局 1953 年版，第 61 頁。
〔註30〕中國共產黨晉察冀中央局編：《毛澤東選集卷四》，新華書店晉察冀分店 1938 年版，第 148 頁。
〔註31〕人民教育出版社編：《毛澤東論教育》，北京：人民教育出版社 2008 年版，第 7 頁。

感認同。

　　黨的文學教育事業，最早要追溯到 1933 年成立的工農劇社藍衫團和藍衫團學校。這是中共創立最早的專門文學教育機構。藍衫團和藍衫團學校，由李伯釗任團長、校長，實為兩個機構一套「班子」。藍衫團學校調來紅軍學校的沈乙庚、王普青、石聯星、劉月華、錢壯飛、胡底等任教員，從各地選拔一百多名優秀共產兒童團團員為學員。教員和學員肩負著「把藝術的武器帶到廣大群眾中去」〔註32〕的使命，以工農革命的戰士自居，工作熱情和效率很高。藍衫團的師生同時承擔著教學、創作、排演三個方面的工作，在實際操練中總結出了文學教學與文學創作相結合、文學創作與革命鬥爭需要相結合、課堂教學與排練演出相結合的經驗，極大地保障了教學質量和革命文學的生產效率。這種文學短期訓練班的思路在後來的延安文藝教育中得到了沿用。

　　當然，中國共產黨所面臨的革命戰爭形勢及其任務在不斷地變化，相應地中國共產黨的文學教育的具體指向也在發生變化。延安發生於日本悍然發動全面侵華戰爭之際。「為了民族的生存和解放，為了抵抗日本帝國主義強盜的侵略，把它從中國趕出去；為了鞏固世界和平」，我們黨一面在抗日民族統一戰線下動員和團結現有力量，一面「去尋求和準備新的力量」，在延安積極施行抗戰教育，以培養「抗戰急需的幹部」。〔註33〕

　　與此同時，中國共產黨基於蘇區文學運動經驗，一面廣泛招攬各類文藝人才，施行寬泛的文藝政策；一面積極調集自身已有的文學力量，積極開展抗戰文藝運動。1936 年，毛澤東聯名楊尚昆發起《長征記》徵文活動，廣大幹部戰士積極響應，在當時引起很大反響。這次徵文活動，是中國共產黨打響的抗戰文藝第一槍，它充分總結了紅軍長征的革命精神，更重要的是通過徵文和編輯工作，調動了中國共產黨的文學力量，也發現了在抗戰中開展文學教育的必要性和重要性。

　　正是在這樣的歷史背景下和中國共產黨遠見卓識地安排下，延安文藝教育應運而生，並隨著革命戰爭的發展變化而逐步深化。尤其是抗戰逐步進入戰略相持階段乃至戰略反攻階段後，延安文藝教育逐漸自覺地承擔起建設新中國文學的歷史使命，逐步促成了文學範式的轉型。在這一過程中，延安文藝教

〔註32〕　《工農劇社藍衫團畢業》，《紅色中華》，1933 年 9 月 24 日第五版。
〔註33〕　《創立緣起（一九三八年）》，谷音、石振鐸合編：《魯迅文藝學院文獻（內部資料）》，瀋陽音樂學院《東北現代音樂史》編委會，1986 年。

育進行了多樣化的自由探索，積累了不少有益經驗；也在革命形勢的要求之下及時進行了調整，統一了文學教育工作者的思想認識，明確了黨的文學教育的方向。

由上可知，延安文藝教育的開拓，既出於中國共產黨從革命戰爭出發提出的「革命戰爭需要……」的現實母題，又源自於全面抗日戰爭爆發後抗日文藝運動對民族文化自立與創造的感召。它不是從文學藝術本身出發的。黨的文學教育並非少數文學家的專門的純粹的藝術運動，其活動範圍也並不局限於學校和課堂，而是立足於「為紅軍部隊培養藝術幹部」〔註34〕、為挽救民族危亡培養藝術幹部。後來召開延安文藝座談會、展開整風運動，一個很重要的原因便是不少延安文藝家堅持文學和文學教育的純粹藝術定位，從而有使文學脫離黨的領導、脫離中國革命現實之險。基於此，我們的歷史觀照和研究便不能超拔於革命戰爭催生延安文藝教育這一基本史實。我們分析它的成功經驗和缺陷教訓，都要在這一基本史實的限定之下，惟其如此，方不至於偏頗。而在這樣的主客觀限定之下，延安文藝教育仍能做出不少符合教育規律和藝術規律的探索，仍能取得令人矚目的成績，這才是我們更應引為發揚的。

〔註34〕 《中央蘇區文藝叢書》編委會編：《中央蘇區文藝史料集》，武漢：長江文藝出版社 2017 年版，第 403 頁。

第一章　延安文藝教育的發生

　　林毓生在分析五四時期的全盤西化思想時指出，借思想文化以解決問題的途徑，是中國文化裏的傳統思路。五四一代的中國知識者堅信，「文化變革為其他一切必要變革的基礎」，而「實現文化變革的最好途徑是改變人的思想，改變人對宇宙和人生現實所持的整個觀點，以及改變對宇宙和人生現實之間的關係所持的全部概念，即改變人的世界觀。」〔註1〕然而，在前幾代知識者「思想觀念改變、價值觀念改變的同時，傳統的思想模式依然頑強有力、風韻猶存，是現代中國前兩代知識分子主張借思想文化以解決問題的根源」。〔註2〕實際上，相對於歷史的具體的思想文化內容，一個民族的思想模式要固定得多，不止維新一代和五四一代等前兩代知識者有此思想模式，毛澤東等無產階級知識者仍然不能跳脫這個傳統。

　　思想文化變革優先於社會政治經濟變革的傳統理念，與葛蘭西的奪取文化領導權優先於建立政權的西方思想有異曲同工之妙。前者作為中國知識者的傳統思想模式，在無產階級知識者得到了自然的繼承；後者與毛澤東、瞿秋白同為列寧政黨政治美學思想的信奉者，自然容易得出理論的推衍。辛亥革命後，「普遍王權」（林毓生語）的崩潰造成的政治權力真空和文化領導權空白，都需要有人填補。面對產生已久並不斷加深的家國危機，中國共產黨人自覺地承擔了這一歷史使命。政治、軍事與經濟上的鬥爭自不必說，我們這裡主要談的是以文學為代表的文化變革。基於這一事實判斷，我們的論述得以展開。經

〔註1〕〔美〕林毓生：《中國意識的危機——「五四」時期激烈的反傳統主義》，穆善培譯，貴陽：貴州人民出版社1988年版，第45~46頁。
〔註2〕林毓生：《中國意識的危機》，第48頁。

過十九世紀末二十世紀初兩代知識者大力引進歐美思想文化，解決中國問題便出現日益燦爛的曙光，西方的思想觀念開始照進中國的現實。共產黨人找來了馬克思主義，在文學領域，靠著馬克思恩格斯的現實主義美學贏得大眾，靠著列寧的政黨政治美學奪取了文化領導權，最終建立的黨的文學教育。從五四和左聯時代的多元格局到延安時期的一體化、規範化，這不單單是靠著政權的物質力量，更是思想文化發展的必然結果。這有賴於一整套意識形態體系的構建，對於延安時期共產黨奪取文化領導權、建構新形態的文化來說，文學教育是其中的重要一環，除了開辦學校，還創辦文學社團，開闢文學期刊，出臺文藝方針政策，集會、講演也是常用手段。

五四時期的全盤性反傳統主義主要地「趨向於文化的反傳統主義，因為它所根據的預設是，中國傳統社會和文化的有機式整體，主要是受它的根本思想所影響的」。〔註3〕共產黨人延續了這一思路，並將反思的聚焦點進一步轉向了傳統的知識者本身，因為他們也是這一傳統的一部分。共產黨人採取教育的方法，最終將這些知識者無產階級化、大眾化，更確切地說是工農兵化，收歸己有、為我所用。

葛蘭西指出，「現代文明中的一切實踐活動都已變得如此複雜，各門科學與日常生活日益緊密地交織在一起，這致使每一種實踐活動都勢必要為自己的管理者和專家創立一類新的學校，並且在較高的層次上創造一批在這些學校任教的專家知識分子。」〔註4〕延安文藝教育就是中國共產黨在領導無產階級革命的過程中所創立的文學教育，目的是培養無產階級文學工作者，最終為整個革命事業服務。可以說，它的發生是中國共產黨取得革命勝利、奪取政治和文化領導權的必然產物，它不僅依賴於中國共產黨不斷高漲的革命聲望，也有著複雜的歷史背景和現實狀況。

一、中國文學教育的傳統及其歷史流變

（一）中國文學教育的傳統

中國文學教育的生成，既是文學與教育的相遇融合，又是文學的美學傳統對社會人生的投射。上古時期，教育已被認為是國家大事，「古之王者建國君

〔註3〕林毓生：《中國意識的危機——「五四」時期激烈的反傳統主義》，穆善培譯，貴陽：貴州人民出版社1988年版，第51頁。

〔註4〕〔意〕安東尼奧·葛蘭西著：《獄中札記》，曹雷雨、姜麗、張跣譯，北京：中國社會科學出版社2000年版，第18頁。

民，教學為先」〔註5〕。大約夏朝便出現了成建制有體系的學校，這種傳統得以延續下來。在三代學校建設中，「夏曰校，殷曰序，周曰庠」，其核心是「明人倫」〔註6〕，即注重思想道德教育，繼而以國家主導和學校教育的形式確認了中國文化的倫理型規範。以此觀之，此後每一代政權、每一種意識形態規範得以建立和鞏固，都有賴於倫理規範的重新確認。進一步言之，在非常重視現世人生、注重人倫關係的中國文化裏，各類教育的有效開展，都需要倫理規範的和諧穩定及其對倫理成員的內在約束。這使得中國文化對每個個體都有教化的內驅力。在此基礎上生成的中國古典美學規範，也主要是基於倫理道德思考審美問題，「美」往往包含社會規範和審美想像兩個方面，從而形成了在意識形態內部思考和體驗美的傳統。

　　為了更好地教育士人學子、使之「明人倫」，三代以來的聖賢士大夫進行了多種有益探索，文學教育自然地成為古典教育的必然選項。春秋時期楚國大夫申叔時在談論太子教育時曾指出，「教之春秋，而為之聳善而抑惡焉，以戒勸其心；教之世，而為之昭明德而廢幽昏焉，以休懼其動；教之詩，而為之導廣顯德，以耀明其志；教之禮，使知上下之則；教之禮，使知上下之則；教之樂，以疏其穢而鎮其浮；教之令，使訪物官；教之語，使明其德，而知先王之務用明德於民也；教之故志，使知廢興者而戒懼焉；教之訓典，使知族類，行比義焉」。〔註7〕可知，文學教育已然成為重要的教育內容，並且與政治教育、歷史教育、倫理教育、禮樂教育等日益融合為統一的整體。換句話說，春秋時期已經出現全面的、明確的、集中的、成體系的教育構想，並在這樣的教育體系裏設置了文學教育。文學教育的主要目標是陶冶人的性情、提升人的道德、激發人的創造力。這一整套教育體系設置了逐步進階的課程，即「春秋」、「世」、「詩」、「禮」、「樂」、「令」、「語」、「故志」、「訓典」等，層層深入，最終導引人養成健全人格並知行合一。文學教育在這一整套教育體系裏大致居於中間層次，銜接著知識教育與心性陶養及政治訴求。後世的文學教育大體都是在這樣的範型裏展開的。

　　孔子比申叔時稍後，而同樣重視文學教育，並將文學視為教育的必要內

〔註5〕 王雲五、朱經農主編，葉紹鈞選注：《禮記》，上海：商務印書館1947年版，第72頁。

〔註6〕 （戰國）孟子著：《孟子》，楊伯峻、楊逢彬注譯，長沙：嶽麓書社2000年版，第84頁。

〔註7〕 （春秋）左丘明著：《國語》，長春：時代文藝出版社2009年版，第343頁。

容、將文學應用於教學實踐，也將文學教育置於整體教育的中間層。與申叔時不同的是，孔子闡述文學教育時，像草灰蛇線一樣，是比較分散的，往往在不同場合、不同對象面前隨物賦形、隨意闡發、就事論事，沒有形成顯而易見的體系。或許是得益於這種分散闡釋，孔子在具體的文學教育問題上闡述得更加豐富、更加深刻，影響也更加深遠，也進行了更為靈活多樣的文學教育實踐，以至於孔子所開創的詩教傳統逐步成為中國文學教育的正統。有深刻的理論探討、有廣博的教育實踐，政治意義反而更易實現，因而在這種意義上可以說，最早的文學教育就是孔子所開創的詩教。

孔子指出，「詩可以興，可以觀，可以群，可以怨，邇之事父，遠之事君，多識鳥獸草木之名」〔註8〕，闡明了詩的認識和教化作用，即詩歌具有陶養性情、瞭解社會人生、教育民眾、針砭時弊的作用。孔子還強調，「不學詩，無以言」〔註9〕，言明詩在現世人生中的必要性。這樣，孔子不僅將詩歌與政治教化聯繫起來，而且將詩歌與生命、個體人生密切聯繫起來，並對其進行了深刻的感悟與探究。〔註10〕這就為文學教育的開展奠定了堅實的基礎。孔子既能夠做到寓教於詩文禮樂，也能夠做到從詩文禮樂中闡揚人生至理，實現了文學與教育的相遇融合，也實現了文學與生命的有機融合。可以說，孔子的生命是富於藝術氣息的通感型生命。孔子所開創的傳統詩教雖然有其政治功利目的，但因其有著豐富而廣博的社會內容、切實而純粹的生命體驗、透徹而超拔的審美境界，所以不耽於政治與功利，對生命的純粹、藝術的美善已能夠達到全人感知的境界。由藝術教養實現全人感知進而達到全人塑造，孔子所開啟的這種基於藝術體驗的人格養成路徑至今仍有深刻的啟示意義。這也成為中國文學教育富有超越性的偉大傳統。

由是觀之，由於孔子在中國教育乃至中國文化上的開創性意義，他所開拓

〔註8〕 （春秋）孔子著：《論語》，楊伯峻、楊逢彬注譯，長沙：嶽麓書社2000年版，第168頁。

〔註9〕 孔子：《論語》，第162頁。

〔註10〕 孔子在詢問子路、曾皙、冉有、公西華等學生的人生志向，當曾皙說「莫春者，春服既成，冠者五六人、童子六七人，浴乎沂，風乎舞雩，詠而歸。」孔子不禁感歎說「吾與點也！」（《論語・先進第十一》）可見，孔子所期待的終極生命體驗是一種超越政治、超越功利的審美境界，有著一種歷盡千帆、閱盡繁華、返璞歸真的本真之美，飽含著孔子的審美的生命意識。可以說，孔子是將其人生訴求、生命理想滲透進他的文學體驗裏，自然也投射到他的文學教育活動裏。

和確立的這種文學教育傳統，在社會效應、教育理念、教育內容、教育方法乃至審美體驗、文藝批評等諸方面都具有穿越時空的借鑒意義。

從社會效應來看，孔子充分發掘文學的社會教養和政治教化功能，使人認識和瞭解社會，形成道德情感認同，強調通過文學教育來確立社會規範，為民族和社會的形成與發展奠定基礎。

從教育理念來看，中國文學教育自生成起，便以知現世、明人倫為根本目標，最終服務於家國大業。它強調文學與現實社會的密切聯繫，既促使文學干預社會人生，又以廣博的社會人生內容充實滋養文學，為推動文學發展起到了積極作用。

從教學活動的具體內容來看，中國文學教育自生成起便包含兩個方面的內涵：一是以文學作品為教學內容，從文學發散到社會人生，發揮文學的認識與教化作用；二是在教學中專門講授文學觀念（理論），研習文學技巧，傳承文學經驗。

從教育方法來講，孔子主張「游於藝」。中國文學教育自生成起，便注重有的放矢地廣納博採，倡導涉獵遊觀各種藝術門類、遊歷各種自然人事，並善於利用各種手段和途徑，通過對各種現象和規律的全面掌握而實現人的審美自由，以至養成完整人格。在這樣的教育傳統下，後世在展開文學教育時，往往突破空間乃至時間的限制，實現文學教育形式、途徑、方法的多樣化。〔註11〕

從審美體驗及與之密切相關的文藝批評來看，孔子的審美體驗以及文藝批評往往是基於切實生命體驗的自然感興，他往往從藝術與生命之間的聯繫出發，調動全身心投注於文藝鑒賞之上，達至藝術型人生或生命藝術的理想境界〔註12〕，從而確立了評價和認識作品的最高標準。孔子將藝術在形式上的創造（美）與在內容上的訴求（善）區分開來，認為美須符合「仁」的要求、有善的內涵，才具有社會意義；而善要有美的描畫、情的渲染，才具有生命力和

〔註11〕像王維這般通感型生命和藝術全才，他的多種門類的藝術創作似乎是隨生命感興而流溢出來的一樣，隨物賦形、隨意闡發，自然、真實、親切，歷來傳為文壇佳話。而這樣的現象，在中國文化歷史上並不鮮見，這大抵是中國教育注重通感型人才培養的自然結果。

〔註12〕孔子在鑒賞《韶》這一禮讚舜的樂章後，「三月不知肉味」，「不圖為樂之至於斯也」。（《論語‧述而》）。而後孔子在評點《韶》時，謂其「盡美矣，又盡善也」。（《論語‧八佾》）。

感染力。因而，美具有獨立的價值，真正的藝術價值在於美與善的完滿統一。「盡善盡美」的文學主張，對後世開展文學教育，探討文與道、華與實、情與理等諸多問題，產生了深遠影響。

從文學教育的成果來看，中國文學教育有三種境界，或者說中國文學教育包含三個層次的要求：一是知識教育，主要是對歷史的理解、對現實的觀察、對自然的認識、對人生的把握，以及關於文學的一些基本知識；二是技能訓練與審美教育，主要是訓練基本的寫作和評論的技巧，進而激發受教者的審美自由感，引導受教者學會從各類作品中發現美、辨別美、感悟美，進而創造美；三是人格教養，基於知識積累與審美陶養，引導文學的受教者去發掘各類作品中的情感、道德和思想內涵，激發人的靈活的想像力、創造性的思維力、自由的感悟力，提高整體的精神境界，淨化人的靈魂，養成完整人格，抵達自由世界。

需要注意的是，整體而言，古代所謂「文學」是包含了「詩文」的思想學說及學術文化，是一種「大文學」觀，是一種泛文化概念。這樣的文學觀念更多是與政治統治和思想教化聯繫起來的，因而與此無關乃至妨害統治和教化的、大眾化的文類，就被排斥在文學教育之外。我們可以得出這樣一個基本判斷：傳統的文學教育不是純粹的文學教育，而是一種社會政治文化教育。它既包含經史子集的探究，還跟政治統治、思想教化和人格培養等密切結合，或者毋寧說文學教育為道德教化服務。因而，借助政治、經學、倫理對人的統攝和約束力量，以及文學作品對人情感的興發力量，傳統的文學教育既能夠觸及人們私域生活中的情感、心理，也能關聯公域生活裏的政權、族群、倫理等，能夠充分調動人們參與民族文化和歷史的創造，有著廣博而厚重的社會歷史內容。

不過，仔細分析孔子的文學教育態度，不論是對《鄭風》的批判還是在「文質」的探討中，都可見出，孔子更看重的是道德的淨化和思想的提升，而輕視文學技法的錘鍊以及在形式上的一味追求。由此，傳統的文學教育表現得重「道」輕「技」，使得中國的古典文學整體上表現出寧靜、和諧、優美的美學品格。

（二）文學教育與「載道」傳統

由於孔子十分看重文學教育與社會的廣泛聯繫，賦予文學很多社會政治功能，諸如認識社會、道德教化、人格陶養等等，使文學成為實現政治理想的

工具，甚而會迎合統治者的需要。隨著文學教育的政治化，或者說政治越來越多地介入文學教育，孔子所追求的相對獨立的審美自由感逐步從公域退縮。伴隨審美自由感退入私域，文學中的「載道」訴求逐步居於主導地位，開始形成蔚為大觀的「載道傳統」。

　　文學的載道傳統與文學教育相輔相成、相得益彰，既促進了民族精神的凝聚與傳承，也促成了民族文化的成熟與發展。所謂「載道」，它代表著整個族群對文學藝術的功利性要求，也蘊含著文學藝術創作者個體的政治想像，契合著孔子以來中國文化中的務實思緒。它較為鮮明地指向了現實性內涵，要求文學藝術包羅社會萬象，要求文學藝術負載著某種明確的意識形態規範，對人起到明顯的教化陶養的作用。因而，「載道」已經不單是一種富於文化意涵的審美傳統，也是一種價值和認識論體系，在任何時代或地域，都有其合理性。不過，由於在介入歷史和現實的方式、價值立場上的諸多差異，以及歷史的個體的主客觀差異，不同審美主體會產生迥異的認識和結論，產生諸多流變，進而造成歷史場域裏的悲喜劇。

　　中國文學的載道觀念由來已久。《左傳》、《尚書·堯典》等記載著「詩言志」的主張，之後又出現《莊子·天下》提出的「詩以道志」、《荀子·儒效》指出的「《詩》言是其志也」等不同闡釋。這種大同小異的觀念強調的是文學的社會效用。在社會生產力低下、民眾文化水平普遍不高的時代，它的出現是必然的。因為在民族文化初興時，人心的安寧更多是通過向外探求和佔有來實現的。順應此種歷史要求，文學藝術必然會承載更多的社會內容、更深的理性蘊含和更大的視界格局。不過，這種觀念尚無明顯的工具性、說教性，並不排斥情感性訴求，甚至允許有一定娛樂性。我們從《詩經》的諸多詩篇中就可以深切感受到這一點。《詩經》中的愛情詩蔚為壯觀，例如《周南·關雎》、《邶風·靜女》、《鄭風·溱洧》等，對男女婚戀也給予了一定的表現空間，代表著詩文傳統中注重情感性、娛樂性的一面。由此衍生出另一大文學傳統，即抒情傳統。

　　不止是文學教育，中國文學本身也以功利主義文學觀念為正統。因為中國文化的「早熟」，隨著中央集權的強化，人們對文學的功利性訴求漸漸顯明起來。《毛詩序》認為，「治世之音安以樂，其政和；亂世之音怨以怒，其政乖；亡國之音哀以思，其民困。故正得失，動天地，感鬼神，莫近於詩。先王以是

經夫婦，成孝敬，厚人倫，美教化，移風俗」，〔註13〕強調文學所負載的教化使命。曹丕《典論·論文》指出，「蓋文章經國之大業，不朽之盛事」〔註14〕，將文學推到很高的位置，但重心仍是所謂的「修齊治平」。隋唐開科舉考試，考試內容涵蓋詩文，雖有促進文學與文化的普及與發展的客觀效果，但其主要目標仍是加強教化。唐太宗下令孔穎達等人對儒家經典作出權威闡釋，撰有《五經正義》等，以考試為經緯，教育內容日益固定化，儒家的經典地位更加鞏固。韓愈等人發起古文運動，提出「文以明道」，賦予其濃重的學理色彩。宋儒周敦頤將其進一步明確為「文所以載道也」〔註15〕。宋儒還強調「存天理，滅人欲」，人的個性價值與文學的獨立性要求都被徹底壓抑起來，文學成了社會政治文化的驗證。得利於理學盛行，載道理論得以完善。唐宋載道文學觀的提出，是針對唐宋以前浮泛奢靡詩風。他們不滿於文壇被美豔的陳詞濫調「統治」，故而開出了「治病的藥方」，以文濟世，歌頌有道者而抨擊不仁之事，表現社會的真情實貌，力圖再現秦漢「風骨」。這種觀點提倡之初，確實有救正文壇風氣的良效，以陽剛風骨一掃陰霾之氣，有利於疏通文學發展之路。

不過，審美自由感在公域的退卻乃至消失，代價是極為昂貴的。秦朝焚書坑儒，基本關閉了言論通道。漢武帝「獨尊儒術」後，儒家詩教系統以外的文學教育再度受到摧殘。唐宋將文學教育納入國家科舉取士的系統內，文人獨立的自我審美空間進一步被壓縮。至於明清大搞文字獄，將政治對文學的統治與壓抑推向頂峰，士人或者在八股文的套子裏驗證和闡釋經典，或者在與教化統治無關大雅的小學裏尋得一己安寧。總之，審美自由感的退卻和消失，最嚴重的代價便是文學觀念和文學教育的僵化保守，民族文化的創造力越發貧弱。以至清末出現空前的民族危機和精神困境，不少人喊出了「文學救國」的口號，進而拿來西方思想文化全盤性反傳統，仍然跳脫不出這個思路。如梁啟超獨力撐起文學界革命，不論客觀效果如何，也掩蓋不了其政治失意的客觀現實和將文學視為「發表政見、商榷國計」〔註16〕的載體的主觀動機。

〔註13〕 夏傳才：《中國古代文學理論名篇今譯·第 1 冊先秦至唐代部分》，天津：南開大學出版社 1985 年版，第 96 頁。

〔註14〕 夏傳才：《中國古代文學理論名篇今譯》，第 166 頁。

〔註15〕 〔宋〕周敦頤撰：《周子通書》，徐洪興導讀，上海：上海古籍出版社 2000 年版，第 39 頁。

〔註16〕 梁啟超：《新中國未來記·緒言》，桂林：廣西師範大學出版社 2008 年版，第 4 頁。

只是，政治文化日漸成熟和強勢，人們對文學的載道要求也越發嚴苛。文學的工具論認識被廣泛接受終於成為不可逆轉的事實。「應該說，自宋人周敦頤提出『文所以載道也』之後，『文』與『道』在中國文論中的關係，便發生了道德說教的工具性轉折。」〔註17〕

載道之「道」，由「道路」引申到「人當走的路、當做的事」，進而推衍至「自然界的一切現象和法則」，主要指儒家倫理道德。作文就是要宣揚儒家的倫理綱常和仁義道德，乃至為政治教化服務。儘管它仍追求思想的深刻，但工具論色彩日益鮮明。進而，載道與否、內容賢與不賢，成了評價文章好壞的首要標準。自此，載道成了具有規約性力量的傳統。此後，對於「道」的闡釋日益貼合政治教化，文學自身存在的多種可能性也日趨窄化。「載道」成為傳統，逐漸淪為束縛文思的枷鎖。這也成為中國文學教育發生「現代」轉型的一個誘因。

因此可見，文學素來與政治、哲學、史學等社會文化捆綁在一起，文學教育就是現在所謂文化教育，只不過每個時期的具體任務有所不同而已。沿著這一傳統，五四時期突出了其思想啟蒙的作用，注重知識的傳授，以再造新國民與新文明；而延安時期的文學教育最根本的任務便是樹立文學發展的黨性原則，從而為民族戰爭和革命戰爭服務；新中國成立以後，文學教育在經歷了一定時期的曲折發展之後，尤其是新世紀以來，逐步回歸文學本身，越發注重審美能力和人文素養的提升。

葛蘭西指出，「現代文明中的一切實踐活動都已變得如此複雜，各門科學與日常生活日益緊密地交織在一起，這致使每一種實踐活動都勢必要為自己的管理者和專家創立一類新的學校，並且在較高的層次上創造一批在這些學校任教的專家知識分子。」〔註18〕這與中國文學教育傳統中的載道要求有異曲同工之妙。文學之「載道」要求必然訴諸於文學教育之「載道」，或者可以說，文學教育之載道要求更甚於文學本身。比如說，延安文藝教育就是中國共產黨在領導無產階級革命中所創立的文學教育，目的是培養無產階級文學工作者，最終為整個革命事業服務。它完全是從革命戰爭的需要出發而建構起來的，而非從文學藝術自身出發，所以延安文藝教育遵循的是革命戰爭邏輯。可以說，

〔註17〕吳炫：《中國古代三大文學觀局限分析》，《文藝研究》2005 年第 1 期。
〔註18〕〔意〕安東尼奧·葛蘭西著：《獄中札記》，曹雷雨、姜麗、張跣譯，北京：中國社會科學出版社 2000 年版，第 18 頁。

它的發生是中國共產黨取得革命勝利、奪取政治和文化領導權的必然產物，它不僅依賴於中國共產黨不斷高漲的革命聲望，也有著複雜的歷史背景和現實狀況。當然，這樣的文學教育並非完全無視文學藝術發展的自身規律，在具體的教學實踐中，則會努力尋求「載道」要求與文學藝術規律之間的平衡。為了解決這一矛盾，毛澤東提出「普及與提高」兼顧的文學教育，不失為一種創舉。

在經歷了延安時期的承接與轉換之後，延安文藝教育給原本注重玄虛的文學教育和文學發展注入講求實用的強健氣魄，要求為政治經濟建設服務。時過境遷，當前整個民族的語境已經由救亡圖存轉換為民族復興，時代主題已經由戰爭與革命轉換為和平與發展。延安文藝教育思路在當下仍有很大的市場，其弊端卻也越發顯現出來。梳理延安文藝教育，既有助於找到數十年間文學發展中一些問題的實質，在追問歷史的過程中也有助於給當下文學教育危機找到一些因應之道。

（三）中國文學教育的歷史流變

古往今來，人民對「文學」的理解在不斷發生著變化。今天的「文學」大體相當於古代的「詩」，而上古時期往往是「詩樂舞三位一體」的形態，所以古代的文學教育常常混合著音樂舞蹈等文學教育。隨著「詩樂舞」的逐漸分離而彼此獨立，以及文（即散文）的逐漸勃興與成熟，詩文成為文學的正統。古人所謂「文學」古代的文學教育也相應地發生重心位移，由偏重藝術陶養轉而涵納更多的社會、政治、歷史等內容。而不納入正統文學範疇的小說、戲劇等，則向難進入文學教育的範疇之中，很多統治者反而對詩文以外的文學品類採取禁燬政策。從古至今，雖然文學正統的範疇和內涵發生了很多變化，但文學教育以正統文學為宗的傳統得以延續下來。

中國文學教育生成以後，廣泛地參與到社會歷史進程中，因而它極易受現實社會變動的影響，甚至因此發生轉折性的變化。從文學內部來看，類似唐宋古文運動、明代文學復古運動等文學思潮，以及隨朝代更迭而動的文學趣味和形式的變遷，都會推動文學教育的發展變化，影響文學教育的內容和形態。比如，近代以來，梁啟超等推動文學界革命使得小說步入大雅之堂，後來的五四新文學又引進了西方的話劇，這些過去長期被拒之文學教育門外的文類，20世紀以來佔據了文學教育的大量篇幅。

從文學外部來講，政權更迭、族群遷徙聚合、人員階層的頻繁變動、治亂循環的歷史形態等都會改變一個社會的道德倫理規範，進而深刻改變其文學

生態。比如經歷從秦代焚書坑儒到漢代「罷黜百家，獨尊儒術」，儒家學說與文學教育都經歷了由廢到興的劇烈變動。這樣的學術變革後，儒家經典重新成為教學的主要科目。經由統治者的政治確認與學術權威的系統闡釋，儒家詩教系統成為中國文學教育的正統。再比如，隋唐設立科舉取士的制度，廣開門路，逐漸成為各種教育的指路明燈。其中，唐代科舉考試中增設的「策問」、「詩賦」等新科目，顯示了文學教育範圍的擴大。

西周以後，隨著中央王權的衰落，禮制日益衰頹，除了倫理日益混亂以外，地方對中央的向心力日益減弱而分離力量日漸加強。此後，歷朝歷代為了克服這一弊病，採取各種措施逐漸加強中央集權，以鞏固王朝統治。隨著歷朝歷代政治統治的逐步加強，學統和道統逐步降格，政統的要求就更加顯明。〔註19〕士人學子「學而優則仕」成為讀書進階的主要出路，文學教育開始附庸於經學教育，或者說文學教育成為一種更加隱性的、服務於教化的工具。孔子所崇尚的審美自由感便由公域退入私域，從此，「中國的文學教育一直被工具情結所籠罩」〔註20〕。

傳統的文學教育，主要有學校教育、家庭教育和社會教育三種途徑。學校教育中，有官學和私學之分。據《尚書‧多士》載，「惟殷先人有冊有典」〔註21〕，可知殷商時已有固定的典籍，史官負責保管並解說。出於傳承和解說典籍的需要，史官便兼有教育職能，官學得以產生。到周朝時，教育體制已經較為成熟，形成了政教合一的制度，文學經典兼具政治文本和教育文本的功用。在教育內容方面，周代官學（包括天子和諸侯辦的國學與地方辦的鄉學），以「禮」、「樂」、「射」、「御」、「書」、「數」六藝為主要內容，其中更加強調「尚文」。此後，自孔子提出「不學詩，無以言」以來，詩成為文學教育的必然內容，其抒情娛樂的功能逐漸被遮蔽起來，教化之典的特性得到張揚。到漢朝罷黜百家，教學內容主要是儒家經典的讀經解經，《詩》、《書》、《禮》、《易》、《春秋》等是主要的教材。此後歷朝歷代都以此為圭臬，所需

〔註19〕所謂「學統、道統、政統」，出自《大學》篇，該篇指出大學的目的在於「明明德」、「親民」、「止於至善」，而實現這三大綱領的途徑主要有八種，即「格物」、「致知」、「誠意」、「正心」、「修身」、「齊家」、「治國」、「平天下」。其中，格物致知為學統，誠意正心修身為道統，齊家治國平天下為政統。

〔註20〕黃發有：《中國文學教育的工具情結》，《天津師範大學學報（社會科學版）》2007年第1期。

〔註21〕姜建設注說：《尚書》，開封：河南大學出版社2008年版，第241頁。

要做的便是不斷在經典書單上列出新的書目並對經典作出新的闡釋。官學在確立道德倫理規範、確立與更替經典、確定文學教育的傳承方向等方面發揮了主導作用。

　　春秋百家，學林競秀，私學也開始興盛起來，在一些歷史時期甚至也蔚為大宗。老莊孔孟墨等思想家廣收門生，講學形式自由多樣，而講授的多是文史典籍和道德理想。此時，經典化和經典教育是總體趨勢。〔註22〕隨著文學教育實踐活動的不斷展開和文學經典的深入闡釋，詩教便愈發得到深厚的理論支撐和經驗積累。比如，儒家的「興於詩，立於禮，成於樂」（《論語・泰伯》），已經是結構層次非常完整的教育體系了。文化知識和實用技能也得到了一定的重視。值得指出的是，這些私人講學雖然偶有個人趣味的流露，卻並不妨礙文化使命的傳承。文學教育的施教者在個人修養上不盡相同、教學方法上也有差異，在「教材」選擇上卻基本一致。不論是春秋戰國的聚徒講學，秦漢魏晉的私人講經，抑或唐宋以來的書院，雖不排斥個人趣味的流露，卻並未打破一脈相承的詩教傳統，反而在進階出路上仍然歸入「經國濟世」的大道上去。如《嶽麓書院學規》要求，「時常省問父母，朔望恭謁聖賢……日講經書三起，日看綱目數頁，通曉時務物理，參讀古文詩賦」，闡明了嶽麓書院在文學教育上「懷古憂時，傳道濟民」〔註23〕的一貫立場。

　　中國人除了講究「師承」，也非常看重「家學」，所謂「家學」便是家庭教育。中華民族歷來重視家庭教育。中國古代以農業立國，家庭不僅是基本的生產單位，而且具有突出的教育功能。除了父母的言傳身教，很多家庭還專門開辦了家學私塾，以供子女讀書。也因此，很多中國家庭逐漸形成了「耕讀傳家」的傳統。中華民族自古十分重視子女的家庭教育，家教文化成為了中華民族特有的一種文化現象。在中國家庭教育史上，不但出現了孟母斷機、岳母刺字這樣的教子有方的楷模，而且許多名人、許多家族都立有家戒、家訓、家規和家範。《顏氏家訓》為代表的各類傳世家訓是此類家庭教育的表徵。這樣的家庭教育與學校教育並無根本區別，仍以「修齊治平」為基本目標，文學教育仍是重要的手段和內容。中國古人固然不推崇「父為子師」，也幾乎沒有專門的職業作家，但祖輩、父輩在文學上的探索和積累，往往成為子孫的示範和榜樣，

〔註22〕陳來：《古代思想文化的世界──春秋時代的宗教、倫理與社會思想》，上海：三聯書店 2002 年版，第 158 頁。
〔註23〕朱漢民主編：《嶽麓書院》，長沙：湖南大學出版社 2004 年版，第 111 頁。

使他們在日常生活乃至一些人生節點上用詩文記錄所見所聞、抒發所思所感。中國歷史上不乏王逸和王延壽、蔡邕與蔡文姬、曹氏三父子、謝靈運所屬的謝門、南朝的蕭氏家族、杜審言與杜甫、南唐的李璟和李煜、宋朝的晏殊和晏幾道、蘇門三父子等先後湧現的文學名門，何嘗不是家庭教育的佳話，為中國文學教育塗抹上一道別樣親切的色彩。

就社會教育而言，中國古代的文學教育主要有兩方面的努力。一是統治者自上而下地通過樹立學術權威、確立經典並作出權威解釋等引領文學教育的大方向，以確保其為道德教化服務、為現實社會服務。這裡最為典型的便是儒家經典典籍序列的擴展過程。西漢武帝時經董仲舒的闡釋確立了儒家在中國學術文化中的主導地位並確立了五部經典，即《詩經》、《尚書》、《儀禮》、《周易》、《春秋》。此後歷代不斷增補，至南宋確定為十三經。歷代統治者不但從這些經典中尋找治國平天下的良策，而且在規範臣民思想、確立倫理道德、導引民風民俗等方面無一不依從儒家經典。統治者還組織學者對經典作出權威解釋，如唐太宗命孔穎達等人寫出《五經正義》，傳令天下研習。至此，中國古代的文學教育在思想意識形態方面逐步趨緊，可發揮空間愈發有限。儒家經典對於中國社會的影響是全面而深遠的，已成為中國人文化基因的重要組成部分，幾乎無時無處不在。在這些經典的教化下，中國文化以成為一種具有倫理向心力和教育內驅力的文化。尤其是唐宋以來，中國文化經歷了「儒釋道」三教合流，士人學子在其人生進路上莫不受其影響。

二是文人士大夫自覺肩負「兼濟天下」的文人使命，向上可通達統治階層、表達民情民意，向下可力行世範、敦行教化。這些知識人在發展演化中逐漸形成了一個士紳階層，成為中國古代社會的中堅力量，也是維護中國社會漫長的平衡穩定的根本力量。儒家思想歷來賦予文人以強烈的社會責任感，不論出仕與否，他們不僅自我勉勵表率齊民、奉公守法，而且還能廣泛參與地方社會事務乃至干預朝政，影響社會走向，在中國古代社會裏踐行著為民身教的職責。這一群體中的少部分人，在實際事務之餘，還能著書立說，立為言傳的典範。從先秦諸子百家到五四文化革新者，他們莫不踐行著這條以言論敦行社會教育的廣闊道路。

綜上，中國主流文化觀念下的文學教育從來沒有走出獨立的路子，總是與一定的政治、經濟和思想文化緊密相聯。這「其實是一種詩教文教並包、禮教樂教並重、家教官教相承、文章體用不二的文學教育。這種傳統文教集文化教

育、文學教育和語文教育於一體，既重視思想道德，也重視文化知識；既注重傳統文化，也注意實用技能；既重視文學感興，也重視社會應用；既要符合禮儀規範，也要求內心情感修養，顯然是一種渾融的、素樸的、多元化一的文教活動。」〔註24〕歸結起來，這種教育以為政治統治和道德教化培養人才為目標導向，同時注重人格培養和理想塑造。

不必說，在中國文學教育的歷史上，並不只有功利主義、實用主義這樣一種思路。但伴隨著詩的抒情娛樂功能的被遮蔽、封建統治的日益強盛和封建文化的日益成熟，孔子推重的審美自由感在私域的空間也受到一定程度的擠壓。

與之相對，審美主義的文學教育追求的便是擴大審美自由感的空間，它注重性情陶冶、追求性靈淨化，從而構建一種超越性的審美的人生境界。這樣的聲音自然要相對微弱得多。如果說功利主義的、實用主義的文學教育是滾滾大江，那麼審美主義的文學教育只能是涓涓細流。

這不僅是普遍的、外在的社會規約，很多時候也是中國文人的倫理自修與文化自覺。不論才情多麼超逸，在個人情趣與文化使命之間，古今文人往往都選擇後者而壓抑前者。文學似乎只能是文人們的第二選擇，或者說文學只能是文人們實現政治理想、踐行文化使命的輔助工具。

屈原的傳世之作，往往都作於他政治失意、人生落魄之際，這些作品之於屈原的意義恐怕更多在於以其私域的審美自由作為其精神之塔的最後支撐。李白或許從未想過在詩歌裏尋得價值，詩歌原本只是其紓解愁緒、交遊唱和、壯懷理想的情感寄託之所，他真正屬意的是仗劍殺敵、建功立業。維新失敗後的梁啟超從海外流亡歸國後為繼續政治理想而「曲線救國」，才發起文學界革命，甚至親自創作政治小說。笑看古今風流人物的毛澤東，其個人的文學趣味也絕不在工農兵方向的大眾文學上，而且他的自我定位更不是詩人作家。〔註25〕

〔註24〕陳雪虎：《傳統文學教育的現代啟示》，廣州：廣東教育出版社 2006 年版，第 13 頁。

〔註25〕從他派專人從重慶採購的書目上，從他在延安文藝座談會前後與人的談話中，甚至從他自己的詩文本身，都可以看出，毛澤東的文學欣賞趣味是雅文學，而不是他大力倡導的大眾文學、俗文學。丁玲 1982 年曾在其回憶文章《延安文藝座談會的前前後後》說到，以毛澤東的藝術修養，「他自然會比較欣賞那些藝術性較高的作品，他甚至也會欣賞一些藝術性高而沒有什麼政治性的東西。」還說，「甚至他所提倡的有時也不一定就是他個人最喜歡的。但他必須提倡它。」見丁玲：《延安文藝座談會的前前後後》，《新文學史料》1982 年第 2 期。

二、「左聯」及「蘇區」文藝教育的經驗

（一）「以文學介入革命」

　　中共領導下的革命文藝及文學藝術教育能夠極有聲勢地開展起來，與中共在革命過程中獨特的成長經歷密不可分。1923 年 6 月，《新青年》改版為中共政治理論刊物。從此，中國共產黨便逐步將文藝納入革命軌道，並不斷積累著革命的文藝工作經驗。到了「左聯」時期，左翼文藝力量因準政黨組織的強力動員而迅速集結。他們的文學創作、理論宣傳發揮了突出的示範和教育效用，強化了「以文學介入政治（革命）」的選擇。

　　延安文藝以及共和國文學發展的成績和病根，都可以追溯到「左聯」時期。隨著 1920 年代末文學界的焦點由文學革命轉向革命文學，中國共產黨對文學的介入更加深入。太陽社和後期創造社的作家，大都是共產黨員，讀了馬列主義而走上革命〔註26〕，文學不過是他們用來宣傳的工具。因為「幾個文藝團體之間不僅在理論上，而且在感情上都有相當大的隔膜」〔註27〕，有必要停止左翼文藝界的「內戰」，建立反抗國民黨的文化霸權的統一戰線，所以中國共產黨主導成立了左聯。可見，此時的中國共產黨介入文學時，其本意不在文學。這樣，中國共產黨在革命鬥爭的「武器庫」裏明確加入了文學這一有力有效的選項。

　　在反思與批判左翼文學運動中的「錯誤」傾向〔註28〕的前提下，「左聯」得以成立。它直白地宣告，「我們文學運動的目的在求新興階級的解放」，「我們的藝術不能不呈獻給『勝利不然就死』的血腥的鬥爭」，「我們的藝術是反封建階級的，反資產階級的，又反對『穩固社會地位』的小資產階級的傾向」，「我們對現實社會的態度不能不支持世界無產階級的解放運動，向國際反無產階級的反動勢力鬥爭」。〔註29〕可見，「左聯」秉承了晚清以降的世界眼光，

〔註26〕夏衍：《「左聯」成立前後》，中國社會科學院文學研究所《左聯回憶錄》編輯組編《左聯回憶錄》，北京：中國社會科學出版社 1982 年版，第 37 頁。

〔註27〕《左聯回憶錄》，第 39 頁。

〔註28〕即「小集團主義乃至個人主義；批判不正確，即未能應用科學的文藝批評的方法及態度；過於不注意真正的敵人，即反動的思想集團以及普遍全國的遺老遺少；獨將文學提高，而忘卻文學底助進政治運動的任務。」《上海新文學運動者底討論會》，參見陳瘦竹主編：《左翼文藝運動史料》，南京大學學報編輯部編輯出版，1980，第 1 頁。

〔註29〕《中國左翼作家聯盟的成立（報導）》，陳瘦竹主編：《左翼文藝運動史料》，第 9～10 頁。

自覺地將左翼文學融入世界無產階級文藝潮流之中，擺出了同反動勢力鬥爭的決絕姿態，尤其值得注意的是，左聯已經能自覺將左翼文學活動視作整個革命活動的有機組成部分，已經顯現出明顯的黨性，為延安文藝作了充分的鋪墊和生動的預演。「這在整個中國文學發展史上，是一個破天荒的創舉。」〔註30〕沿著左聯開闢的路子，才逐步形成延安確立的文學為勞工階層服務的方向，因而可以說，「『左聯』為中國無產階級文學事業建立了一個值得珍視的偉大的戰鬥傳統」〔註31〕。

在中國共產黨的革命戰略設想中，文藝一直是整個革命事業的有機組成部分。由於「左聯」的準政黨性質〔註32〕，它的文藝觀念自然而然地得到中國共產黨的繼承與闡發〔註33〕，進而「形成黨的文藝政策雛形」。由於「左聯」與蘇聯「拉普」的關係，中國共產黨在「以俄為師」的路上開始全面學習、借

〔註30〕陳安湖主編：《中國現代文學社團流派史》，武漢：華中師範大學出版社1997年版，第273頁。

〔註31〕陳安湖主編：《中國現代文學社團流派史》，第274頁。

〔註32〕「左聯」的自我定位便不單純是文學組織，左聯執委會1930年8月通過的《無產階級文學運動新的情勢及我們的任務》指出，「『左聯』這個文學的組織在領導中國無產階級文學運動上，不允許它是單純的作家同業結合，而應該是領導文學鬥爭的廣大群眾的組織」。參見：陳瘦竹主編：《左翼文藝運動史料》，第59～60頁。據《蔣光慈傳》，「儘管『左聯』是文學家的組織，黨從領導到每個成員都沒有把組織和個人的活動局限在文藝的範圍，而是以參加政治活動、進行革命鬥爭為第一任務。」見吳騰凰：《蔣光慈傳》，合肥：安徽人民出版社1982年版，第146頁。茅盾更直言，「說它是文學團體，不如說更像一個政黨。這個感覺，在我看到一九三〇年八月四日『左聯』執委會通過的決議《無產階級文學運動新的情勢及我們的任務》以後，又得到了加強。」見茅盾：《我走過的道路（上）》，北京：人民文學出版社1981年版，第441～442頁。

〔註33〕不過，左翼文藝運動的弊端也延續下來，最明顯的有三點：一，重理論輕創作，左翼文藝運動的主要成就在於革命文學的理論建設和對革命文學的大力倡導，文學創作要薄弱得多。有人提出「革命文藝的作品運動才是今日的急務」，被成仿吾斥為「荒謬」（見中國社會科學院文學研究所現代文學研究室編：《「革命文學」論爭資料選編·上》，北京：人民文學出版社1981年版，175頁。）。即便有創作，也曾長期出現「革命+戀愛」般的概念化、模式化傾向，這樣的弊端一直沒有得到根本的救正。二，忽視文學藝術發展規律，片面強調文學的宣傳鼓動作用。他們生搬硬套蘇俄、日本等無產階級文藝運動的經驗，教條主義傾向十分明顯。這也是毛澤東日後花大力氣去解決的突出問題。三，宗派主義傾向，這始終未得到徹底清除，一再迎合傳統的「文人相輕」的不良現象，加劇著矛盾的發酵，而一旦與政權結合，便演變為劇烈的論爭乃至政治批判運動，深刻改變著中國現代文化走向和知識分子命運沉浮的「胡風案」是這一傾向的最極端呈現。

鑒蘇聯的文藝理論和文藝政策。〔註34〕當然，共產黨對左翼文學經驗並不是照單全收，而是解決了其鬆散、自由的組織狀態。顯然，「政治上，延安文學的黨性遠勝於左翼文學；組織上，延安文學的一體化色彩強於左翼文學」〔註35〕。此外還在文學觀念上反思左翼文學，因為左翼文學的活躍更多是在革命上而非文學，蔣光慈的退黨不能不說與此有一定關係。在毛澤東看來，這些左翼作家雖然自我標榜為無產階級，言必稱革命，但這僅限於言語辭令和表面包裝，其內核並未完成無產階級化，無論言行做派還是文學創作本身，都有濃厚的小資產階級色彩。這使得左翼文學不僅不能真正為黨所用，甚至給黨的事業造成損害，如「兩個口號」的論爭。而且，「左聯」即便有黨團書記處，卻耽於事務而缺乏有效的理論探索，文學在黨的事業中的位置和作用、新的審美意識形態如何建構、黨與文學和作家的關係等事關文學走向的重大理論問題，都沒有理清。所以，成為遺留給延安文藝教育的艱巨任務，即培養無產階級作家，建設黨的文學。

此外，國民黨統治時期飽受詬病的出版審查制度，從反面給共產黨以提醒：文化領導權固然重要，但切不可通過製造和打壓對立者來實現。從共產黨的文化和理論資源看，列寧強調「黨的文學」，這是為其無產階級政權和國家服務的，從根源上排斥絕對自由化與多元化，而要求統一與規範化。正反兩方面相映照，中國共產黨全方位介入文學領域是必然的選擇。

（二）黨的文學教育的開拓與深化

到了「蘇區」時期，中國共產黨終於建立了自己的革命政權，革命形勢也大為改觀。雖身處偏居一隅的「地方」，但中國共產黨開始明確從革命政權的鞏固和發展的角度去全面審視自身各項工作情況。這時的工作不像革命戰爭最初「完全是軍事的鬥爭，黨和群眾不得不一齊軍事化。怎樣對付敵人，怎樣作戰，成了日常生活中的中心問題」〔註36〕；而且提出了革命隊伍要壯大、革命戰爭要勝利的更高要求，這決定了中國共產黨必須長期辦黨的教育，且先從部隊開展。可見，中國共產黨開展各項教育事業是革命戰爭的必然要求，或者說黨的教育事業是黨領導的革命戰爭不斷深化的自然結果。

〔註34〕劉忠：《〈講話〉對左翼文學的吸收與改寫》，《中州學刊》2007 年第 4 期。
〔註35〕劉忠：《〈講話〉對左翼文學的吸收與改寫》，《中州學刊》2007 年第 4 期。
〔註36〕毛澤東：《井岡山的鬥爭（俄華合訂本）》，上海：中華書局 1953 年版，第 61頁。

　　古田會議決議案強調，「紅軍黨內最迫切的問題，要算是教育的問題。……因此，有計劃的進行黨內教育，糾正過去之無計劃的聽其自然的狀態，是黨的重要任務之一」〔註37〕這樣，中共逐步將教育問題上升到革命戰略的高度，並將教育視為解決黨內問題的必要手段。作為「中國共產黨建軍與建黨的最早和最重要的文獻之一」〔註38〕，古田會議決議案是針對紅軍問題的現實考量，也是對黨的革命事業的長遠洞察。它總結歸納了黨內教育的十項材料和十八項方法〔註39〕，務實而又靈活多樣，既豐富了教材和教法，也突破了傳統課堂限制，同時還能兼顧受教者自主學習和集體培養，是一次有深遠影響的探索。因而延安時期中共中央仍將其「規定為軍隊幹部的整風文件與全軍的教材」〔註40〕。

　　隨著革命根據地的發展壯大，我們黨需要組織和鼓動更多工農群眾參加革命。因此，幹部教育、工農大眾教育、培養革命後代的基礎教育乃至某些專門教育，先後納入革命工作日程。中共逐步明確了有步驟、分階段、重實效的務實教育思路。尤其是中央蘇區建立後，中共在相對封閉的空間裏有了更多餘裕展開黨內教育的探索實踐，在制定黨的教育政策、展開教育實踐時，思路越發清晰、方法越發靈活。

　　中華蘇維埃共和國前兩次全國代表大會都花了相當篇幅談論教育問題。其中，在第二次大會上，中共明確指出，「蘇區還缺乏完備的專門教育的建設」，「專門教育之應該跟著普遍教育的發展而使之發展起來，無疑的應該成為教育計劃中的一部分」〔註41〕。與此同時，中共開始重視文學尤其是戲劇的教化作用，文學與教育從此開始在蘇區融合，開拓出黨的文學教育。黨的文學教育逐漸成為戰爭和革命動員中一個不可或缺的力量，不斷地提高著廣大群眾的政治文化水平，凝築著群眾對黨的革命事業的道德情感認同。

〔註37〕中國共產黨晉察冀中央局：《毛澤東選集卷四》，新華書店晉察冀分店 1938 年版，第 148 頁。

〔註38〕中國共產黨晉察冀中央局：《毛澤東選集卷四》，新華書店晉察冀分店 1938 年版，第 127 頁。

〔註39〕中國共產黨晉察冀中央局：《毛澤東選集卷四》，新華書店晉察冀分店 1938 年版，第 149～150 頁。

〔註40〕中國共產黨晉察冀中央局：《毛澤東選集卷四》，新華書店晉察冀分店 1938 年版，第 128 頁。

〔註41〕人民教育出版社編：《毛澤東論教育》，北京：人民教育出版社 2008 年版，第 7 頁。

　　由上可知，黨的文學教育的開拓出於「革命戰爭需要……」的現實母題。黨的文學教育並非少數文學家的專門的純粹的藝術運動，其活動範圍也並不局限於學校和課堂，而是立足於「為紅軍部隊培養藝術幹部」〔註42〕、為挽救民族危亡培養藝術幹部。後來召開延安文藝座談會、展開整風運動，一個很重要的原因便是不少延安文學家堅持文學和文學教育的純粹藝術定位，從而有使文學脫離黨的領導、脫離中國革命現實之險。

　　黨的文學教育事業，最早要追溯到1933年成立的工農劇社藍衫團和藍衫團學校。這是中共創立最早的專門文學教育機構。1930年，中央紅軍第一軍團政治部以宣傳隊為基礎成立戰士劇社。該社主要由戰士和羅瑞卿、聶榮臻、羅榮桓、肖華、李克農、錢壯飛等軍團首長一起演出。1931年秋，李伯釗、沙可夫、危拱之、胡底等人來到蘇區，直接促動蘇區文學活動從業餘走向專業。1932年初，蘇區成立第一個專業劇團——八一劇團；隨後又以其為基礎，成立工農劇社總社，並在各機關團體下設工農劇社分社。總社建立藍衫團和藍衫團學校，由李伯釗任團長、校長，實為兩個機構一套「班子」。藍衫團學校調來紅軍學校的沈乙庚、王普青、石聯星、劉月華、錢壯飛、胡底等任教員，從各地選拔一百多名優秀共產兒童團團員為學員。教員和學員肩負著「把藝術的武器帶到廣大群眾中去」〔註43〕的使命，以工農革命的戰士自居，工作熱情和效率很高。藍衫團的師生同時承擔著文藝教學、文藝創作、文藝排演三個方面的工作，在實際操練中總結出了文藝教學與文藝創作相結合、文藝創作與革命鬥爭需要相結合、課堂教學與排練演出相結合的經驗，極大地保障了教學質量和革命文藝的生產效率。1933年9月14日，首期藍衫團訓練班畢業晚會上，學員們的「每個節目中都表示出藍衫團學生有了新的成就，……表演技術也相當純熟，……得到了不少掌聲」〔註44〕。這是我們黨在文學教育上的牛刀初試，卻積累了非常寶貴的經驗。這種短期文藝訓練班的思路在後來的陝甘寧邊區及其他各革命根據地得到了不同程度的沿用。即便是更加正規和專業的延安魯藝也曾出現「小魯藝」和「大魯藝」之爭，根源便在於魯藝師生追求培養純粹藝術家的思路與中共領導短期訓練班的定位出現了偏差。

〔註42〕　《中央蘇區文藝叢書》編委會：《中央蘇區文藝史料集》，武漢：長江文藝出版社2017年版，第401頁。
〔註43〕　《工農劇社藍衫團畢業》，《紅色中華》1933年9月24日。
〔註44〕　《工農劇社藍衫團畢業》，《紅色中華》1933年9月24日。

　　瞿秋白到中央蘇區後，給黨的文學工作帶來新的思路。基於前期潛心研究與深刻認識，加之瞿秋白身兼多職的便利、相對封閉封鎖環境下開展工作的緊迫性、邊戰鬥邊工作的殘酷性，為保證革命工作的高效展開，瞿秋白在蘇區將「黨的文學」與「黨的教育」有機融合起來，從而開拓出「黨的」文學教育。或者說，瞿秋白在談論文學工作或教育工作時往往是將二者結合起來看待的：文學可以成為教育的有效手段和工具，教育可以培養和拓展文學隊伍。這成為延安文藝教育實踐的前認知。

　　在瞿秋白倡導下，中共開始以世界左翼文學領袖人物命名文學院校，賦予文學教育機構以更深刻的召喚性意義。在其主導下，藍衫團學校正式改名為高爾基戲劇學校，藍衫團改名為蘇維埃劇團。瞿秋白認為，「高爾基的文藝是為大眾的文藝，應該是我們戲劇學校的方向！」〔註45〕到了延安，中共建立「專門於藝術方面的學校」時，仍沿襲這一做法，不同的是改「以已故的中國最大的文豪魯迅先生為名」，仍然「要向著他所開闢的道路大踏步前進」。〔註46〕這意味著，從高爾基戲劇學校到魯迅藝術學院，在黨的文學教育的開拓和深化發展中，延安文藝正式接過蘇區文學的槍，在更廣闊也更複雜的環境裏戰鬥。這種開拓和深化並不僅僅是革命文學工作的繼承和交接，更意味著中國話語和中國文學的覺醒和新生。

　　因此，我們說蘇區文學教育實踐既為延安文藝教育打開了理論探索的視野，也為之奠定了切實有效的文學教育經驗，前者是後者的基礎，後者是前者的拓展深化。從蘇區到延安，黨的文學教育的繼承與深化主要體現在以下幾個方面：

　　一是以中外文學領袖命名和定義黨的文學教育，明確文學教育的定位，嚴守「黨的文學」的方向。當文壇享有盛譽的文藝家與黨的文學教育聯繫在一起，其名字和文學活動便成為一種富有召喚性意義的文本。這個文本是一種互文性的、開放的符號系統，它既包含其自身原有的話語和意義，也在召喚和暗示著其他文本。也就是說，高爾基和魯迅作為當時中蘇文壇最具代表性的文學家，他們不僅是中共先後樹立的文學「旗手」和「導師」，是眾人學習參考的典範；還被批判性地繼承和改寫，納入黨的文學的範疇裏，是黨的文學前進的

〔註45〕《中央蘇區文藝叢書》編委會：《中央蘇區文藝史料集》，武漢：長江文藝出版社2017年版，第403頁。

〔註46〕魯迅研究室編：《魯迅研究資料·2》，北京：文物出版社1977年版，第4頁。

方向。或者說，這種命名活動既召喚著高爾基和魯迅的「黨性」，給予其力量
〔註47〕，也召喚著後來者中富有「黨性」的文學新軍。

而從「高爾基」換名為「魯迅」的玄機，透露著中國革命、中國共產黨及
其領導的文學運動發生了深刻變化。蘇區時期，中共各項工作以「學俄」為主。
經過長征的錘鍊，中共在延安面對複雜的革命形勢，日益顯現出成熟、從容、
自信的品質，開始更多從中國革命現實和未來出發，邁出了馬列主義中國化的
堅實的步子，開始著意建立「新鮮活潑的、為中國老百姓所喜聞樂見的中國作
風和中國氣派」〔註48〕。反映在文學教育活動上，高爾基戲劇學校主要選用西
式戲劇（話劇）為教學和排演的範本，延安魯迅藝術學院則涵蓋音樂、美術、
文學等更多藝術門類，教學內容的安排上則顯著增加了中國文學和民間文藝
的比重。而且整個陝甘寧邊區也陸續發掘出秧歌劇、木刻、鼓詞等多種民族文
學，還融匯創新出民族新歌劇等。此後，毛澤東將「中國作風和中國氣派」作
為一個重要美學原則，不斷對其補充、完善。如《新民主主義的政治與新民主
主義的文化》和《論聯合政府》都曾提出中國應該有自己的「民族的科學的大
眾的」文化。這種論斷為中國現代文學的發展開闢了新路，一定程度上扭轉了
「五四」新文化以來文壇嚴重的歐化傾向，引領中國文學探討和解決民族化問
題。而體現民族化要求的「趙樹理方向」便是對「魯迅方向」的豐富和拓展。

「五四」新文化固然將中國文學匯入世界文學海洋，重新激發了中國文化
的活力；但它引入西式話語、改革詩文、輸入話劇、抬高小說等等，不僅表現
出與中國古典文學的深刻斷裂，而且與活躍著的民間文藝和人民話語出現了隔
閡。文學界圍繞毛澤東提出的民族形式問題展開了持續兩年多的大討論，這也
是一次關於毛澤東文藝民族化理論的廣泛而深入的文學教育，更是一次對中國
文學發展的有力救正。中國文學從「世界」轉向「民族」，從「現代」轉向「民
間」，並非回到與世界隔絕的老路，而是以更清晰的面目、更宏闊的視野、更自
信的姿態重鑄民族精神和審美品格，用從中國現實生長出的中國話語講述「世
界的中國」、表現中國的民族風情。當然，那將是世界大同、人類一體、共生共
存的景況之下的中國新文學，一種兼具世界意識與民間品格的文學形態。

〔註47〕魯迅研究室編：《魯迅研究資料‧2》，北京：文物出版社1977年版，第41～
50頁。
〔註48〕人民教育出版社編：《毛澤東論教育》，北京：人民教育出版社2008年版，第
51頁。

　　二是對「五四」和魯迅等過往文學經驗的重評。這一問題受革命形勢的發展變化而不斷變化。「大革命」後，中共對「五四」以批判和否定為主，很多黨內作家為倡導革命文學也將魯迅等作為批判對象，甚至在期刊上推出「批判魯迅」專輯。這些論戰引起中共的重視，經過調解，左翼文藝力量集結為「左聯」，魯迅則被推為盟主。由此，中共開始正視「五四」和魯迅。如前所述，瞿秋白充分肯定了「五四」的革命精神，並要求以無產階級的領導繼續推進「五四」所開啟的文化革命。因而，文藝工作應加強無產階級領導。到了延安時期，毛澤東在《新民主主義的政治與新民主主義的文化》和《反對黨八股》等文章中都曾論及「五四」，全面肯定了五四運動的歷史意義。毛澤東將其歸為「無產階級世界革命的一部分」，認為「五四」是中國歷史上空前的徹底的文化革命。值得注意的是，毛澤東還對「五四」進行了一定的「改寫」，認為「五四」的革命精神本質上是反對洋八股或黨八股的。不過，「五四」的唯一缺憾在於，它沒有普及到工農大眾中去。因而，應堅持文藝的工農大眾方向，注重文藝向工農大眾普及。可見，蘇區和延安對「五四」的評價，直接影響了中共對文藝工作方向的判斷和把握。

　　至於魯迅，瞿秋白在其《〈魯迅雜感選集〉序言》中將魯迅定位為文學家、思想家和勞動群眾的友人，「我們」需要學習和發揚魯迅雜文，繼承和發揚魯迅思想。毛澤東在此基礎上更進一步，從魯迅文學和思想價值之外，發掘出魯迅富有政治遠見、鬥爭精神、犧牲精神的革命精神〔註49〕。因為「魯迅的骨頭是最硬的」〔註50〕，所以「要算是中國的第一等聖人」〔註51〕，是「代表全民族的大多數，向著敵人衝鋒陷陣的最正確、最勇敢、最堅決、最忠實、最熱忱的空前的民族英雄」〔註52〕。「魯迅的方向，就是中華民族新文化的方向」〔註53〕，所以要求「一切共產黨員，一切革命家，一切革命的文藝工作者，都應該學魯迅的榜樣，作無產階級和人民大眾的『牛』，鞠躬盡瘁死而後已」〔註54〕。這樣，從蘇區到延安，魯迅多了「革命家」的身份，從勞動群眾的友

〔註49〕毛澤東著，中共中央文獻研究室編：《毛澤東文藝論集》，北京：中央文獻出版社 2002 年版，第 9～10 頁。
〔註50〕毛澤東著，中共中央文獻研究室編：《毛澤東文藝論集》，第 31 頁。
〔註51〕毛澤東著，中共中央文獻研究室編：《毛澤東文藝論集》，第 10 頁。
〔註52〕毛澤東著，中共中央文獻研究室編：《毛澤東文藝論集》，第 31 頁。
〔註53〕毛澤東著，中共中央文獻研究室編：《毛澤東文藝論集》，第 31 頁。
〔註54〕毛澤東著，中共中央文獻研究室編：《毛澤東文藝論集》，第 82 頁。

人逐步升格為「革命導師」。「魯迅」的個體價值和個體面貌便越發模糊起來。
當魯迅被作為學習的榜樣之後，他的文本中最為看重的便是雜文。饒有意味
的是，恰恰是在魯迅雜文的學習上，延安一些作家、批評家溢出了黨的預期。
毛澤東認為在延安和抗日根據地，「雜文形式就不應該簡單地和魯迅的一
樣」，應該「真正站在人民的立場上，用保護人民、教育人民的滿腔熱情來說
話」〔註55〕。但蕭軍等一些作家卻看重魯迅雜文的戰鬥作用，珍視文藝和作家
的獨立品格，堅持作家（啟蒙）立場，而在組織問題上卻拒絕入黨〔註56〕。這
顯然與「黨的文學」的要求格格不入。類似的還有關於歌頌與暴露問題的爭論，
但問題的解決卻開創了用政治手段解決文藝問題的先河。這些不同文藝主張
的出現和論爭的發酵，最終誘發了文藝界的整風運動。也正是由於對魯迅的理
解存在顯著偏差並不斷干擾黨的文藝工作，毛澤東才反覆在各種公開場合評
價魯迅，更是在《講話》中提及「魯迅」多達十次。毛澤東使「魯迅」服務於
黨的文藝的拳拳之心可見一斑。

　　三是創辦複合型文學機構，賦予文學機構多種職能，以盡可能提升文學生
產、宣傳、教學的效率。如前所述，中共第一個文學教育機構藍衫團便是教學、
創作、排演三結合的。高爾基戲劇學校成立時，瞿秋白特別強調，「學校要附
設劇團，組織到火線上去巡迴表演，鼓動士氣，進行作戰鼓動。平時按集期到
集上流動表演，保持同群眾密切的聯繫，搜集創作材料。」〔註57〕延安魯藝成
立初期實行軍事化管理，同時還要組織師生參加生產勞動以克服物資不足的
困難。此後延安魯藝還不斷派出學員和文藝骨幹等組織文藝工作團（隊）支持
前線，並開枝散葉成立了魯迅藝術學院華中分院、晉東南魯迅藝術學院、東北
魯迅文藝學院等文藝機構，在後方也建立了星期文藝學園、魯藝部隊藝術幹部
訓練班等文藝短訓班。至於中國文藝協會、文藝月會等「愛好文藝者」發起的
文藝團體，發起時便自覺地擔負起「培養無產者作家，創作工農大眾的文藝，
成為革命發展運動中一支戰鬥力量」〔註58〕的文學教育和戰鬥任務。而中華全

〔註55〕毛澤東著，中共中央文獻研究室編：《毛澤東文藝論集》，第 77 頁。
〔註56〕陳安湖：《中國現代文學社團流派史》，武漢：華中師範大學出版社 1997 年版，
　　　　第 447 頁。
〔註57〕《中央蘇區文藝叢書》編委會：《中央蘇區文藝史料集》，武漢：長江文藝出版
　　　　社 2017 年版，第 404 頁。
〔註58〕《中央蘇區文藝叢書》編委會：《中央蘇區文藝史料集》，武漢：長江文藝出版
　　　　社 2017 年版，第 134 頁。

國文藝界抗敵協會延安分會、西北戰地服務團等在文藝和教育之外，承擔了更多統戰、宣傳鼓動等政治任務。

此外，由於文藝機構的部分領導乃至教員兼任中共黨政領導職務，這些機構便兼具貫徹落實黨的文藝政策的排頭兵的角色。比如瞿秋白要求，「紅軍裏面的文化娛樂工作於各軍團劇社的活動是政治工作的重要部分。他認為戲劇學校如果不為紅軍部隊培養藝術幹部，就失掉了創辦的重要意義。」[註59]再如1939年4月10日在延安魯藝全體師生大會上，羅邁作了報告《魯藝的教育方針與怎樣實施教育方針》，正式確定了延安魯藝的教育方針，即「以馬列主義的理論與立場，在中國新文藝運動的歷史基礎上，建設中華民族新時代的文藝理論與實際，訓練適合今天抗戰需要的大批數藝術幹部，團結與培養新時代的藝術人材，使魯藝成為實現中共文藝政策的堡壘與核心。」[註60]這顯著縮小了文藝政策和文學教育、理論探索與文藝實踐之間的間隙。

需要指出的是，文藝院校有多種身份和職能，它們往往得到革命政權的大力支持，在物質、人員極為匱乏的情況下很快建立起來。不論是蘇區還是延安，都曾面臨「沒有教員、沒有教材、沒有書」的窘境。蘇區「最感困難的是教員」[註61]。為此，瞿秋白等黨政領導和文藝幹部甚至親自上陣授課、身兼數職，還大膽起用通過政治考驗的白軍軍官擔任教員。延安時期，中共仍沿襲這一思路，黨政領導人廣泛參與包括文藝院校在內的各種文藝機構的創立、集會乃至教學等實際工作。比如毛澤東、周恩來等為延安魯藝的發起人，毛澤東還一度「兼任」延安魯藝院長[註62]。後來陝甘寧邊區政府將居住辦公條件良好的橋兒溝一帶劃歸延安魯藝使用。同時，前線將士常常嫌後方效率拖沓，不斷對文藝宣傳幹部和培養問題提出直接訴求，如朱德指出，「在前方，我們拿槍桿子的打得很熱鬧，你們拿筆桿子的打得雖然也還熱鬧，但是還不夠。這裡，我們

〔註59〕《中央蘇區文藝叢書》編委會：《中央蘇區文藝史料集》，武漢：長江文藝出版社2017年版，第404頁。

〔註60〕羅邁：《魯藝的教育方針與怎樣實施教育方針》，谷音、石振鐸合編：《魯迅文藝學院文獻（內部資料）》，瀋陽音樂學院《東北現代音樂史》編委會，1986年，第50～51頁。

〔註61〕《中央蘇區文藝叢書》編委會：《中央蘇區文藝史料集》，武漢：長江文藝出版社2017年版，第404頁。

〔註62〕《中國共產黨組織史資料彙編·領導機構沿革和成員名錄》，北京：紅旗出版社1983年版，第329頁。

希望前後方的槍桿子和筆桿子能親密地聯合起來。」〔註63〕1938 年 11 月，應前線部隊要求，部分尚未結業的魯藝學員便由沙汀和何其芳帶領奔赴晉西北和冀中抗日根據地實習，實習期滿後又因戰場複雜滯留到次年 7 月，且部分學員從此長期隨軍。文學系曾因此一度暫時停辦。黨政領導、政黨政府廣泛參與文藝活動，在保障文藝的「黨性」、提升文藝工作效率等方面帶來了顯著效果，但它也不可避免地留下了一些弊端和隱患。

四是注重凝聚文藝工作者、文藝學員乃至工農大眾的道德情感認同，逐步構築起一種無形的道德共同體。可以說，這種「共情性」是黨的文學教育得以有效開展的必要條件。首先，從蘇區到延安，中共比較嚴格地把控文藝教員和學員的來源。藍衫團學校首批學員是從各地方和紅軍中選調的共產兒童團團員。《高爾基戲劇學校簡章》則特別強調了學員入學須「曾在革命機關或群眾團體工作或參加革命鬥爭積極工作」，且「須得當地政府機關的介紹」〔註64〕。延安魯藝對考生的政治思想水平同樣要求較高，延續了蘇區開創的傳統。這在理論上最大程度保證了學員的純潔性和先進性，另一方面也賦予學員榮譽感和使命感。因為名額有限而學員普遍思想覺悟高，學員都非常珍惜學習機會，學習和工作熱情高漲。學員自然地以「工農革命的戰士」自居。其次，蘇區和延安有著明顯不同於白區（國統區）的昂揚向上的社會氛圍。比如延安城洋溢著自信、樂觀、快樂而又質樸的青春氣息，以至於「在廣大的群眾場合裏，我常常很容易感動起來。像沉在風狂浪擁的波濤間，從那蒸熱擠在前後左右的胸膛胳膊上，透出無限的生命力來，那時，我完全落在感動當中」〔註65〕。獲得「感動」和力量，根本上在於人們到蘇區（或延安）後逐漸拋棄舊有觀念而在新環境下找到了投身集體家園後的歸屬感。最後，黨政領導、文藝教員等都善於作思想動員工作。比如在高爾基戲劇學校，因為教員匱乏而不得不起用白軍軍官時，學員普遍比較牴觸，瞿秋白沒有採取高壓手段，而是耐心勸導，使學員心悅誠服地接受了新教員。〔註66〕再比如毛澤東寫給丁玲的詞中提到「昨天文小姐、今日武將軍」，無疑給剛到延安、處在身體疲累而精神亢奮的丁玲以

〔註63〕艾克恩編：《延安文藝紀盛》，北京：文化藝術出版社 1987 年版，第 195 頁。

〔註64〕《中央蘇區文藝叢書》編委會：《中央蘇區文藝史料集》，武漢：長江文藝出版社 2017 年版，第 112 頁。

〔註65〕劉白羽：《父與子——延安雜記》，《文藝陣地》第 1 卷第 11 期，1938 年。

〔註66〕蔡桂林：《秋白之華：瞿秋白傳》，北京：解放軍文藝出版社，2013 年版，第 325 頁。

極大的鼓舞和肯定，縮短了丁玲融入延安生活的過程。總之，有了這種從容、自由、自信，社會親如一家，黨的文藝青年們經歷著前所未有的幸福時光，他們與蘇區（延安）的道德情感聯結變得更為牢固，轉而以更真誠的創作熱情去發動、感染更多的工農群眾。可見，這種共情的社會氛圍是黨的文學教育的堅實基礎，也是其最寶貴、難以複製的經驗。

五是務實而靈活，積極探索多種有效的文學教育教學形式和途徑。受限於物質匱乏、革命戰爭風雲突變等客觀條件，從蘇區到延安，人們充分發揮主觀能動性，因時因地制宜，打破傳統課堂教學的局限，時時處處皆可為課堂。需指出的是，在這種拓展教法、展開教學的過程中，人們的話語體系、審美趣味、美學規範等都在悄然發生了轉換。這也是黨的文學教育最卓有建樹的方面。

在瞿秋白推動下，蘇維埃政府對高爾基戲劇學校給予大力支持，學校很快便籌建完成。學校設校長一人，由教育部委任，首任校長李伯釗；設管理委員會五人，由教育部委任，協助校長工作；下設教務處、校務處，負責具體工作的安排與落實；教員分正教員和助教員，前者教授專業理論與技術，後者教授初步技術並指導學員課外教育，確保學員教育課內課外不會脫節。在討論高爾基戲劇學校的教學規劃時，瞿秋白強調，「閉門斷然創造不出大眾化的藝術化」，要做到以下兩點：一，「戲劇學校要組織劇團（即中央教育人民委員部領導之下的中央蘇維埃劇團）到火線上去巡迴演出，鼓勵士氣」；二，有集市時，「要到集市上流動表演，保持同群眾密切的聯繫，邊演出邊搜集創作材料，創作出官兵和地方群眾喜聞樂見的節目，再回到官兵和群眾中演出、修改，不斷提高劇目的質量。」〔註67〕以此為基礎，高爾基戲劇學校的教育方針是：（1）給學生以戲劇運動及革命文藝運動的基本常識；（2）有組織的分配到各地的俱樂部、劇社、劇團去實習；（3）在學習期間，組織各種研究會，培養學生的創造性。可知，在黨內最具文學氣質的領袖瞿秋白的領導下，蘇區的文學教育開展得雖短暫而有限，卻還是很有生氣的。在配合革命戰爭的大前提和總任務下，還是非常尊重教育原則和文學規律的。既注重理論與實踐的有機統一，又注重培養學生的創造性，一改過去紅色教育的刻板印象。在教學上，戲校分為兩個階段：前四個星期教授政治、文學、活報、舞蹈、唱歌五科；後十二星期主講俱樂部問題、政治常識、戲劇理論三科。此外，戲校還安排課外教育，早

〔註67〕蔡桂林：《秋白之華：瞿秋白傳》，北京：解放軍文藝出版社 2013 年版，第 325 頁。

晚聯繫舞蹈、唱歌、軍事操,可欣賞中西音樂、聽故事、詩歌朗誦、歌謠等,還有機會參加地方群眾工作和各種突擊運動。可知學生的學習和生活還是比較豐富的。為保障廣大學員心無旁騖地學習,除日常用品和被服碗筷需自備外,學校承擔學生的學費、食宿、紙墨書籍等費用;與中央蘇維埃劇團密切聯繫,保障學生的實習工作。為擴大生源,在瞿秋白的指示下,第二期起還開辦了紅軍班和地方班。

在瞿秋白的領導和高爾基戲劇學校的堅持下,蘇區戲劇運動有了很大發展。從成立藍衫團學校到更名高爾基戲劇學校,前後一年多時間內,學校共開辦了三期,先後培訓了一千餘名學員,後編成 60 多個戲劇演出隊,為紅軍和革命根據地培養了大量文藝骨幹,這也成為日後延安文藝隊伍的重要組成部分,較為圓滿地完成了當初制定的教育目標。在校期間,廣大師生以個人創作或集體創作,寫出很多劇本,如《我——紅軍》、《活菩薩》、《無論如何要勝利》、《戰鬥的夏天》、《富農婆》、《紅色的間諜》等,瞿秋白還親自選編了中央蘇區的唯一的劇本集子《號炮集》,油印本在全蘇區發行。這些劇作和演出,鼓舞了部隊士氣,也提高了蘇區文藝水平和成績。

總結起來,從蘇區開始,中共在開展文學教育時逐步摸索出四種行之有效的教育教學模式:其一是在常規課堂教學中堅持開放辦學、開放教學,根據實際情況始終保持教育教學的彈性。以藍衫團學校為例,在學的方面,學校將學員分配到各地附設的俱樂部、劇團實習,組織研究會,力求根據已有條件最大化地培養學員的創造性。學校注重利用課餘時間,引導學員每天早晚練聲、練習跳舞和軍事操,還安排學員參加群眾工作和突擊運動。〔註68〕在學制設計上也不死板,大約學習四個月,第一個月學習唱歌、舞蹈、活報劇、文字課和政治,後三個月主要學習戲劇理論和俱樂部問題等;實習時間則視情況酌情增加。為彌補教育計劃的不足,還會根據實際教育教學所需,開設各種短訓班和藝術院團等,如該校第二期根據需要設置了「紅軍班」,充分發揚紅軍戰士衝鋒戰鬥、熱情高漲的特性,往往「利用月光在草場上聯繫白天學習的歌舞課程」,利用課餘時間練習面部標簽,因而「一月來完成了教育計劃」。〔註69〕。

其二是重視「游於藝」的實踐教學。藍衫團學校、高爾基戲劇學校堅持文

〔註68〕鍾俊昆:《贛南蘇區文藝研究》,北京:中國社會科學出版社 2009 年版。
〔註69〕李伯釗:《藍衫團學校學生生活片段》,《青年實話》第 3 卷第 2 號,1933 年 12 月 3 日。

學教學、創作、排演三結合，始終高度重視實踐教學。高爾基戲劇學校在制度和組織上充滿保證了實踐教學，其教員分正教員和助教員，前者教授專業理論與技術，後者教授初步技術並指導學員課外教育，確保學員教育課內課外不會脫節。此外，師生們在校園裏的日常課餘活動豐富多樣：學員們還可以根據興趣組織或加入文藝社團、組織文藝沙龍，提供了創作和批評的空間，擴展了課堂。這樣的制度設計在陝甘寧邊區得到了繼承和更為充分的發揮。在陝甘寧邊區，師生們廣泛地「參加社會活動，深入到工農兵中間去，向群眾學習，與他們打成一片……在華北的時候，經常派同學到新區工作，訪貧問苦，住到最貧苦的農民家裏，跟部隊參見作戰，照顧傷兵，與群眾同甘共苦，一起生活，一起種田，一起衝鋒殺敵。在戰場上，同學們勇敢得很，戰士到哪裏，他們到哪裏」，實際生活的洗禮使學員們快速成熟起來。〔註70〕可以說，在延安文藝座談會之前，在黨的文學教育實踐過程中，廣大文學教員和學員便已經將「深入生活」的要求落到實處。正是在深入生活、向群眾學習的實踐教學中，逐步消解了「文縐縐」的知識者言語的有效性與合理性，從而使人們的寫作語言風格發生根本變化，逐步養成和確立了素樸簡明有力的人民大眾言語風格。

其三是開創文學獎金制度，豐富和拓展黨的文學教育，確立黨的文學規範，刺激黨的文學創作。如前所述，中共很早便充分認識到宣傳「是紅軍第一個重大工作」，文藝活動和培養宣傳鼓動幹部的文學教育隨即成為中共展開革命戰爭的重要組成部分。為了落實和配合黨的宣傳工作，從中央蘇區到陝甘寧邊區，蘇維埃文化編輯委員會、中央藝術教育委員會、工農劇社、人民抗日劇社、紅軍總政治部、中國文藝協會、紅中編委等單位在各類報刊上陸續發布了很多「徵稿啟事」、「徵文啟事」，內容涉及英雄故事、鬥爭經驗、戰鬥生活趣事、個人感想等，體裁則涵蓋歌曲、戲劇、活報、京調、小說、詩歌、繪畫等多種藝術門類。其中，中央藝術教育委員會便是專為「發展蘇區工農的大眾藝術」〔註71〕而成立的機構，一方面意在總結蘇區文學工作經驗，另一方面也體現了中共開始自上而下地重視文學教育工作，並將徵文活動視為文學教育的題中之義。在此基礎上，全面抗戰爆發後，各解放區從現實需要出發先後制定了相關的文藝獎勵政策，文藝獎金制度基本成型。各解放區先後設立的文藝獎

〔註70〕成仿吾：《延安作風和延安時代的學校生活》，《文史哲》1984 年第 1 期。
〔註71〕《中央藝術教育委員會啟事（徵求藝術作品的啟事）》，《紅色中華》1936 年 3月 13 日。

金有：陝甘寧邊區的「五四」中國青年節文藝獎、晉冀魯豫邊區的「七七」文藝獎、晉察冀邊區的「魯迅」文藝獎和「創作規約」文藝獎、晉綏地區的「七七七」文藝獎、山東地區的「五四」文藝獎及「五月」「七月」文藝獎、拂曉文化獎、「鄉村文藝創作徵文活動」，等等。這些文藝獎有的是響應某種號召、參與某個紀念性事件而臨時設置，有的是代表某種文藝主張、傳遞某種文藝理念而長期設置，但它們都以公開徵文的形式確定了一定標準，規定和引導著人們寫什麼和怎麼寫。因為是「公開徵文」的形式，文藝獎的組織者為了達到「應者雲集」的效果，往往能夠觸達工農大眾的審美趣味。當然，這些文學獎在「迎合」民眾的同時能否規避形式俗套、趣味低級的危險進而追求更高的藝術品格，是這些文藝獎能否真正推動文藝大眾化、建構「黨的文學」的關鍵所在。總之，文學獎金制度的創設，因其主題內容上的意識形態規約性、文學評選標準的功利性和通俗性、文學表現形式的直觀性、文學創作和文學批評的強導引性，構築了黨的文學教育「閉環」的最後關鍵一環，對黨的文學宣傳和文學教育起著規範、助推和校驗的作用。

其四是在具體的課程設置上注重開設思想政治教育課程。經由闡發列寧政黨政治美學，瞿秋白很早就認識到「黨性」在文藝教育活動中的重要性。「黨性」被認為是發展革命文藝、培養革命文藝工作者的前提。因而，創建文藝院校後，瞿秋白除聘請專門的政治教員外，還親自擔任教員。在具體課程裡，高爾基戲劇學校增設「俱樂部、劇團工作」課，瞿秋白親自講解它和各種社會運動的必要性。

這樣的課程設置思路在延安得到了發揚。如羅邁在指導延安魯藝時同樣特別重視思想意識教育問題，認為「要鍛煉成為革命的文藝家，是與自己思想、意志、品質的斷裂不可分離的」〔註72〕這體現在魯藝課程設置裡，有「列寧主義」、「哲學」、「中國問題」、「實踐分析」、「中國革命與中國共產黨」、「社會科學概論」、「文藝工作」等諸多思想意識類課程，且都是面向延安魯藝各類學生的「共同必修課」。其課程名稱或課程內容雖有不斷變化〔註73〕，但都體現出對思想意識教育的重視。從「蘇區」到延安，這一教育理念的傳承和發揚，確保了中國共產黨開展的文藝教育始終收束在「黨的文學教育」的範疇裡，更是

〔註72〕《羅邁同志在第二次全院工作檢查總結大會上的講話》，谷音、石振鐸合編：《魯迅文藝學院文獻（內部資料）》，1986年，第119頁。
〔註73〕參閱《魯迅文藝學院文獻》中關於魯藝各屆課程的記載。

強化了文藝教員和文藝學員的革命性和戰鬥力，才使得延安文藝教育的文化
創造有了堅實的可能性和現實性。

三、初駐陝北後文藝教育的短期和長期任務

1936 年 11 月，丁玲到保安後不久，向毛澤東等領導建議成立一個文藝俱
樂部。經過籌備，中國文藝協會成立大會於 1936 年 11 月 22 日舉行。毛澤東
在會上發表了講演。

毛澤東站在黨的事業戰略發展的視角去談論黨的文學隊伍和文學創作的問
題，講演從揭露存在的問題開始：「中國蘇維埃成立已很久，已做了許多偉大驚
人的事業，但在文藝創作方面，我們幹得很少。……過去我們是有很多同志愛好
文藝，但我們沒有組織起來，沒有專門計劃的研究，進行工農大眾的文藝創作，
就是說過去我們都是幹武的。現在我們不但要武的，我們也要文的了，我們要文
武雙全。因為現在中國有兩條戰線，一條是抗日戰線，一條是內戰。要結成抗日
民族統一戰線，把日本帝國主義趕出去，爭取中國民族的獨立解放，首先我們就
要停止內戰。……怎樣才能停止內戰呢？我們要文武兩方面都來。要從文的方面
去說服那些不願停止內戰者，從文的方面去宣傳教育全國民眾團結抗日。如果文
的方面說服不了那些不願停止內戰者，那我們就要用武的去迫他停止內戰。你們
文學家也要到前線上去鼓勵戰士，打敗那些不願停止內戰者。所以在促成停止內
戰、一致抗日的運動中，在文藝協會都有很重大的任務。發揚蘇維埃的工農大眾
文藝，發揚民族革命戰爭的抗日文藝，這是你們偉大的光榮任務。」〔註74〕

這一指示在隨後中國文藝協會幹事會的內部討論中得到貫徹，發表在
1936 年 11 月 30 日的《紅中副刊》上的《「中國文藝協會」的發起》，坦誠地
確認了中國文藝協會的使命，即「培養無產者作家，創作工農大眾的文藝，成
為革命發展運動中一支戰鬥力量，是目前的重大任務，特別在現時全國進行抗
日統一戰線的民族革命戰爭中，把全國各種政治派別、各種創作傾向的文藝團
體、文藝工作者團結起來，以無產階級的文學思想來推動領導、擴大鞏固在抗
日統一戰線中的力量，更是黨和蘇維埃新政策下的迫切追求。因此，在黨和蘇
維埃的指示領導之下，許多愛好文藝者特發起組織『中國文藝協會』。它的工
作任務，在蘇區是訓練蘇維埃政權下的文藝工作人材，收集整理紅軍和群眾的

〔註74〕毛澤東：《在中國文藝協會成立大會上的講話》，選自中共中央文獻研究室編：
《毛澤東文藝論集》，北京：中央文獻出版社 2002 年版，第 3～4 頁。

鬥爭生活各方面的材料，創作工農大眾的文藝小說，戲劇，詩歌等；在全國則聯絡團結各種派別的作家與文藝工作者，鞏固抗日統一戰線的力量，擴大無產階級文學的思想領導。『中國文藝協會』在這兩個重大任務下，經黨和蘇維埃的指示和許多同志的努力，便很快地發起籌備組成了。」〔註75〕

　　在中國文藝協會的「召喚」和推動下，革命文學的種子開始播種在更廣泛的革命根據地。「文藝的興趣被提高了，文藝的書籍也有人搶著閱讀，而且有了文藝協會的組織，在延安的會員就有幾百，油印的小刊物（純文藝的）總是供不應求，每日都可以接到索閱的函件。……這初初的蔓生的野花，自然還非常幼稚，不能饜足高等博士之流的幻想，然而卻實實在在是生長在大眾中，並且有著輝煌的前途是無疑的。」〔註76〕能有這樣的改觀，中共中央有意樹起的文學「紅旗」丁玲及其領導的中國文藝協會顯然起到了積極的示範作用。

　　與此同時，隨著日軍侵略步步緊逼，國際國內局勢都發生了很大的變化。中國國民黨政府尋求國際支持的效果難堪如意，蔣介石的「攘外必先安內」策略逐漸破產。中國共產黨在陝甘寧地區逐漸站穩腳跟，並成立了新的「地方」政權陝甘寧邊區。全民抗日成為國內最為強烈的呼聲，國共第二次合作得以實現。在共同抗日的目標下，原本弱小的共產黨政權獲得了合法地位。這樣，中國共產黨在陝甘寧邊區「落腳」後，其所面臨的短期革命任務便是調動一切可能的力量推動共同抗日。因而，革命戰爭在短期內將是「壓倒一切」優先項。

　　而在團結抗日的總要求和總前提下，中國共產黨仍將面臨鞏固新生政權的長期任務。在獲得「合法」地位後，中國共產黨開始有了獨立的生長發展空間，開始從容地、系統地想像和構建「新中國」（也就是從「地方」生長出來的中國的「中國」）。這一長期任務提到議事日程上，對中國共產黨及其領導的無產階級革命隊伍來說，是一個巨大的歷史契機。這既改變了中國革命的進程和節奏，也改變了中國革命的內容和策略。整個革命戰爭是一盤棋，而文學教育是其中非常重要的一步棋。

　　從短期任務來看，文化界應當承擔的是鼓動和宣傳工作，以民眾喜聞樂見的形式宣傳黨政方針，擴大共產黨的政治影響和黨的軍隊的戰鬥力量。從長期任務來看，文化界所應著手展開的工作是，培育和集結黨的文化工作者隊伍，

〔註75〕《「中國文藝協會」的發起》，參見江木蘭、鄧家琪編：《蘇區文藝運動資料》，
　　　　上海：上海文藝出版社1985年版，第134頁。
〔註76〕丁玲：《文藝在蘇區》，《解放週刊》第一卷第三期，1937年5月。

建立新的文化藝術規範和更為廣泛的意識形態規範，從而為奪取文化領導權進而建立更廣範圍的政權打下堅實的人才基礎和思想基礎。相對來說，在相當一段時間內，短期任務都顯得非常明確而迫切，更為廣大普通軍民所確認。長期任務則是比較模糊的，容易為人忽略的。隨著黨的教育的逐步深入、革命形勢的逐漸逆轉，長期任務才日益清晰、獲得日益強烈的共鳴，並在延安文藝座談會上得到確認。而對這兩種任務的認識的分歧或偏誤，是造成文藝界諸多爭論、文學教育方向的分歧等問題的重要根源。可以說，這兩種任務的出現是促成延安文藝教育產生的直接原因，而兩種任務的差別又造成了黨的文學教育呈現出不同的形態。

葛蘭西指出，學校「往往逐步將自己的活動分為兩個『有機的』部分：一部分是構成其實質的審議活動，另一部分是技術——文化活動，在後一部分活動中，它們必須作出的問題首先要經過專家的審查和科學的分析。後一部分活動早已以一種新的組織體創造了一整套官僚機構」。「這便促成了一種必然的有機發展狀況，那就是往往把具有政治技能的專業人員與解決管理當今龐大複雜民族社會基本實踐活動之具體問題的專業人員結合起來。……這便引出了如何改善技術——政治人員的訓練，根據新的需要對他們進行培養的問題，以及如何創造一類新的專業公務員的問題，他們將作為一個團體補充完成審議活動。」〔註77〕因而對於延安文藝教育來說，最困難也最為迫切的課題便是，怎樣訓練出「文學——政治」人員，即像瞿秋白一樣「既懂政治又懂文學」的複合型人才。

中國共產黨的有力宣傳滿足了很多國統區知識者和文學青年對革命聖地「自由天堂」般的想像，國民黨的獨裁統治和嚴酷的言論監管更加深了這種形象對比，使得大量人才快速集聚無產階級革命政權的核心延安，奔赴延安的又以文學人才為主，這為完成聚合大量「文學——政治人員」的任務提供了最可靠的可能性。這樣，全面抗戰初期陝甘寧邊區的現實是懂政治的人很多，懂文學的人也很多，被認為政治正確、具備道德優勢的人（即廣大工農兵群眾）更多。

歷史地看，對懂文學的人加以思想政治教育，改造為「文學——政治人員」，相對來說更加容易一些。但延安文藝教育，首先實踐的卻是另外一種思路，即從工農兵群眾中選拔學員，再進行培養。這雖然收效較慢，趕不上革命鬥爭對文學藝術人才的需求，但顯然是由共產黨的短期任務過於艱巨造成的。一方面，中共

〔註77〕〔意〕安東尼奧·葛蘭西著：《獄中札記》，曹雷雨、姜麗、張跣譯，北京：中國社會科學出版社 2000 年版，第 19～20 頁。

領導「對大批知識分子湧來的形勢，估計有所不足」〔註78〕，剛開始只能仰賴短訓班等速成式教育；而且，過早地改造來到陝甘寧邊區的知識者，不利於吸納人才。另一方面，給所有人以巨大精神壓迫的戰爭環境，先天規定了長期任務難以從容展開的局限性，影響著它實現的形式、特性與傾向。直到《論持久戰》出現之前，國內的整體思潮還是以「亡國論」的悲觀論調為主。毛澤東《論持久戰》的出現，既鼓舞了全民抗日的士氣和勝利信心，同時也論證了短期任務的艱巨性。所以必須團結一切可以團結的力量，建立最廣泛的抗日民族統一戰線。而隨著抗日轉入相持階段和日本侵略者逐漸戰略收縮，留給中國共產黨部署長期任務的空間越來越大；再加上國民黨頻繁製造國共摩擦，又增加了提前布局長期任務的緊迫感。而此時，那些懂文學的人日益流露出自由主義傾向和不合作態度，已然構成了黨奪取文化領導權的障礙，所以必然要對其加以改造。

正是在這雙重任務的規約下，延安文藝教育生成後，其整體比較偏重思想政治教育和實踐能力，它的形式和內容前後也出現了較大的變化。從技術上來說，前期主要放任各個機構團體和個人自由探索，甚至出現以延安魯藝為代表的專門化正規化努力，後期則突出「黨性」色彩和戰時要求；從思想上來說，前期自由民主的氛圍較濃，後期規範性和集體意志較強；從內容上來說，前期教育在選擇上較為自由多樣，歐美文學都在評閱鑒賞範圍內，後期則以貫徹毛澤東文藝思想為主要內容，創作、批評的是清一色的民族的大眾的文學。

四、為何是文藝教育

高等教育改革適應社會經濟發展，辦學方向要適應社會對人才需求結構的變化，這是當前高等教育發展的必然規律，也是延安文藝教育所留給我們的寶貴經驗。我們這裡著重提出一個問題：為何是文藝教育？為什麼是文藝，為何解決文學藝術問題、在更廣範圍內有效開展文藝教育在整個革命戰略中有突出的位置？

首先，就延安的人才隊伍構成來看，從事文學藝術事業的居多數。能否借助文藝教育使這些知識者「無產階級化」，關乎人才改造和構建新意識形態的全局。而相應地，中國共產黨較少參與文學和文藝教育的具體工作，更重要的是一直以來都非常缺乏足夠的文學藝術方面的人才儲備。可以說，不論是文學

〔註78〕李潔非、楊劼：《解讀延安——文學、知識分子和文化》，北京：當代中國出版社 2010 年版，第 44 頁。

人才積累，還是文藝理論探索，乃至文學創作實踐，中國共產黨都缺乏足夠的經驗。隨著全面抗戰以來大批知識青年來到延安，一度使延安文壇的整體面貌有了顯著改觀，已顯露出超出黨的預期和控制的跡象。在延安整風以前，毛澤東等中共領導人覺察到的思想問題在文學界體現得更為明顯也更為典型。文藝教育自然地被納入延安整體的整風運動中，或者說，整風運動本身即是文藝教育中的思想教育運動，旨在解決延安文壇當中存在的突出問題，從而「淨化」共產黨的文學工作者隊伍，統一和規範意識形態。顯然，不論是促進共產黨的文學事業發展，還是加強和改善共產黨的領導、奪取文化領導權，共產黨都需要在文藝教育事業上有所作為。

其次，早在五四時期，中國共產黨人接手改版的《新青年》時，就開始逐漸走出一條「以文學介入政治」的路。到了「左聯」時期，左翼文藝力量因準政黨組織〔註79〕的強力動員而迅速集結。他們的文學創作、理論宣傳發揮了突出的示範和教育效用。到了江西中央蘇區時期，中國共產黨有了自己的政權和革命根據地，不僅創辦了不少藝術團體，而且還建立了專門的文學教育機構。自此，文學教育已開始被作為社會意識形態的有機組成部分，在文化宣傳和革命鬥爭中發揮了突出作用。中共以此為起點，開始探索專門的文學教育多樣化形態。進駐陝北後，陝甘寧邊區百業待興，尤其是文學人才匱乏。中國共產黨亟需從「文」的方面打開局面以配合「武」的方面，而這「文」的方面自然是共產黨相對擅長的「文學」。為了擴建共產黨的文學隊伍，其文學教育必然被提上日程。這是革命戰略任務規約下的順其自然的選擇。

再次，歷史地看，在古老的中華文化裏，中國文人有借思想文化以解決問題的歷史傳統。而傳統文人們歷來將文學視為經國偉業，並作為文化基因世代

〔註77〕中共主導成立「左聯」的本意並不在文學，「左聯」的自我定位也不單純是文學組織。「左聯」執委會 1930 年 8 月通過的《無產階級文學運動新的情勢及我們的任務》指出，「『左聯』這個文學的組織在領導中國無產階級文學運動上，不允許它是單純的作家同業結合，而應該是領導文學鬥爭的廣大群眾的組織」。參見：陳瘦竹主編：《左翼文藝運動史料》，第 59～60 頁。據《蔣光慈傳》，「儘管『左聯』是文學家的組織，黨從領導到每個成員都沒有把組織和個人的活動局限在文藝的範圍，而是以參加政治活動、進行革命鬥爭為第一任務。」見吳騰凰：《蔣光慈傳》，合肥：安徽人民出版社 1982 年版，第 146 頁。茅盾更直言，「說它是文學團體，不如說更像一個政黨。這個感覺，在我看到一九三〇年八月四日『左聯』執委會通過的決議《無產階級文學運動新的情勢及我們的任務》以後，又得到了加強。」見茅盾：《我走過的道路（上）》，北京：人民文學出版社 1981 年版，第 441～442 頁。

相傳。晚清以降，在內憂外患的困局中，人們喊出了「文學救國」的口號。經歷五四新文化運動，文學切實地充當了時代變局中的革命先鋒，成績與隱患同樣顯著，因而成為解決國是困局的有效突破口。從一部分黨員作家倡導革命文學開始，中國共產黨對文學藝術的一貫要求便是充分發揮文學的宣傳、教育職能，起到統一思想、擴大宣傳的作用。文學的這些歷史特性和獨特價值迎合了中國共產黨建立新的意識形態規範的訴求，因此，延安文藝教育的充分有效的展開過程，即是中國共產黨的意識形態規範建立過程。

最後，黨的主要領導人毛澤東既有雄韜偉略，又頗富詩才並對文學藝術問題頗有興趣，因而在文學問題上常常提出見地很深的觀點。以此為基礎和出發點，毛澤東更有著深厚的文化理想。他渴望培育出新的文化理想人物，並建立新的文化範型，而這一理想化訴求的實現化範型的建立，尤其仰賴於文學和文學教育的塑造。而新文學發生以來，文壇尚沒有毛澤東預想的位置，正在發生的延安文藝更沒有納入到毛澤東整體的思想體系當中，所以這是難得施展其才華的機會，這才是更符合毛澤東個人定位的文化邏輯。從號召實現「文」的隊伍和「武」的隊伍的匯合以實現「文武雙全」，到參與發起創立中國共產黨的第一所文藝學校，再到因不滿陝甘寧邊區思想狀況而發動自上而下的整風運動，可以說，毛澤東是延安文藝教育的總設計師。我們可以發現，一旦具體展開的延安文藝教育出現有違毛澤東預期的狀況或溢出黨的革命事業的制度設計，毛澤東等中共領導人便會出面，動用各種可能的資源進行扭轉。這也是延安文藝教育演變的整體風貌和歷史特徵之一。

在處於社會劇烈轉型的今天，我們更有必要對文學教育進行重新審視。價值失範、道德滑坡，已然造成了中國人在上世紀九十年代出現自清末以來的又一次精神危機。相比之下，清末是動亂年代，而上世紀九十年代則處在和平時期，這更令人沉痛，更惹人深思。這個問題的解答有很多角度，我們試圖從中國的文學教育中找到一些答案。如果說 20 世紀的文學教育最大的遺憾是忽略了受教者的主體存在的話，那麼 21 世紀的文學教育在關注人的主體價值和意義的同時，也必須更加關注客體世界的價值和意義，實現主客體的統一。當然不能將中國文學教育過去的過失完全推諉給陝甘寧邊區，這是對歷史的不負責任；同樣地，我們也不能將其歷史價值完全抹殺，我們應該利用現有資源，真正將文學教育打造成攙扶人精神成人的階梯。

第二章 抗戰初期自由探索的延安文藝教育

　　延安文藝教育，生成於戰爭年代，並勉力服務於民族戰爭和革命戰爭，一直持續到中國共產黨革命戰爭戰略重心轉移到華北地區為止。它一開始便負載著重大的文化使命，我們可以說，促成並推動延安文藝教育發展的主導因素，並不是文學和教育本身，而是戰爭形勢的變化及隨之而來的共產黨的任務和要求的變化。相對來說，文學教育形態的變化又稍稍滯後於革命形勢的變化。文學和教育在這個過程中勉力維持，曾經試圖根據自身規律做出調整，試圖走出自己獨立發展的路子，但終因歷史局限不得不匯入革命歷史的洪流。

　　因此，延安文藝教育的發展，可以清晰地看到中國共產黨領導的無產階級革命的歷史軌跡。大約在延安文藝座談會召開之前，這一階段，是延安文藝教育全面展開的時期。這表現為各種專門的文學藝術院校和文藝團體、期刊陸續成立，培養了黨領導的第一批無產階級文藝戰士，既服務於抗戰，也推動了延安文學的發展。這一階段，延安的文藝政策和人才政策相對寬鬆，整體上對文學教育活動的探索較為自由。

　　1936 年 7 月，中共中央和中央紅軍結束長征後進駐陝北保安，各地文藝隊伍也開始在陝北集結。同年 8 月 5 日，毛澤東、楊尚昆聯名向各部隊拍發電報《為出版〈長征記〉徵稿》〔註1〕，發起了中國共產黨領導的革命根據地內第一次大規模的群眾性集體文學創作活動。其徵稿要求文字通達、題材選自戰鬥見聞，目的是為擴大紅軍國際影響。這次大規模徵稿活動，可以視作延安文藝教育

〔註1〕 毛澤東：《毛澤東新聞工作文選》，北京：新華出版社 1983 年版，第 37～38 頁。

的開始。1936 年 10 月 22 日中共中央和中華蘇維埃中央政府致電上海文化界救國聯合會轉許廣平，悼念魯迅先生。唁電稱魯迅為「偉大的文學家、熱忱追求光明的導師、獻身於抗日救國的非凡領袖、共產主義蘇維埃運動之親愛的戰友」〔註2〕。1936 年 10 月 28 日，紅軍總政治部發布《〈紅軍故事〉徵文啟事》，作為紅軍部隊的課外教育材料。1936 年 11 月 22 日，延安時期第一個文學藝術團體中國文藝協會在保安成立，機關刊物為不定期出版的《紅色中華・紅中副刊》，毛澤東發表《在中國文藝協會成立大會上的講話》，指出「發揚蘇維埃的工農大眾文藝，發揚民族革命戰爭的抗日文藝」是其任務。11 月 30 日刊出的《紅中副刊》發表了《「中國文藝協會」的發起》，將自身任務定位為「培養無產者作家，創作工農大眾的文藝」，因而這也是延安第一個具有文藝教育職能的機構。

　　1937 年 1 月，中共中央進駐延安。8 月 12 日，西北戰地服務團召開成立大會，以丁玲為主任，成員以抗大學生和文藝青年為主，他們很快便奔赴前線，引領文學教育進入抗戰語境。西戰團成員此後除堅持宣傳演出外，還組建了戰地社、鐵流社等文學社團，並出版《戰地》、《詩建設》、《詩戰線》等若干文學期刊，開拓了文學陣地，培養了大批文學骨幹。8 月 25 日，毛澤東發表《為動員一切力量爭取抗戰勝利而鬥爭》，指出抗日的教育政策是「改變教育的舊制度、舊課程，實行以抗日救國為目標的新制度、新課程」〔註3〕。1937 年 11 月 14 日，陝甘寧特區文化界救亡協會（後隨陝甘寧邊區改名而改為「陝甘寧邊區文化界救亡協會」，簡稱「邊區文協」）。周揚報告中指出，邊區文協的抗日救國工作「應該爭取全國的模範」〔註4〕。在邊區文協領導下，延安的文化活動如火如荼地開展起來，新的文藝團體和刊物陸續創辦。

　　1938 年 4 月，魯迅藝術學院（後改稱「魯迅藝術文學院」，簡稱延安魯藝）成立，這是中國共產黨在延安領導的第一所專門的藝術院校。毛澤東在成立大會上講話指出了「亭子間的人」和「山頂上的人」各自存在的問題，同時指出，「統一戰線同時是藝術的指導方向」〔註5〕。同月底毛澤東到延安魯藝講話，對藝術立場、作品內容、延安魯藝任務和工作方法等作了詳細闡釋。5 月，抗

〔註 2〕原載《紅色中華》1936 年 10 月 28 日，轉引自汪木蘭、鄧家琪編：《蘇區文藝運動資料》，第 124 頁。

〔註 3〕毛澤東：《為動員一切力量爭取抗戰勝利而鬥爭》，人民教育出版社編：《毛澤東論教育（第三版）》，北京：人民教育出版社 2008 年版，第 40 頁。

〔註 4〕徐行白：《特區「文協」成立大會記》，《新中華報》1937 年 11 月 24 日第三版。

〔註 5〕毛澤東：《統一戰線同時是藝術的指導方向》，中共中央文獻研究室編：《毛澤東文藝論集》，北京：中央文獻出版社 2002 年版，第 13 頁。

戰文藝工作團開始組建並以組為單位分赴前線。1938 年春，晉察冀邊區文藝工作者組建了臨時的「晉察冀邊區文化工作者救亡協會」，並於次年 2 月 15 日成立晉察冀邊區文化界抗日救國會（簡稱晉察冀「文救會」），代表著其他解放區的文化藝術工作也有序展開。1938 年 5 月底 6 月初，毛澤東發表講演《論持久戰》，指明了抗戰的長期性和艱巨性，也意味著抗戰文藝教育的常態化，自由主義傾向開始滋長。1938 年 8 月 7 日，戰歌社、戰地社發表《街頭詩運動宣言》，掀起規模浩大的街頭詩運動，給延安乃至全國各解放區以大眾文學運動的精神洗禮，不失為一次效果顯著的「課外」文藝教育活動。9 月 11 日，邊區文協下轄的專業作家組成的陝甘寧邊區文藝界抗戰聯合會（簡稱「邊區文聯」）成立，次年 5 月 14 日與國統區的中華全國文藝界抗敵協會取得聯繫，改稱「中華全國文藝界抗敵協會延安分會」（簡稱「文抗」），它在培養選拔文藝幹部、組織作家深入實際、創辦文藝刊物、加強各界聯繫等方面作出了突出貢獻。

　　1939 年 7 月至 8 月，延安文藝界舉行民族形式問題座談，推動延安文藝理論的發展。7 月，陝北公學、延安魯藝、延安工人學校、安吳堡戰時青訓班四所學校師生組建華北聯合大學，即刻奔赴前線，在華北大地豎起了黨的文學教育的大旗。1939 年 12 月，毛澤東發表《大量吸收知識分子》，要求「黨必須善於吸收知識分子」。1940 年 1 月，邊區文協召開第一次代表大會，毛澤東與會並發表著名的講演《新民主主義論》，指出「民族的科學的大眾的文化，就是人民大眾反帝反封建的文化，就是新民主主義的文化，就是中華民族的文化」，並規定「魯迅的方向，就是中華民族新文化的方向」，這成為包括文學教育在內的整個革命文化發展的綱領性文件。1 月，話劇《雷雨》上演，掀起一股「大戲熱」，代表著文藝界專業化的傾向。2 月，邊區文協機關刊物《中國文化》創刊。5 月，茅盾到達延安，在其短暫停留期間，在延安魯藝講授中國市民文學，並參與民族形式問題等文藝問題研究和討論。與此同時，西北戰地服務團在晉察冀邊區創辦了兩個鄉村藝術幹部訓練班，由周巍峙任總校長，首創延安時期培養鄉村藝術幹部的訓練班，從此推動了頗有聲勢的晉察冀和晉冀魯豫的鄉村文藝運動。5 月 4 日，為因應晉西事變，晉西北文化界救國聯合會成立，下設文協等若干協會，統一領導晉西北地區的文學教育和文學建設，包括創辦文學期刊、到各機關和團體組織文藝小組等。5 月 5 日，晉察冀邊區文救會在華北聯大召開文藝座談會，與會者有文救會和聯大文藝部同學 20 多人，

主要討論了政治與藝術的關係、文藝大眾化問題、詩歌運動和如何展開敵後文藝運動等。6月，延安魯藝兩週年紀念，朱德向延安魯藝文學教育「開炮」，認為對前方戰鬥表現不夠，是文學教育的罪過。7月25日，中華全國文藝界抗敵協會晉察冀分會（簡稱晉察冀「文協」）成立，隨後組建了文學顧問委員會、魯迅研究會、文藝流通圖書館、魯迅文學獎金等，服務於抗戰建國，通過開創作會、評獎、創刊等形式，推動了晉察冀邊區的文學教育活動。10月，中宣部、中央文委發布《關於各抗日根據地文化人與文化團體的指示》，強調給予知識者以精神和物質的優待。10月19日，蕭軍、丁玲、舒群等人發起的文藝月會舉行第一次例會，此後大約每月舉行一次，並出有《文藝月報》，這成為延安文藝教育專業化、自由化的集中地。12月25日，邊區文協文藝顧問委員會確定每兩周作學術報告一次，每次特約延安作家就文藝理論、文學作品、文學活動等問題作報告，這是文學教育形式多樣化探索的一次有效實踐。

1941年1月18日，總政治部、中央文委發布《關於部隊文藝工作的指示》，對部隊文藝工作的任務、方針等作了詳細規定，隨後成立了部隊藝術學校（簡稱「部藝」），成為我們黨在部隊系統的文學教育和宣傳的有力工具，也使得延安文藝教育構成一個從地方到部隊的完整體系。1941年5月16日，《解放日報》創刊，由丁玲任文藝欄主編，同年9月16日該報改版，第四版下半部正式採用「文藝」為刊頭，成為發表文學作品和文學批評的最有影響的陣地之一。5月19日，毛澤東發表《改造我們的學習》。6月，星期文藝學園成立，每週日上一次課，由學園聘請文藝界名人授課，是一個業餘補習性質的文學院校。由於採用短訓班的形式和更為開放的課堂，它的成立對延安魯藝文學系等院校招生規模有限的情況是一種有力的補足。6月16日，晉察冀邊區文化界抗日救國聯合會（簡稱晉察冀「文聯」），下設文學等多個協會，創辦《山》、《晉察冀藝術》等文藝報刊，統一領導晉察冀邊區的文化運動。1941年7月，馬列學院改組為中央研究院，下設中國文藝研究室等9個研究室，中國文藝研究室又下設魯迅研究小組、文藝評論小組、小說散文小組、戲劇小組、詩歌小組等5個研究小組。7月，晉西北文協創辦了純文藝月刊《西北文藝》，面向地方和部隊文藝工作者徵稿。11月，《草葉》、《詩刊》、《穀雨》先後創刊。12月，「延安詩會」成立，曾出牆報《街頭詩》。

1942年2月初，毛澤東接連發表《整頓黨的作風》和《反對黨八股》兩篇重要的整風文獻，拉開了全黨全區的整風運動的序幕。3月初，《解放日報·

文藝》連續發表了《野百合花》的雜文，引發激烈的討論。4月3日，中共中央宣傳部發布《關於在延安討論中央決定及毛澤東同志整頓三風報告的決定》。4月11日，延安魯藝四週年紀念，院長周揚講演中仍強調延安魯藝教育精神是學術自由。1942年4月17日的中共中央政治局會議，會中談到文藝界存在的問題，並決定展開文藝界的整風運動。在此前後廣泛約談文藝界人士，並請代為搜集正反兩方面材料，為延安文藝座談會做準備。

這一時期，中國共產黨實行相對寬鬆隱忍的文藝政策，雖有宏觀的指示和要求，但具體的微觀操作，廣大文學教育的參與者還是有比較可觀的自由度的。學術自由、創作自由，是這一時期主要的訴求。我們還可以看出，這一時期內，黨的文學教育活動主要集中在陝甘寧邊區，其餘解放區開展得都非常有限。這既與我們黨的文學教育尚處於自由探索和經驗累積階段有關，我們黨尚未培養出足夠的文學藝術幹部且有限的文學藝術人才主要集中於陝甘寧邊區；它又與我們的抗日戰爭的戰場分布有關，抗日戰場主要集中於我國華北、華中和華東，而陝甘寧邊區屬於大後方，有充足的餘裕去試驗和探索各種可能形態的文學教育。

隨著延安文藝教育經驗的日積月累，我們黨開始注意通過派遣骨幹、創辦學校、組建文藝工作團等形式，以華北聯合大學和鄉村藝術幹部訓練班為代表，將延安文藝教育的經驗推廣到各個解放區，打開了我們黨的文學教育的新局面。而在這種傳播推廣的過程中，前線將士不斷表達出對文學教育的新訴求，推動著延安文藝教育悄然發生新變。

一、《長征記》與集體創作〔註6〕

中國共產黨和中國工農紅軍主力到達陝北後迅速建立了新的革命根據地，從而使陝北成為全國無產階級革命戰爭的中心根據地。為了及時總結革命戰爭的經驗與教訓，有效地反映革命戰爭的鮮活歷史與現實生活，鼓舞更多軍民投身於全民抗戰和新生的陝甘寧邊區的建設中，中共和陝甘寧邊區政府成功了發動了幾次大規模群體創作。這些群體創作極大地調動了陝甘寧邊區及其他各地革命根據地的文學創作熱情，集結了黨的第一批堅定的革命文學隊伍，激發了「黨的文學」創作潛力。對於延安文藝的發生、發展來講，這些群

〔註6〕本部分根據本人拙作《〈長征記〉：集體創作與「黨的文學」》改寫而成，參見《軍事文化研究》2023年第3期。

體創作一方面以其可喜的收穫開創了延安文藝的先河，另一方面以其寶貴的經驗推動了延安文藝的深化發展，並將這種經驗推廣至全國各解放區。

這些大規模的群體創作基本都是圍繞同一個事件、同一個主題、在同一個時空，發動廣大黨政軍幹部和群眾多維度、多視角地呈現它的多種面相。由於這種群體創作能在較短時間內取得較豐碩的成果，更重要都是利於我們黨把創作者的思想集中起來，因而這實質上一種生動的文學教育。為了更好地教育、指導更多的文學愛好者參與到文學活動中，我們黨往往組建編委會、審稿會之類專門機構，由專門的文學家來貫徹我們黨關於群體創作的指導精神，制定編審標準，從而完成具體的篩選稿件、修改編稿等工作。

中國共產黨依託延安黨政系統，陸續發起了多次大規模群體創作，主要有《長征記》的創作、《紅軍故事》的創作、《蘇區一日》的創作、《五月的延安》的創作、《我怎樣到陝北來》的創作、《十年牢獄生活》（《三千六百日》）的創作等。其中，發起《長征記》徵文活動既是開風氣之先的創舉，也產生了最為深遠的影響。它所取得的成績和經驗，不論是作為黨的文學教育的生動探索，還是作為記錄長征這一偉大史詩的文獻，都是值得我們珍視和發展的。

（一）黨的文學力量的集結號

1934 年 10 月，中央蘇區的第五次「反圍剿」失利之後，中共中央各機關和中央紅軍被迫戰略轉移，開始西征。未能雖中央轉移的，除部分留守中央蘇區外，也紛紛轉移。這樣，中國共產黨領導的革命力量被迫散為漫天星光。是年 10 月 16 日，中央紅軍撤出中央蘇區，打算北上抗日。儘管連很多高級幹部都不知道「行軍走那條路，什麼時候到達什麼地方」，「而且有些問題要臨時才能決定」，更無法未卜先知地知曉「要通過無人跡無糧食的地區」、「路很遠，時間很久」，〔註7〕但中央紅軍還是克服各種困難，擊退擊潰圍追堵截的敵人數十萬人，跨越十一省區，行程二萬五千里，於 1935 年 10 月 19 日抵達陝北的吳起鎮，與紅十五軍團勝利會師。這一人類歷史罕見的戰略轉移，不僅粉碎了國民黨軍隊的截殺企圖，而且將無產階級革命的火種保留、播撒到中國的西北大地。1935 年 11 月 5 日，中央紅軍在延安甘泉縣象鼻子灣村休整時，毛澤東發表了著名的「雪地講話」，首次以「長征」命名這段偉大征程，總結了「長征」的歷史意義：

〔註7〕必武：《出發前》，丁玲主編，董必武、陸定一、舒同等著：《紅軍長征記·上冊》，桂林：廣西師範大學出版社 2017 年版，第 5～6 頁。

　　我們每個人開動兩腳，走了二萬五千里。這是從未有過的真正的長征。長征是歷史記錄上的第一次，是宣言書，是宣傳隊，是播種機，它將載入史冊。在十二個月的光陰中間，天上幾十架飛機偵察轟炸，地下幾十萬大軍圍追堵截，路上遇著了說不盡的艱難險阻。我們卻開動每人的兩隻腳，長征兩萬餘里，縱橫十一個省，這是史無前例的偉大創舉與奇蹟，它說明在中國共產黨領導下工農紅軍是沒有克服不了的困難，沒有戰勝不了的敵人。它向全世界宣告，紅軍是英雄好漢，帝國主義和他們的走狗蔣介石等輩是完全無用的。長征是宣傳隊，它向十一個省的二萬萬人民宣布，只有紅軍的道路，才是解放他們的道路。……總之，長征是以我們的勝利，敵人的失敗而告結束。現在我們又與陝北紅軍勝利會師了。今後，我們紅軍要與陝北人民團結一起，紅軍戰士要做團結的模範，共同完成中國革命的偉大使命。長征勝利結束了，我們新的任務開始了，我們要發揚長征精神，繼續努力做好多方面的工作，開創中國革命新局面。〔註8〕

　　不過，需要指出的是，儘管紅軍勝利實現戰略大轉移，但也發生了大量戰鬥減員，急需休整和補充兵員。整體上，紅軍外部依然面臨國民黨軍隊的圍追堵截，內部則面臨嚴重的人力財力物力短缺。紅軍所在的陝甘革命根據地大多土壤貧瘠、經濟落後，生存困境相當嚴峻。即便後來成立陝甘寧邊區，這種生存困境在一定時期內也並未有多大改觀。可見，如何解決軍事、政治和經濟困境，打開無產階級革命和抗戰的新局面，成為擺在中共中央和中央紅軍面前的重大課題。因而，毛澤東審時度勢，明確提出總結和發揚長征精神的要求。那麼，如何「講好」長征故事便成為破解這一困局的最直接、最現實的工作。

　　與此同時，張浩（林育英）於1935年11月抵達陝北瓦窯堡，向中共中央傳達了共產國際關於建立廣泛反法西斯戰爭統一戰線的精神。中共中央迅速調整鬥爭策略，在瓦窯堡召開中央政治局擴大會議，創造性地採納了共產國際的建議，明確提出抗日民族統一戰線的主張，並將宣傳口號從「工農共和國」改為「人民共和國」。這樣，中共終於逐漸打開輿論和政治局面。這使毛澤東等中央領導人更加意識到輿論「戰場」的重要。

〔註8〕牛興華等著：《延安時代的毛澤東》，西安：陝西人民出版社1999年版，第36～37頁。

　　實際上，長征開始後，國內外媒體都很關注紅軍動向。國民黨的「官媒」直到 1980 年代都將紅軍長征污蔑為「西竄」，用「赤匪」蔑稱紅軍，極盡詆毀之能事。在白區出版的「帝國主義代言人」《字林西報》，表面上肯定紅軍長征的歷史意義，認為紅軍長征「是一部偉大詩史」；同時卻也暗諷紅軍沒有文藝，認為「然而只有這部書被寫出後，它才有價值」〔註9〕，態度之輕蔑可見一斑。〔註10〕國民黨的新聞封鎖與一些媒體的污蔑，使得很多人對中國工農紅軍有很多猜疑和誤解。正如美國記者埃德加‧斯諾在其著名的《紅星照耀中國》開篇提到的，「世界上的其他國家，可能沒有比紅色中國的情況更具神秘感，沒有比紅色中國的傳聞更讓人困惑的了。在這個世界上人口最多的國度的心臟地帶，中國的紅軍正在戰鬥。九年來，他們一直遭受著銅牆鐵壁般嚴密的新聞封鎖，情況不被外界所知。成千上萬的敵軍部隊構成了一道『圍牆』，將他們緊緊包圍。……尚未有任何人，自告奮勇穿過那道『圍牆』後，再回來記述他的經歷。」〔註11〕這相當透徹地講明了中國共產黨和中國工農紅軍當時所處的輿論環境之險惡。

　　為打破這種不利的輿論封鎖與污蔑，中共中央開始醞釀向參加長征的幹部、戰士徵集個人日記等，做好紅軍和長征的對外宣傳工作。這樣做，一方面旨在澄清社會上關於中國工農紅軍的謠傳，一方面更在於凝聚更多更大的力量共同抗日。這一計劃一度因紅軍東征而擱置，後因美國記者埃德加‧斯諾採訪紅軍和中共中央領導而重新提上日程。或許是斯諾在採訪毛澤東時提出了類似建議，中共應該宣傳紅軍長征的英雄故事，並以此契機展開更廣泛的新聞宣傳工作，為紅軍抗日進行募捐活動，並承諾願為紅軍幫忙。中共中央認為這是一個絕佳的歷史契機，假如借美國記者之力將紅軍長征事蹟介紹給世界，這將是中國無產階級革命力量與世界建立真正聯繫的開端。當時中國共產黨與世界聯絡、對外發聲的渠道非常有限。

　　實際上，紅軍轉移到陝北、有了新的戰略根據地、相對穩定之後，有人已

〔註9〕　編者：《關於編輯的經過》，丁玲主編，董必武、陸定一、舒同等著：《紅軍長征記‧上冊》，桂林：廣西師範大學出版社 2017 年版。

〔註10〕或許是受此刺激，一度提出「槍桿子裏面出政權」的毛澤東，在 1937 年提出「沒有文化的軍隊就是愚蠢的軍隊」。這都為後來中共中央十分重視延安文藝教育埋下伏筆。

〔註11〕〔美〕埃德加‧斯諾著，王濤譯：《紅星照耀中國：新譯本》，武漢：長江文藝出版社 2018 年版，第 3 頁。

經自發陸陸續續地寫了一些長征故事，有的還在《紅色中華》〔註12〕等報刊上發表。但顯然，這些自發的回憶性文章帶有很強的隨意性，主題散亂，不足以實現宣傳紅軍、宣傳長征、宣傳革命精神的目的，也難以反映長征的全貌。這樣，客觀上也需要將這些「自發書寫」組織起來，加以規範、引導和約束，同時調動更多的人投入進來，以期更為全面地呈現長征的歷史風貌。

斯諾的到訪促成長征書寫具備了「天時地利與人和」等諸多要素。「現在有一個這樣好的人，這樣好的機會，真是難得極了，既可以拿去進行國際宣傳，又可以募捐，確是一舉兩得」〔註13〕。據《紅軍長征記》編者說，「當時的計劃是預備集中一切文件盒一切個人的日記，由幾個人負責寫，但被指定的人偏忙著無時間，一直延宕到八月，事實告訴我們不得不改變原定計劃，而採取更大範圍，集體創作」〔註14〕。於是，1936 年 8 月 5 日，毛澤東和中央軍委總政治部主任楊尚昆聯合署名，向參加了長征的同志發出「徵文啟事」：

> 現因進行國際宣傳，及在國內和國外進行大規模的募捐運動，需要出版《長征記》，所以特發起集體創作，各人就自己所經歷的戰鬥、行軍、地方及部隊工作，擇其精彩有趣的寫上若干片段。文字只求清通達意，不求鑽研深奧，寫上一段即是為紅軍作了募捐宣傳，為紅軍擴大了國際影響。來稿請於九月五日前寄到總政治部。備有薄酬，聊誌謝意。〔註15〕

這封徵文啟事在中共革命史上是沒有前例的，言辭懇切，口吻平和。顯然，毛澤東很快意識到了徵文啟事在鼓動性上的欠缺。為防止各部隊、機關敷衍了事，毛澤東緊接著又給各部隊首長發去電報，再三強調此事的重要性：

〔註12〕該刊原在中央蘇區出刊，後因中央紅軍撤出根據地而停刊。中央紅軍轉移到陝北後，《紅色中華》於 1935 年 11 月 25 日在陝北瓦窯堡復刊。1937 年 1 月 29 日，該刊改名為《新中華報》。紅色中華社也曾向讀者發起號召，號召人們「寫信到白區」給他們的親戚朋友，「要多寫黨與蘇維埃的抗日，對賣國賊的主張，與蘇區的情形（紅軍勝利，政治制度，生活狀況，經濟建設等）」。（見《紅色中華》第 256 期，1936 年 2 月 16 日。）這實質上為更大規模的徵文作了鋪墊，打下了一定基礎。

〔註13〕童小鵬：《軍中日記：1933 年～1936 年》，北京：解放軍出版社 1986 年版，第 231 頁。

〔註14〕編者：《關於編輯的經過》，丁玲主編，董必武、陸定一、舒同等著：《紅軍長征記・上冊》，桂林：廣西師範大學出版社 2017 年版。

〔註15〕毛澤東著：《毛澤東新聞工作文選》，北京：新華出版社 1983 年版，第 37～38 頁。

現有極好機會，在全國和外國舉行擴大紅軍影響的宣傳，募捐
抗日經費，必須出版關於長征記載。為此，特發起編制一部集體作
品。望各首長並動員與組織師團幹部，就自己在長征中所經歷的戰
鬥、民情風俗、奇聞軼事，寫成許多片斷，於九月五日以前匯交總
政治部。事關重要。切勿忽視。〔註16〕

　　毛澤東為一部書的徵稿連發兩封信函，這在其革命生涯中實屬罕見。謝覺
哉日記中還提及，毛澤東曾計劃為《紅軍長征記》寫一篇總的記述文章，可惜
無暇落筆，最終還是沒有完成。〔註17〕從另一個角度看，電報中「極好」等誇
張用語，「事關重要。切勿忽視」等嚴厲口吻，都足可見出毛澤東和黨中央對
此次徵文的高度重視。此外，除了發出徵文啟事和電報，楊尚昆等還以個人名
義寫信給中央紅軍一些參加長征的同志，請他們寫稿。這就相當於約稿了。這
樣，在黨組織的要求與領導同志的號召下，紅軍幹部和戰士們熱烈響應，創作
積極性很高。〔註18〕中央領導也帶頭寫作，記錄自己的長征故事和見聞。董必
武、謝覺哉、徐特立、李富春、張雲逸、陸定一、李一氓、蕭華、張愛萍、舒
同、彭雪楓、劉亞樓、楊成武、譚政、周士第、陳士榘、賈拓夫、童小鵬等都
投入不小精力寫作，有些將領還是在指揮紅軍戰鬥之餘寫下文章。其中，張愛
萍寫了18篇，童小鵬寫了7篇，李一氓更是在巡視部隊時寫出長達三萬字的
《從金沙江到大渡河》。李一氓的文章還是應楊尚昆之約而寫就的〔註19〕。

　　為更好地收稿、整理、編輯，紅軍總政治部成立了編輯委員會，主編是時

〔註16〕毛澤東著：《毛澤東新聞工作文選》，北京：新華出版社1983年版，第37頁。
〔註17〕謝覺哉1945年11月2日的日記裏提及，「讀完《紅軍長征記》，頗增記憶。
　　　　沒有一篇總的記述。總的記述當然難。毛主席說過，『最好我來執筆！』毛主
　　　　席沒工夫，隔了十年也許不能全記憶，恐終究是缺文。」（參見艾克恩編纂：
　　　　《延安文藝運動紀盛1937.1～1948.3》，北京：文化藝術出版社1987年版，第
　　　　17頁。）
〔註18〕童小鵬曾在其1936年8月6日的日記裏記錄了紅軍將士們對《長征記》徵文
　　　　的反應：「要我們寫長征的記載，據說是寫一本《長征記》。用集體創作辦法來
　　　　徵集大家——長征英雄們的稿件，編成後給那洋人帶出去印售。並云利用去
　　　　募捐，購買飛機送我們，這真使我們高興極了。」所以，「無論如何都要寫他
　　　　兩篇」。（參見《軍中日記：1933年～1936年》第230～231頁。）「所謂「洋
　　　　人」自然是指埃德加·斯諾。
〔註19〕李一氓在其《後記》中交待得很清楚，「原想寫完後再寄出，但這『寫完』，誰
　　　　也不知道是什麼時候的事。現在錄出最先的九節，以答覆尚昆同志的號召。」
　　　　（參見丁玲主編：《紅軍長征記（下）》，桂林：廣西師範大學出版社2017年
　　　　版，第63頁。）

任總政治部宣傳部長徐夢秋，徐特立、成仿吾和剛到陝北的丁玲等人組成編委。據編者所言，徵稿的數量和進度顯然超出了他們的預期。1936 年 9 月中旬開始接到來稿，「總之此稿子，是從各方面湧來，這使我們興奮，我們驕傲，我們有無數的文藝戰線上的『無名英雄』！」「到了十月底，收到的稿子有兩百篇以上，以字數計，約五十萬言，寫稿者有三分之一是素來從事文化工作的，其餘是『桓桓武夫』和從紅角星牆報上學會寫字作文的戰士」。顯然，從黨的文學教育的角度來講，真正值得欣喜與期待的是那三分之二的「桓桓武夫」和從紅角星牆報上學會寫字作文的戰士。因為「他們能以粗糙質樸寫出他們的偉大生活、偉大現實和世界之謎的神話，這裡粗糙質樸不但是可愛，而且必然是可貴。」〔註20〕

編輯工作大約從 1936 年 11 月開始，新成立的中國文藝協會的一些成員應邀參與到《長征記》的編輯工作中來。編者約定了幾條編輯原則與處理方法，總的來說既突出文章的文獻價值，又強調文章的質量水準，力圖更全面、更生動地呈現長征英雄的生活和戰鬥。在文獻價值上，嚴格排除「孤證」，即有些來稿含「獨有的內容」，往往不予採用；在質量水準上，內容相同的稿子，「依其簡單或豐富以及文字技術的工拙來決定取捨」。在修改時，編者為求其真，只修改「筆誤和特別不妥的鈩子」，「其餘絕不濫加修改」。〔註21〕

1937 年 2 月底，該書編輯竣工。丁玲後來在《文藝在蘇區》一文中動情地描述了編輯過程的感受：「新的奇蹟似的事態、跟我又發生了，這便是記長征的二萬五千里。開始的時候，徵稿發出後，還不能一點把握，在可憂心悄悄之中，卻從東南西北、幾百里、一千里路外，甚至從遠到沙漠的三邊，一些用蠟光洋紙寫的、用粗紙寫的、紅紅綠綠的稿子，坐在驢子背上，遊覽塞北風光，飽嘗灰土，翻過無數大溝，皺了的、模糊了字的，都伸開四肢，躺倒了編輯者的桌上。在這上面，一個兩個嬉鬧著嘴的臉湊攏了，顫動的指頭一頁一頁的翻閱著，稿子集到一尺高、兩尺高、幾百個手在一些沒有桌子的地方，在小的油燈下寫滿了來的。於是編輯的人，失去了睡眠、日夜整理著、謄清著這些出乎意外、寫的美好的文章。從出發前編起，一直到陝北，鐵的洪流衝破之幾十萬血肉滲雜著猛烈炮火、鋼鐵做成的長城，同無法克服的殘酷的自然做了鬥爭，

〔註20〕編者：《關於編輯的經過》，丁玲主編，董必武、陸定一、舒同等著：《紅軍長征記‧上冊》，桂林：廣西師範大學出版社 2017 年版。

〔註21〕編者：《關於編輯的經過》，丁玲主編，董必武、陸定一、舒同等著：《紅軍長征記‧上冊》，桂林：廣西師範大學出版社 2017 年版。

而且在不斷的轉戰中還要同自己內部分歧的錯誤的意見做鬥爭……」。〔註22〕

　　《長征記》的徵稿和編輯，我們可以在很多方面去發掘它的歷史意義。就黨的文學教育來說，它真正吹響了黨的文學力量的集結號。首先，在文學管理上，我們黨及廣大幹部同志在文化基礎、物質基礎都極端薄弱和困難的情況下，仍然組織起百餘位作者去書寫同一故事的不同側面，組織起精幹專業的編輯隊伍，兢兢業業地編輯整理，為中國共產黨領導革命文學工作積累了必要的經驗。其次，為中國共產黨革命文學事業直接培育了大批有生力量，這不僅體現在湧現了童小鵬、莫文驊、彭加倫、艾平、莫休等等「從事於文藝的紅軍青年」，也體現在對丁玲等編輯者、讀者的精神感召上。丁玲在全身心投入編輯工作中時，被徵稿的內容深深打動。所以在被記者問及關於創作中國的《鐵流》的情形時，丁玲才會謙遜而虔誠地說「中國要找像蘇聯綏拉菲摩維支的《鐵流》上面所寫的事實，實在是太多了，在十餘年來堅苦的鬥爭和數萬里的長征中，一定有些事實是會比《鐵流》更偉大更英勇的」〔註23〕。丁玲雖未親歷長征，但卻在編輯組稿中為長征英雄故事深深折服，這對丁玲日後革命選擇的影響是難以估量的〔註24〕。其三，《長征記》開創了以集體創作推動革命文學工作、培育文學力量的優良傳統。它的成功經驗不僅在陝甘寧邊區得到了繼承和發揚，直接啟發了後續的五次大規模集體創作；這經驗也為其他解放區所借鑒，並出現了文藝獎金制度。要之，集體創作在文學實踐層面褪去了知識者光環，打碎了「只有大作家和知識分子才能搞創作」的神話，斷裂了「五四」資產階級新文學傳統，強化了黨對文學工作的全面介入和領導，從而最大限度地保障「黨的文學」服務於整個革命事業。最後，它較為顯著地改善了陝北蘇區的文學環境。而且，不論是徵文活動中所書寫的長征英雄故事，還是長征史詩本身，都為此後的革命文學留下了寶貴的精神食糧以及永葆生命的題材。恰如丁玲所說，此次徵文之後，「於是文藝的興趣被提高了，文藝的書籍也在有人搶著

〔註22〕丁玲：《文藝在蘇區》，《解放週刊》第一卷第三期，1937年5月。

〔註23〕浩歌：《丁玲會見記》，《新西北》第一卷第四期，1937年6月。

〔註24〕丁玲在回答毛澤東詢問想做什麼時脫口而出說想「當兵，當紅軍」，便是丁玲受紅軍長征精神的感召後的自然流露。丁玲後來組建西北戰地服務團、深入基層等都與此有關。陳正明在《丁玲在陝北》也提及，丁玲「自己也表示不願只是做一個作家，她志願地要做『紅軍』中的一份子，至少要能真實瞭解『紅軍』的內在生活。她曾經表示過不願老戴著一個作家的頭銜，在特區裏晃來晃去。」（L.Insun著，正明譯：《丁玲在陝北》，《文摘·戰時旬刊》第十六號，1938年3月28日。）

閱讀，而且有了文藝協會的組織，在延安的會員就有幾百，油印的小刊物（純文藝的）總是供不應求，每日都可以接到索閱的函件。……這初初的蔓生的野花、自然還非常幼稚，不能饜足高等博士之流的幻想，然而卻實實在在是生長在大眾中，並且有著輝煌的前途是無疑的。」〔註25〕

（二）版本變遷之外的教育期待

在《長征記》徵文活動中，編者收集到兩百多篇稿件。這些稿件不僅「文字技術的工拙」有明顯的差異，而且在審美情趣、思想狀態等方面也存在較大差別。這一客觀情況從根本上決定了，當時代語境、編者和出版者身份等發生改變以後，這些文章小到文字內容大到篇目取捨等必然大異其趣。於是，它自然會出現多個版本。《長征記》徵文結束、徵稿收訖後，因故〔註26〕並未馬上印刷出版，時隔近五年後才得以公開面世。在傳播過程中，出現了書籍名稱、篇目多少、內容長短等均有不同的多個版本。基於文學版本學的分析，這些版本之間的差異與縫隙，顯然蘊涵著一定的歷史深意。我們說，《長征記》的版本變遷背後，寄寓著我們黨的文學教育期待。

毛澤東和楊尚昆為發揚長征精神發起徵文時，將書名擬定為《長征記》。1937年2月22日編定後定名為《二萬五千里》〔註27〕。編者差人謄寫了24部，以備分發各機關、參加長征的將士審閱並提出修改意見。後來，這些修改稿本重新匯總起來進行了綜合修訂和完善。這種匯總之後的定稿本便是該次徵文的第一版。該版選收詩文110篇、英雄名錄2份、附表3份，加上《關於編輯的經過》，共計116篇。我們一般稱之為「謄清稿本」。從發起徵文時的《長征記》改為謄清稿本的《二千五千里》，體現得更多的是編者的意願。編者的知識者氣息濃鬱，從主編徐夢秋所指出的編輯方法中可知，他們主要從文獻價值和藝術價值兩方面考量徵稿，尤其是丁玲的加入，更加凸顯了徵稿的藝術訴求。丁玲和徐夢秋都曾提及上海《字林西報》無原文可考的報導。可見，他們更在意的是有人污蔑「蘇

〔註25〕丁玲：《文藝在蘇區》，《解放週刊》第一卷第三期，1937年5月。

〔註26〕1942年版本中《出版的話》提及，「其間因編輯的同志離開延安，而偉大的抗日戰爭又使我們忙於其他的工作，無暇校正，以致久未付印」。其中，編輯同志離開延安主要是指主編徐夢秋完成《長征記》初版編輯工作後，離開陝甘寧邊區到蘇聯安裝假肢。

〔註27〕值得注意的是，在轉述時，該書名又略有差異。任天馬在《活躍的膚施》裏記錄的是《二萬五千里長征》，丁玲自己在《文藝在蘇區》提到的是《二萬五千里》，1942年版提到的也是《二萬五千里》。

區是沒有文藝，或不要文藝」，「惡笑紅軍的粗陋無文」。他們期待著通過徵稿、編輯、公開出版，向世人證明，「蘇區要文藝，蘇區有文藝」，而且「寫出他們的偉大生活、偉大現實和世界之謎的神話」。而「二萬五千里」這一形象直觀的命名無疑寄寓著編者對紅軍提高文化素養、蘇區文藝繁榮的憧憬。

　　而在此之前的1935年6月，陳雲奉命秘密離開長征隊伍，準備向共產國際報告中國工農紅軍長征和遵義會議的情況。陳雲到達上海後，恢復了中國共產黨在上海的秘密工作，此間，陳雲化名「廉臣」，在1935年秋寫有《隨軍西行見聞錄》，1936年發表在中國共產黨主辦的巴黎《全民月刊》上。1936年，陳雲在莫斯科向共產國際報告期間，出版《隨軍西行見聞錄》單行本。「當時為了便與在國民黨統治區流傳，作者在文中裝作一個原載國民黨軍隊中後來又因被俘在紅軍中工作的醫生；在論述紅軍的長征時，作者用的也是第三者的語氣」〔註28〕。這是中國共產黨人第一次向外講述長征故事。1936年10月，美國記者斯諾離開延安時曾獲贈一部分資料，其中包括《紅軍長征記》的部分原稿。後來斯諾的《紅星照耀中國》（即《西行漫記》）便參考了原稿。1936年，受「廉臣」啟發，楊定華〔註29〕先後寫出《雪山草地行軍記》和《從甘肅到陝西》兩篇文章，1937年發表於中國共產黨主辦的《救國時報》。因反響很大，《救國時報》將廉臣和楊定華的文章合編為《長征記》出版。從此，紅軍長征的故事開始在國內外流傳開來。部分謄清稿本《二萬五千里》原稿也流傳到國統區，因而出現了一些對《二萬五千里》加工改編後的長征故事書籍，如「幽谷」的《紅軍二萬五千里西行記》〔註30〕（1937年7月）、黃峰的《第八路軍

〔註28〕此為1955年版《中國工農紅軍第一方面軍長征記》的注釋。參見《中國工農紅軍第一方面軍長征記》，北京：人民出版社1955年版，第3頁。

〔註29〕據《紅軍長征記：原始記錄》整理者劉統考證，「楊定華」是鄧發的筆名。見劉統：《前言：集體創作的英雄史詩》，劉統整理注釋：《紅軍長征記：原始記錄》，北京：生活・讀書・新知三聯書店2019年版，第9頁。

〔註30〕其在《月報》連載時題名《二萬五千里西行記》，同年在《逸經》雜誌連載時題名《紅軍二萬五千里西引記》，後者在正文前多一段作者自序。其序言說，「因限於篇幅，不能詳盡；惟舉其犖犖大端，以存中國民族近代史類一首耳。余既非參與其役，又未列於追剿，何能言之鑿鑿，一若親歷其境者？蓋於雙方對壘中均有餘之友好，各以其所知者盡述於余。余乃考其異同，憑其真實，然後以其可言者言之，以其可記者記之，而成此書，諒吾友好不以余之執中從略而相責也。讀者欲知其詳，將來自可求之於雙方之專書。今得之於本篇者，謹其概要而已。」（見幽谷：《紅軍二萬五千里西引記》，《逸經》第三十三期，1937年7月。）

行軍記》（1937 年 11 月）、趙文華編的《二萬五千里長征記》（1937 年 12 月）、大華的《二萬五千里長征記》（1937 年 12 月），等等。此外，徐夢秋另外撰寫了若干反映長征的文章，發表於《解放》等雜誌。〔註31〕我們還發現一部朱笠夫編著的《從江西到陝北：二萬五千里長征記》。它作為「抗戰叢書第四種」，1937 年由抗戰出版社發行。該書書名上方印有一行小字「第八路軍紅軍時代的史實」，交待了該書是一種對於史實的概述，定位明顯不同於徵文活動後的《長征記》。上述這些文章、書籍對於正面宣傳紅軍長征精神、介紹紅軍長征事蹟已經起到了非常好的效果，通過徵文打破國民黨輿論封鎖、樹立紅軍長征的英武形象的目的已經達到。這也是徵文編定後遲遲未能公開出版的重要原因。不過，總體來說，上述這些「長征故事」更多屬於「個人言說」，難免有溢出黨的文學規範的「隱患」，這就為後來我們黨重新組織出版《長征記》埋下了伏筆。

　　到 1942 年 11 月，從陝甘寧邊區開始，我們黨內的整風運動正如火如荼地進行著。八路軍總政治部宣傳部在對謄清稿本進行必要的修訂之後，以《紅軍長征記》為名第一次將其排印出版，注明「總政治部宣傳部印行」〔註32〕，我們稱之為「1942 年版」〔註33〕。不過該書只作為內參資料有限發行，除了

〔註31〕如《解放》第一卷第二期上發表了署名「莫休」的《搶橋（長征記片段）》。

〔註32〕需要指出的是主編署名的問題。謄清稿本、1942 年版、1955 年版均未署主編或編者名，只有每篇文章標題下的作者署名。《長征記》成立編委編輯徵稿時，明確指定時任總政治部宣傳部長徐夢秋擔任主編。不過，主編徐夢秋未及書稿出版便離開延安打算到蘇聯治療腿傷並安裝假肢。這就是 1942 年版《出版的話》提及的「其間因編輯的同志離開延安」。徐夢秋長征途中過雪山時凍壞雙腿，到達延安後截肢。編完《長征記》後他原準備去蘇聯安裝假肢，但行至新疆時聽聞蘇聯正進行大肅反，便取消醫腿計劃，滯留新疆，隨陳潭秋、毛澤民等工作，曾任新疆教育廳副廳長、代廳長等職務。1943 年初，盛世才突然反共，逮捕了毛澤民、徐夢秋等。毛澤東還曾指示要營救徐夢秋。但不久後徐夢秋便投向盛世才，叛變革命。後來徐夢秋轉在軍統任職。《長征記》首次公開出版是 1942 年 11 月，從公開的資料來看，當時徐夢秋尚未背叛革命。不過 1942 年版未署個人名號，只印有「黨內參考材料」、「總政治部宣傳部印」。但 2017 年廣西師範大學出版社根據 1942 年版時整理重印《紅軍長征記》時，將主編署名改為丁玲，當是考慮到了前「主編叛變革命」這一歷史變故。考慮到徐夢秋為保證《長征記》的藝術水準而做的努力以及他個人所寫作品水準之高，這便令人唏噓了。

〔註33〕這個版本印行出來後，朱德曾在一套書上下冊分別簽名後送給美國記者斯諾，這套贈書後來珍藏在美國哈佛燕京圖書館。新世紀以來，國內一些出版社出版影印本《紅軍長征記》便是基於這套贈書。

在書名頁特別注明「黨內參考材料」外，還特別寫了《出版的話》，要求「接到本書的同志，須妥為保存，不得轉讓他人，不准再行翻印」。可見，組織上重新排印此書，其意不在大規模公開傳播〔註34〕，而是作為黨內教育材料。當時，延安文藝座談會已經舉行，明確了黨的文學的方向是「工農兵」方向。除了理論傳播與闡釋，我們黨也需要樹立文學創作的典型，及時記錄長征偉大史詩的《長征記》自然成為一個理想的選擇。恰巧「印刷廠工作較空」，便「把它印出來」，以供一些同志參考和保存史料。在《出版的話》中，更能體現中國共產黨在出版這部書時的教育期待的是這句話，「在寫作時所用的語句，在今天看來自然有些不妥」。對比謄清稿本和 1942 年版本，我們會發現，不僅不少篇章作了修改，而且後者少收錄 5 篇文章。與徐夢秋、丁玲等編者更多從「文字技術」角度進行刪改不同，1942 年版的修改是基於文章思想狀況的考量。這是符合黨的文學教育的要求的。這樣一番修改後，1942 年版更顯純潔和成熟，它過濾掉很多個人色彩濃厚的情緒化表達，刪去了一些有損紅軍形象的文字，以期塑造出長征英雄的光輝形象，樹立起中國共產黨關於軍人書寫的旗幟。這兩個版本之間的銜接與變遷，也生動地展演了延安文藝教育的變遷。兩版都看重長征故事蘊涵的精神價值，相對地謄清稿本編者較重視或更期待紅軍文學／無產階級文學在藝術水準上的提高，而 1942 年版出版者更重視的是思想「達標」。

在書名命名上，從謄清稿本的「二萬五千里」到 1942 年版的「紅軍長征記」，一個單純凸顯紅軍行程的距離，一個概括了該戰略轉移的主體及其歷史意義；前者形象直觀，後者抽象深沉。如果拋開歷史語境只看兩種命名，它們似乎並沒有什麼質的差別。編者最終採用「紅軍長征記」命名，顯然它一方面針對的是國民黨媒體對中央紅軍的「赤匪」、「西竄」的大肆污蔑，另一方面是對白區和國外媒體妄言「蘇區沒有文藝」的有力回應。丁玲在《文藝在蘇區》和徐夢秋在《關於編輯的經過》都曾提及《字林西報》對蘇區文藝的輕蔑態度。丁玲明確指出這部書稿編定後，「這部破世界紀錄的偉大詩史，終於在數十個十年來玩著槍桿子的人們寫出來了」〔註35〕，而以「紅軍長征記」為名，則是正本清源、名正言順地昭告著無產階級革命文學的最新成績。這是中國共產黨

〔註34〕當然，1941 年至 1943 年，陝甘寧邊區陷入經濟困難，也是不能大量印刷的重要原因。

〔註35〕編者：《關於編輯的經過》，丁玲主編，董必武、陸定一、舒同等著：《紅軍長征記·上冊》，桂林：廣西師範大學出版社 2017 年版。

建立文學自信的開端。

　　在 1942 年版本基礎上，各解放區在解放戰爭時期陸續出了一些節選本，如冀中新華書店出版的《長征的回憶》（1947 年 9 月）、山東新華書店出版了《紅軍長征故事》（1947 年 9 月）、冀南書店的《二萬五千里》（1947 年 11 月，選收詩文 38 篇）、東北書店的《長征故事》（1948 年 10 月）等。其中，冀南書店版撰有《編輯者的話》，「現在我軍正勝利出擊，全力準備反攻。本書可以當作部隊講話材料，學校補充教材和幹部讀物。它會提高我們在勝利前進時克服困難的能力和信心。」顯然，這就是延安文藝教育與其他地區交流互動的又一個生動教例。

　　1954 年，中共中央宣傳部在其內部刊物《黨史資料》上發表了《中國工農紅軍第一方面軍長征記》，選收詩文 105 篇，另有英雄名錄 2 份和附表 4 份，不過仍為內部資料，印數有限。1955 年人民出版社編印了《中國工農紅軍第一方面軍長征記》，命名更為確切（徵文只反映了第一方面軍的長征概貌），內容上也有不小調整：首先是分為兩輯和附錄；其次是第一輯裏除選收謄清稿本 110 篇裏的 53 篇外，另增加《隨軍西行見聞錄》、《雪山草地行軍記》、《從甘肅到陝西》等 3 篇文章；最後是附錄為新增的兩篇附錄，即《中國工農紅軍長征概述》、《中國工農紅軍長征路線圖》，對其他方面軍的長征概況也有提及，彌補了前述版本的不足。不過這一版仍然屬於「內部讀物」，印數有限，此後較長一段時間都陷入相對沈寂的狀態。以上大致是我們目前能見到的各版《長征記》的概況。為了還原《長征記》的真實面貌，我們在後續討論中將不以版本為限，而以該次徵文中出現的文章為底本。

　　新世紀以來，不斷有學者花費大量精力進行相關資料的搜尋與考證，試圖還原該次徵文的原貌，不斷實現文獻整理上的突破。2006 年，出版界一下推出四部相關文獻。其中，解放軍文藝出版社出版《紅軍長征記》，廣西師範大學出版社據哈佛燕京圖書館館藏文獻叢刊影印出版《紅軍長征記》，中央文獻出版社推出《親歷長征——來自紅軍長征者的原始記錄》，以及上海人民出版社根據 1937 年謄清稿本影印出版的《二萬五千里》。尤其是第四部，對於理清該次徵文活動是一個重大發現。目前整理最全的是劉統整理注釋的《紅軍長征記：原始記錄》〔註36〕（2019 年 6 月初版），收錄各類文章 115 篇，詩歌、歌

〔註36〕即相當於《親歷長征——來自紅軍長征者的原始記錄》的再版。《親歷長征》根據 1942 年版《紅軍長征記》編定，補充了 1942 年版刪掉的七篇文章。《紅軍長征記：原始記錄》編輯時則又多了謄清稿本這一重要文獻，因而又補充了被刪掉的 5 篇文章，「恢復」了部分被刪改的文字。

曲 14 首，另有陸定一記述的《長征大事記》，以及經過考釋的三份附表，即
《紅軍第一軍團長征中經過地點及里程一覽表》、《紅軍第一軍團長征中經過
名山著水關隘封鎖線表》、《紅軍第一軍團長征中所經之民族區域表》。恰如書
名，該版不僅恢復了 1942 年版本的面貌，還將該版編輯所作的部分修改和裁
汰進行了「復原」，以期恢復徵文原貌，更重要的是還對一些篇目的作者進行
了考證確認。這對我們深入瞭解《長征記》的完整面貌是大有助益的。正如劉
統指出的，「歷史彷彿經歷了一個輪迴。50 年代的版本是一再精簡，而現在的
工作是盡可能地恢復歷史原貌。」〔註37〕這一減一增之間，折射著我們黨的文
學教育從無到有、從粗到細的變遷。文學教育所承載的歷史使命或社會功能也
在悄然發生著變化，它漸趨回歸人文藝術素質培養的本質。

對於《長征記》徵文來說，最能體現徵文創作風貌的是代表編者意願的
1937 年謄清稿本，而最能體現黨的文學教育要求的則是 1942 年版。但總的來
說，這些版本是大同小異的，它們以略顯粗糙、笨拙的寫作技巧，寫出了最真
摯的情感和最光輝的精神。我們更想指出的是，這些版本只是歷史的表象，更
具歷史本質意義的是《長征記》徵文活動本身。這次徵文活動，從創作、公開
徵文、編輯整理、修訂、出版的整個過程，勾連著我們黨的文學從華東到西北、
從蘇區到特區再到邊區的歷史變遷，是黨的文學的一次重要轉折。要而言之，
這次大規模集體創作是蘇區文學的終結和延安文藝的開始，這都與黨的文學
教育密不可分。首先，從人員構成或文學隊伍的集結來看，它一方面完成了外
來知識者的遷移〔註38〕並快速與本地風貌融合，進而借助同一事件的感染和
對同一感情的凝練養成了道德共同體；另一方面借助「命題作文」和集體創作，
踐行了文學教育，培育出黨所期待的革命文學隊伍〔註39〕。其次，隨著中共中
央和中央紅軍戰略轉移到陝北並逐步建立其日益穩固的無產階級革命根據
地，我們黨在團結抗日的前提下展開各項革命事業的探索與實踐，進而開始從
「地方」想像「中國」與「世界」，新的歷史時空逐步定格，無產階級革命文
學從此有了強有力的現實支撐。

〔註37〕 劉統：《前言：集體創作的英雄史詩》，劉統整理注釋：《紅軍長征記：原始記
　　　　錄》，北京：生活·讀書·新知三聯書店 2019 年版，第 21 頁。

〔註38〕 這既有像徐夢秋、成仿吾一樣的隨軍轉移者，也有像丁玲一樣的受某一精神
　　　　感召慕名而來者。

〔註39〕 如前所述，這次徵文活動中，湧現了童小鵬、莫文驊、彭加倫、艾平、莫休等
　　　　等「從事於文藝的紅軍青年」。

作為中國共產黨組織的第一次大規模集體創作，真實是這次創作的最顯著的藝術底色。惟其真實，才更具穿越時空的藝術魅力，這是一種基於文學而又超越文學的藝術魅力。其中不少篇章，繪聲繪色地描寫了不少激烈的戰鬥場面，也讓我們瞭解到血肉更加飽滿、更加立體的紅軍形象。這種經歷生死考驗後奔湧而出的文字，並不迴避艱苦、困難、失敗乃至犧牲，往往深具撼動人心的真情實感，在陶養廣大將士和幹部的同時，更能迸發出恒久的教育力量，陶養後來人。

在這次集體創作中，這些創作者雖然面臨「命題作文」，雖然已經因工作星散到各個地區，但他們擁有歷經艱難險阻的共同經歷，因而凝鑄了共同的情感，已然形成一種事實上的道德共同體。他們在長征之後，已經在道德情感層面凝結為同呼吸共命運、牢不可破的集體，是一種全新的倫理和情感組織。可以說，此次徵文借書寫長征故事之機完成了延安文藝的奠基。也就是說，正是有了《長征記》徵文和編輯的寶貴經驗，長征精神和長征中道德共同體才得以被形象化地表達出來。我們黨在積累文學工作經驗的同時也能發現某些問題，確定以後的文學教育方向。

而紅軍長征中的英雄以及英雄故事的書寫者們，他們的經歷本身便是一部偉大的英雄史詩。他們經歷並創造著歷史，他們的生命歷程需要記錄而又缺乏記錄的技巧和技巧熟練的記錄者。這一方面鑄就了《長征記》的真實的品格，另一方面又恰切地提出了文學教育的課題。這一課題內在地包含著兩種訴求，一是用人民英雄的文學陶養、教育人民，二是培植人民作家以創作人民的藝術精品。

二、中國文藝協會的「文武之道」

（一）第一個文學團體的成立與教育期待

中國文藝協會是延安時期最早的文學社團，成立於 1936 年 11 月 22 日，創立於陝北保安，後來遷至延安工作，堅持展開活動大約一年後於 1937 年 11 月結束其工作。

1936 年 11 月 12 日，丁玲到達中共中央機關駐地陝北保安。隨後，丁玲接到參與編輯《長征記》的任務。與徐夢秋、成仿吾等人在編輯工作中，丁玲一方面深深感動於長征英雄故事，另一方面又感念於陝北蘇區文學隊伍的不足，認為陝北蘇區急需一個文學家組織動員這些文學力量。幾位編輯商議之後，向領導提出建議成立一個文藝俱樂部。〔註40〕為鄭重其事，丁玲還專門分

〔註40〕朱正明：《〈紅色中華〉報文藝附刊的一些情況》，《新文學史料》1983 年第 3 期。

別向毛澤東和洛甫等中央領導請示成立文藝俱樂部事宜，領導們一致贊許。身為編者之一的教育部長徐特立也同意此事，而且建議將這個組織擴大，組建成一個正式的文藝團體，並擬定組織章程等。丁玲等人非常興奮，在忙於《長征記》編稿的同時，積極準備，很快就召開了成立大會。第一次籌備成立大會於1936 年 11 月 15 日舉行，會上，經過充分討論，通過了《文藝工作者協會緣起》、徵求會員、召開成立大會等事項。根據討論意見，出席籌備成立大會的都將作為組織發起人，另外再組成一個七人籌備委員會。1936 年 11 月 23 日，中華蘇維埃共和國臨時中央政府機關報《紅色中華》介紹了這次會議的召開，並登載了由丁玲、徐夢秋、成仿吾、徐特立、李伯釗、陸定一、伍修權等 34 人聯合署名的《文藝工作者協會緣起》〔註41〕。《緣起》交待了中國文藝協會的目標及會務組織、發起人等：

> 文藝工作者協會緣起
>
> 在目前抗日的民族革命戰爭中，新的文學成為一支號筒，成為戰鬥的力量。
>
> 為著聯絡各地的文藝團體，各方面的作家以及一切對文藝有興趣者，在抗日民族統一戰線目標下共同推動新的文藝工作，結成統一戰線中新的戰鬥力量，所以我們組成文藝工作者協會。
>
> 熱望一切在戰鬥中有文藝興趣的同志共同來參加。
>
> 發起人：丁玲　徐夢秋　成仿吾
>
> 　　　　伍修權　洪水　陸定一　李伯釗等三十四人〔註42〕
>
> 　　　　徐特立　李克農　危拱之

〔註41〕《文藝工作者協會召開第一次籌備會議》，《紅色中華》第 312 期，1936 年 11 月 23 日。

〔註42〕此中還有一則趣事。在《長征記》徵文中一下子寫作了 7 篇文章的童小鵬在徐夢秋舉薦下，也位列三十四位發起人之一，但他本人起初並不知情。童小鵬在 11 月 20 日的日記中提到，「看到後面有了自己的一個名字，真使我驚訝不小，誰為我寫上去的？問題馬上在腦中盤桓不安起來，竟料不到一個毫無文藝天才的我，會被列為發起人，真是太冤枉，實在當不住和覺得慚愧，後來接夢秋的通知，才知道是他的意見。未得到本人同意，就為人填名，有點不講道理。」（參見童小鵬編：《軍中日記 1933 年～1936 年》，北京：解放軍出版社 1986 年版，第 260 頁。）從中我們既能看到革命者童小鵬的謙遜淳樸，也能夠感受到當時陝北蘇區文學人才的相對匱乏，還能看到徐夢秋等文藝協會的發起者對有限的文學人才的珍視。由此反觀，我們便更能領略中國文藝協會發起與成立的難能可貴。

本會報名接洽處：外交部　王亦民

　　　　　　　總政治部　徐夢秋

　　　　　　　中央局　徐司梁

　　這份發起人名單幾乎是當時陝北蘇區能夠聚集的、涵蓋各個方面的全部文學力量。其中，丁玲和成仿吾經歷了五四新文學的洗禮，其他人則多為中華蘇維埃政府總政治部、中央局等機關幹部和紅軍中的文藝幹部和文藝教員。從人員構成來看，中國文藝協會是中國共產黨關懷與組織之下成立的文學藝術工作者團體，寄寓著中國共產黨在陝北蘇區的文學教育期待。

　　正式的成立大會於 1936 年 11 月 22 日上午舉行，參會的有會員和嘉賓一百多人。人們原本在籌備成立會議上將團體名暫定為「中國文藝工作者協會」，而且在《紅色中華》的報導裏也使用了這一名稱，不過有人保留了不同意見。在正式成立大會上，毛澤東提議將這個文學團體定名為「中國文藝協會」，得到與會者贊同。這次成立大會上，毛澤東、洛甫、凱豐、博古、林伯渠等出席，李伯釗作會議主席。

　　李伯釗首先報告了協會成立的意義，接著丁玲介紹了籌備情況，隨後毛澤東、洛甫、博古、林伯渠、凱豐等相繼發言。這些黨政領導中，洛甫在五四時期曾是文學研究會的成員，創作和發表過不少文學作品；毛澤東、林伯渠、博古和凱豐等人也是文學愛好者，尤其是毛澤東還創作過不少藝術精品。他們既是革命領袖，對文學問題也有所關注。尤其有了過去幾年的革命經歷，這些革命領袖愈發認識到文學可以成為中共領導革命鬥爭、培育革命幹部、謀求政治發展的一支重要力量。他們在中國文藝協會成立大會上的講話表達了這種期待，一周後刊出的《紅色中華·紅中副刊》登載了講演略詞。

　　　　毛主席講演略詞〔註43〕

　　　　我們要抗日，就要停止內戰

　　　　要停止內戰，就要文武都來

　　　　……中國蘇維埃成立已很久，已做了許多偉大驚人的事業。但在文藝創作方面，我們幹的很少。今天，這個中國文藝協會的成立，這是近十年來蘇維埃運動的創舉。過去我們是有很多同志愛好文藝，但我們沒有組織起來，沒有專門計劃的研究，進行工農大眾的文藝創作，就是說過去我們都是幹武的。現在我們不但要武的，我們也

〔註43〕《毛主席講演略詞》，《紅色中華·紅中副刊》第一期，1936 年 11 月 30 日。

要文的了，我們要文武雙全。因為現在中國有兩條路線，一條是抗
日戰線，一條是內戰。要結成抗日民族統一戰線，把日本帝國主義
趕出去，爭取中國民族的獨立解放，首先我們就要停止內戰，但現
在有人不願停止內戰，反而來進攻抗日主力的人民紅軍，要消滅抗
日的領導者和核心的蘇維埃，要消滅一切抗日力量，抗日的文藝也
要消滅。所以我們要抗日，我們首先就要停止內戰，怎樣才能停止
內戰呢？我們要文武兩方面都來，要從文的方面去說服那些不願停
止內戰者，從文的方面去宣傳教育全國民眾團結抗日。如果文的方
面說服不了那些不願停止內戰者，那我們就要用武的去迫他停止內
戰。你們文學家也要到前線上去鼓勵戰士，打敗那些不願停止內戰
者。所以在促成停止內戰，一致抗日的運動中不管在文藝協會都有
很重大的任務，發揚蘇維埃的工農大眾文藝，發揚民族革命戰爭的
抗日文藝，這是你們偉大的光榮任務。

其中，比較引人注目的是「中國文藝協會的成立」是「近十年來蘇維埃運
動的創舉」。不少學者對此作過解讀，卻也存在著過分解讀或誤讀。一些學者
從「創舉」二字出發，認為中國文藝協會的成立「表徵著中共中央在新的歷史
時空對文藝等意識形態領域予以構建的開始」〔註44〕，標誌著「延安文學」的
作家主體隊伍、文學公共空間的基礎條件基本完成〔註45〕，因而它是「延安文
學」形成的開端。顯然，這是看重了毛澤東在中國文藝協會成立大會上講演的
權威性，也是對其所作的一種機械理解。顯然，如果從字面解讀，說某一行為
是一種「創舉」，那麼必然意味著該行為是「前所未有」的。但歷史資料顯示，
在中國文藝協會之前，中共在中央蘇區已經開展了頗有聲色的文藝活動，不僅
有各種類型的文藝團體〔註46〕，還創辦了專門的文藝教育機構〔註47〕，其戲

〔註44〕袁盛勇：《命名、起訖時間和延安文學的性質——從一個側面論如何建構一部
　　　　獨立而合理的延安文學發展史》，《延安大學學報（社會科學版）》，2005年第
　　　　2期。
〔註45〕楊洪承：《空間視域中的文學史敘述和其構形考察——以二十世紀四十年代
　　　　「延安文學」為例》，《當代作家評論》，2012年第4期。
〔註46〕這裡既有文藝愛好者自發組織的火線劇團、戰士劇團、八一劇社等，也有自上
　　　　而下組織起來的工農劇社、藍衫團、蘇維埃劇團、列寧室等等。
〔註47〕即藍衫團和在其基礎上成立的高爾基戲劇學校，其中，藍衫團對外既稱「藍衫
　　　　團」又稱「藍衫團學校」，是集戲劇教學、戲劇創作、戲劇排練、戲劇創作乃
　　　　至戲劇評論為一體的綜合性文化團體。瞿秋白到中央蘇區後，在藍衫團學校

劇創作成績也較為可觀，中央蘇區政府甚至還就文學教育、文學管理出臺了多項法規。其實，中央蘇區的這些文學活動足可以成為任何一個革命根據地展開文學活動時的寶貴經驗。毛澤東幾乎經歷了中央蘇區革命活動的始終，而且與後來領導中央蘇區文學活動的瞿秋白過從甚密、惺惺相惜，對中央蘇區展開的革命文學活動顯然不可能「一無所知」。最讓毛澤東感到「遺憾」或「不滿」的，可能是蘇區文學所取得的成績尚未達到與蘇區的革命戰爭等量齊觀的程度，而只是配合蘇區革命戰爭的有機組成部分，其整體的藝術水準也較低。基於上述分析，毛澤東所謂「創舉」的論斷應該指向另外兩個層面，這可以視為中共中央所面臨的革命環境和革命形勢發生大的變化之後對革命文學和黨的文學教育所寄寓的新的期待。一個層面是「中國文藝協會」中的「中國」，以「中國」界定文學活動和文學團體，這在「近十年來蘇維埃運動」中確實是一個創舉。它象徵著中國共產黨領導的無產階級政權不再是非法的、地方的，而是合理的、必然的、代表中國的。這也預示著無產階級革命政權以及從屬於無產階級革命的陝北蘇區文學（包括後來的延安文藝）將從「地方」走向「中國」乃至「世界」。另一個層面則要回到講演的歷史語境中去，「創舉」既有莊重嚴肅的公共空間裏的「客套、誇大」成分，也有對中國文藝協會及其成員的語重心長的鼓勵、肯定、囑託和期待，而「鼓勵、肯定、囑託和期待」的成分無疑更大。

　　《紅中副刊》節錄的這段講演不長，卻闡明了文學工作對團結抗戰的重要性，也指明了我們黨的革命鬥爭策略的調整方向，即在已取得「許多偉大驚人的事業」的基礎之上，補足「在文藝創作方面我們幹的很少」的缺陷，也就是要從「都是幹武的」轉為「文武雙全」。在這一根本前提下，毛澤東繼續回答了如何從事「文的」及開展怎樣的「文的」等問題。在如何從事「文的」問題上，「文學家」要「從文的方面去宣傳教育全國民眾」，甚至需要到前線去。也就是說，一方面要有黨的文學教育，黨的文學家應該成為黨的文學教員和文學戰士；另一方面，文學家們應該走出「象牙之塔」，深入實際的生活。這決定了後來我們黨對延安文藝教育的基本定位就是以盡可能短的時間培養盡可能多的文學幹部。相應地，「文的」就是「蘇維埃的工農大眾文藝」和「民族革

基礎上成立了高爾基戲劇學校，附設演出劇團。以著名文學家命名文學教育機構的傳統在延安魯藝得以延續，而高爾基戲劇學校的文學教育經驗也在這一時期得以發揚光大。

命戰爭的抗日文藝」。顯然，經歷了蘇區文學的探索實踐以及「長征記」徵文活動，毛澤東已經基本確定黨的文學的基本方向及展開黨的文學活動的基本策略，所以毛澤東才會語重心長地說「這是你們偉大的光榮任務」。這既是毛澤東對中國文藝協會和「文學家」的期待，也是無產階級革命和時代所賦予的歷史使命。

洛甫在講演〔註48〕中也肯定了中國文藝協會的「創舉」，並鼓勵文學家們「融合在廣大工農群眾的生活中，能看到或參加廣大群眾的鬥爭」，同樣期待著他們「創作出很多偉大的作品來」，「以文藝的方法、具體的表現去影響推動全國的作家、文藝工作者及一切有文藝興趣的人們，促成鞏固統一戰線，表現蘇維埃為抗日的核心」。

博古的講演〔註49〕主要闡述了兩層意思，第一層是點名了中國文藝協會有兩個任務，第一個是「創造發展劃時代的廣大群眾的文化，從蘇區推及全中國，不使文化為少數人所獨享」；第二個是「用文藝的創作，將千百萬大眾的蘇維埃運動的鬥爭故事，傳達到全中國、全世界和我們的同志、我們的朋友，以及一切人們中間去」。可見，博古雖未提及「創舉」，卻明白無誤地將「創舉」論的一層深意指了出來，也就是把工農大眾的文藝推向更廣闊的時空。博古講演第二層意思也是一種鼓勵和期待，即不僅要寫出長征偉大史詩，而且要「文藝協會從基本路線上去影響推動、團結起來，成為抗日民族革命戰爭中的戰鬥力量，用正確的文藝來反映偉大的英勇鬥爭的現實，使廣大群眾更從中來學習。」因而，「拿筆的比拿槍的更重要了」〔註50〕。

不管三位黨政領導有沒有在此之前就「創舉」論和中國文藝協會的成立進行過討論，這都表明我們黨將組建中國文藝協會視為一種歷史契機，以黨的文學活動校正整個革命鬥爭的路線和姿態，開展和完成意識形態建構，在抗日民族革命戰爭中肩負起民主建國的歷史重任。這一重任的一部分就落在黨的文學教育上，總結起來就是在黨的文學教育中「發揚蘇維埃的工農大眾文藝」和

〔註48〕《洛甫同志講演略詞》，《紅色中華·紅中副刊》第一期，1936年11月30日。
〔註49〕《博古同志講演略詞》，《紅色中華·紅中副刊》第一期，1936年11月30日。
〔註50〕這表明我們黨在革命鬥爭策略上的重大調整。到達陝北蘇區後，中國共產黨各項革命事業中，相比於政治、經濟、軍事，包括文學在內的文化工作已然是一項相對非常落後的事業，不論是文化實績還是人才隊伍都顯得很貧乏。中共中央領導不約而同地都注意到這一問題。一度提出「槍桿子裏面出政權」的毛澤東，在1937年提出「沒有文化的軍隊就是愚蠢的軍隊」。這都為後來中共中央十分重視延安文藝教育埋下伏筆。

「民族革命戰爭的抗日文藝」，以此「影響推動全國的作家、文藝工作者及一切有文藝興趣的人們，促成鞏固統一戰線」，表現「蘇維埃為核心」。黨政領導雖不從事具體的文學教育工作，卻實實在在地發出了文學教育的動員令。

（二）文武之道：「培養無產者作家」

中國文藝協會成立大會上確定了協會的主要任務，並就其在蘇區和在全國的任務分工作了明確的規定。大會選出了丁玲、成仿吾、徐夢秋等 16 人組成幹事會。第二天召開的幹事會，接受毛澤東提議，選出丁玲擔任中國文藝協會主任，另外確定了組織部、聯絡部、研究部、總務部、俱樂部、圖書館、機關志編委等各部門負責人，並要求各部門制定詳細工作計劃。

《紅中副刊》第一期刊載的《中國文藝協會的發起》〔註51〕詳細闡明了該協會的工作任務與自我定位：

> 中國文藝協會的發起
>
> 中國蘇維埃運動，已有近十年的歷史，各種蘇維埃國家的建設雖在炮火連天響的殘酷戰爭中，但均有極大可觀的成績：惟文藝建設方面，在「戰爭第一」的任務下，遠未能有極大創造。培養無產者作家，創作工農大眾的文藝，成為革命發展運動中一支戰鬥力量，是目前的重大任務；特別在現時全國進行抗日統一戰線的民族革命戰爭中，把全國各種政治派別、各種創作傾向的文藝團體、文藝工作者團結起來，以無產階級的文學思想來推動領導，擴大鞏固在抗日統一戰線中的力量，更是黨和蘇維埃新政策下的迫切要求。因此，在黨和蘇維埃的指示領導之下，許多愛好文藝者特發起組織「中國文藝協會」。它的工作任務在蘇區是訓練蘇維埃政權下的文藝工作人才，收集整理紅軍和群眾的鬥爭生活各方的材料，創作工農大眾的文藝──小說、戲劇、詩歌……等；在全國則聯絡團結各種派別的作家與文藝工作者，鞏固抗日統一戰線的力量，擴大無產階級文學的思想領導。「中國文藝協會」在這兩個重大任務下，經黨和蘇維埃的指示，許多同志的努力，便很快地發起籌備組成了。

中國文藝協會同人在這份公告中確定了自己的行動綱領，也即他們所悟出來的「文武之道」：「培養無產者作家，創作工農大眾的文藝」，使她「成為

────────

〔註51〕《中國文藝協會的發起》，《紅色中華‧紅中副刊》第一期，1936 年 11 月 30日。

革命文藝發展運動中一支戰鬥力量」，「把全國各種政治派別、各種創作傾向的文藝團體、文藝工作者團結起來，以無產階級的文學思想來推動領導，擴大鞏固在抗日統一戰線中的力量」。中國文藝協會又將這一綱領性任務細分為在蘇區與在全國兩種不同情形的不同側重點，在蘇區重在展開廣泛的黨的文學教育以培養無產者作家，創作工農大眾的文學；在全國則重在宣傳引導，「擴大無產階級文學的思想領導」。如果說在《長征記》徵文活動中，文藝教育只是它的客觀效果；那麼中國文藝協會的成立則表明我們黨開始有意地通過探索、開展各種形式的文藝教育，以便打開革命文學的工作局面。

在其存續的近一年時間內，為了完成其任務，中國文藝協會所做的帶有文藝教育性質的工作主要有以下各項：

其一是出版文學期刊。在中國文藝協會第一次幹事會上，徐夢秋為主任的編委會決定「在機關志未出版前，暫在《紅色中華》出不定期副刊」〔註52〕。這就是《紅色中華》的副刊《紅中副刊》。該刊由徐夢秋擔任主編，不定期出版，每期版面也視情況而略有差異。該刊經過緊張地籌備，於1936年11月30日出版第一期。第一期除刊載中國文藝協會成立大會相關文獻外，還在末尾丁發表了玲一篇可視作該刊創刊辭的隨筆：

> 刊尾隨筆〔註53〕
>
> 丁玲
>
> 戰鬥的時候要槍炮，要子彈，要各種各樣的東西，要這些戰鬥的工具，用這些工具去打毀敵人。但我們也不應該忘記使用另一樣武器，那幫助著衝鋒側擊和包圍敵人的一支筆！
>
> 一支筆寫下漢奸的秦檜，一直使千年來秦檜都長跪在嶽廟的廊下，嘗盡古往今來遊人的尿屎。《三國演義》把曹操寫得太壞，一直到現在，戲臺上的曹操的臉上就塗著可怕的白色，那象徵著奸詐小人的白色。所以有人說一支筆可以生死人的，那我們也可以說一支筆是戰鬥的武器。
>
> 中國共產黨蘇維埃人民共和國發了一封致國民黨南京政府的書，雖說國民黨還沒有答覆，可是有許多不說話的人也說話了，說這應該商量商量呀！有一些反對共產黨的也緩和了所擁護的，因為

〔註52〕《第一次幹事會》，《紅色中華·紅中副刊》第一期，1936年11月30日。
〔註53〕丁玲：《刊尾隨筆》，《紅色中華·紅中副刊》第一期，1936年11月30日。

他們還不能瞭解，所以我們要從各方面發動使用筆，用各種形式，那些最被人歡迎的詩歌、圖畫、故事等等去打進全中國人民的心的陣地，奪取他們，來自站在一個陣線上，一條爭取民族解放統一抗日的戰線上。

　　革命的健兒們！拿起你的槍，也要拿起你那一支筆！

　　這篇「隨筆」顯然不是隨意為之，而是寄寓著作者濃烈的情感，號召革命文學青年們用筆去創作、去戰鬥，它也指出了《紅中副刊》的基本編輯方針便是「服務抗戰」和「統一戰線」。《紅中副刊》出完四期後，第五期發生更名。1937 年 1 月 29 日，《紅色中華》改為《新中華報》，《紅中副刊》也相應改為《新中華副刊》，仍注明「第五期」，沿用《紅中副刊》期次。1937 年 2 月 3 日，第六期《新中華副刊》發布《本刊啟事》〔註 54〕，稱「本刊照目前的形式，因篇幅有限，編輯方面受極大的困難，許多文章不能登載，使讀者們失望。因此，自下期起，改為本子式《蘇區文藝》，並定為週刊，字數亦加多，內容要求充實，仍隨《新中華報》發刊，希望一切讀者努進投稿」。單行本《蘇區文藝》週刊仍由徐夢秋擔任主編。刊物容量有所擴充，並加上配圖，使得刊物更加豐富，因而吸引了更多的讀者。不過，因資料匱乏，尚不清楚《蘇區文藝》出版情形如何。此外，中國文藝協會還計劃出版《文藝月刊》，由丁玲任主編，並就創刊號具體篇目做好了安排，但因故最終未能付梓。從中國文藝協會辦刊的實際出刊情況來看，共出《紅中副刊》（新中華副刊）6 期，單行本《蘇區文藝》若干期，基本穩固了革命文學的宣傳陣地和發表園地，起到了應有的教育效用。

　　其二是發起徵文活動，推動群眾集體創作。1936 年 12 月 28 日，該協會在《紅中副刊》第三期上發布《〈蘇區的一日〉徵文啟事》〔註 55〕。這時《長征記》尚在編輯過程中，中共中央已經遷駐陝北蘇區，並逐步鞏固和擴大革命根據地，陝北蘇區的政治、經濟、文化局面漸次打開，新的蘇區生活又在如火如荼地展開，將這一正在展開的新生活記錄下來並傳播到全國其他地區乃至全世界，就顯得尤為必要。於是，我們黨領導的第二次大規模群眾性集體創作得以快速展開。徵文啟事如下：

〔註 54〕《本刊啟事》，《新中華副刊》第六期，1937 年 2 月 3 日。
〔註 55〕《〈蘇區的一日〉徵文啟事》，《紅色中華・紅中副刊》第三期，1936 年 12 月 28 日。

《蘇區的一日》徵文啟事

為著全面表現蘇區的生活和鬥爭，特決定仿照《世界的一日》
和《中國的一日》辦法，編輯《蘇區的一日》，日子決定在一九三七
年二月一日，希望各紅軍部隊中及蘇區各黨政機關工作的同志們，
把這天（二月一日）的戰鬥、群眾生活、個人的見聞和感想，全地
方的、一個機關的貨個人的，……種種現實，用各種的方式寫出來，
寄給我們。來稿寄紅中社轉我們。

中國文藝協會啟

十二月二十四日

為避免這則啟事因過於簡略帶來的傳播困難，徐夢秋代表編輯部執筆寫
了《覆 D.C.同志的信〔註56〕》，詳細地解釋了這次徵文的目的和意義，分享了
一些創作經驗：

覆 D.C.同志的信──關於《蘇區的一日》問題

D.C.同志：

讀了你的來信，我們非常高興。……從這裡我們可以推測這個
偉大的集體創作──《蘇區的一日》，將來一定能夠在像你這樣熱心
的同志們幫助下，得到我們所希望的成功。

來信所提的各點，可總括成以下幾個中心：一、為什麼要編輯
《蘇區的一日》，編好了有什麼意義？二、《蘇區的一日》要一些什
麼材料？三、稿子要用什麼形式寫？四、為什麼要選定二月一日？
以下即依這個次序來說明我們的意見：

……

……我們把蘇區已得到解放的人民的生活和偉大鬥爭的力量與
經驗，以及紅軍游擊隊的英勇無比的戰鬥精神，傳到全國抗日人民
中去，來擴大抗日民族革命的陣線和力量，這是有如何重大的意義！
我們編輯《蘇區的一日》的目的，即在於把蘇區全面的模範生活和
鬥爭，整個公布到全國全世界我們的朋友及我們的敵人中去，來擴
大我們的鬥爭影響，──這是當前的一個重大戰鬥任務。這是第一。

第二，《蘇區的一日》，它究竟需要什麼材料呢？就是說當執筆

〔註56〕 《覆 D.C.同志的信──關於〈蘇區的一日〉問題》，《紅色中華·紅中副刊》
第四期，1937 年 1 月 21 日。

替《蘇區的一日》寫稿時，要把握一些什麼題材呢？而我們蘇區裏紅軍中可說的事又實在太多了。這裏我們可以說，什麼題材都可以，只要我們把握的正確，因我們所有的任何渺小的事實，都是極可寶貴的史實。例如：紅軍和游擊隊中的作戰，紅軍上課、遊戲、會議、某個戰士的談話，與居民群眾的關係，或者集體的和個人的故事……這些都是可以表現紅軍的特質和力量的；在地方如某一政府，某一團體的工作、會議、生活、學校的生活，群眾的集體行動，單個群眾的生活。總之，一個地區的，局部地方的，集體的個人的諸方面的現實，都是可以表現蘇區裏的偉大生活與偉大的力量；或者是個人一天的工作生活，那也是可以表現某個環境中的片面的。以上這一切，都是《蘇區的一日》所歡迎的寶貴材料。再補充幾句吧，就是兒童團撿狗屎，小先生教拉丁字母，這都可以表現蘇區的偉大組織力量。

　　……要請你注意，材料自然是多得很，可是當你要把它寫成一篇文章時，你千萬不可「亂絲一把抓」，東扯西湊不攏；或者零亂堆起來，沒有一點中心。那些材料雖然是好的，但因處理不好，而失去價值。所以你須從茫無頭緒的現象中，抓住某個中心點，用你正確的觀念，去加以整理、敘述和批判。此外，還有一個重要點，即是取材一定要是你親見親聞或者親做的。一定要真實，不能架空虛造。

　　第三，題材選好了，把它用什麼形式表現出來呢？就是說用小說、戲劇、詩歌、散文隨筆、速寫或報告文學，……這些形式我們都歡迎。……

　　這裏我們要附帶貢獻一個意見，……最好找一個或幾個同志來互相徵求意見，討論計劃，或者幾個人集體創作，或者將別人的意見拿來補充刪改自己的計劃。這樣寫時更有把握，更充實。因為往往有些青年習作者在集體創作之下，能創作出很有價值的作品。

　　不管採取的體裁是怎樣，不管文字的笨拙或靈巧，但唯一的要充滿真實的熱情，要生龍活虎樣表現出鬥爭的力量。自然這種表現，不一定是去公式的用一些術語口號和蘇區例行的一些宣傳鼓動文句。因為那樣將枯燥無味，失去表現力，反而不如用側面的描寫，

寫行動，寫微小的事實，寫普通的語言，那樣能更有力，更能表現深刻些，更有文藝的價值。

最後，你問為什麼要選定「二月一日」這一天，這是沒有什麼意義的，這是隨便提出的。因為蘇區的範圍太廣大了，如果沒有一個時間的軌範，大家將何從著手呢？所以我們要指定某一天的日期，要大家都在這一天的時間內來寫他所見所聞所做的經過。這樣，我們可以在同一時間內看到蘇區的全面；而這個一天的全面，當然更可以推測出經常的蘇區。

我們對你來信的答覆暫止於此了。如果你對這答覆還有疑問，或者對文藝工作上還有什麼其他問題，都希望你再來信，我們是十二萬分熱烈的盼望同志們來和我們討論文藝的各方面問題。

祝你健康！

中國文藝協會編輯部

一，十六

儘管編輯部後來僅收到幾十篇稿子，《蘇區的一日》因稿件數量不足、出版條件不允許而未能出版，部分稿件只能散見於《蘇區文藝》等報刊，但徐夢秋這篇「創作談」顯然是這次徵文活動中的「意外」收穫。它的文學史價值體現在，它是中國共產黨文學教育史上較早的從文學藝術規律出發自由探索文學教育形態的文獻，較為典型地反映了「草創階段」中共在文學藝術領域自由探索的姿態。其不拘一格、不限題材、不限形式、注重表現真情實感的創作主張，對於正在生成中的黨的文學來講是大有裨益的，能夠最大限度地激發每一個文學青年的創作潛力。寫下這篇文章的徐夢秋當時不僅僅是一名勤勉出色的文學編輯和創作者，也是中國共產黨的一名高級政工幹部，他對文學的理解仍有努力平衡政治要求與藝術價值的痕跡，如用「正確的觀念」「整理、敘述和批判」材料，相信「集體創作」，等等。不過，他更加看重的是「文藝的價值」，這當然與後來黨的文學教育更加強調意識形態規範有所衝突乃至是相悖的。隨著全面抗戰爆發以後更多知識青年湧入陝甘寧邊區，這樣的衝突或相悖的情況越發多了起來，這也為後來黨的文學教育面向實際、收緊意識形態控制埋下了伏筆。只不過，徐夢秋在此後不久即離開延安，未能進一步「驗證」其文學主張在延安文藝教育中的有效性與合理性。

　　不過，單就這篇作為答讀者問的創作談而言，它不失為一篇體現著施教者殷殷之心的成功的文學教育範本。在文學觀念上，它重視文學的藝術價值，堅持真實性的藝術品格，強調「一定要真實，不能架空虛造」，「要充滿真實的熱情」，這是對《長征記》徵文藝術品質的繼承與發揚。在教學方法上，它善於舉出形象直觀的例證、用發散式的思維方法引導受教者觀察和體驗生活，如在解釋文學創作需要什麼樣的材料時，甚至舉出「兒童團撿狗屎」這樣略顯粗鄙卻直接曉暢的例子，使人一目了然。針對學員可能存在接受程度不一的特殊情況，這篇文章還注意採取折衷權宜、循序漸進的方法，如鼓勵受教者多寫習作並「找一個或幾個同志來互相徵求意見」，甚至視情況「集體創作」，這就充分考量到了每一個受教者的學習進度，已有「因材施教」之意味。最後，這篇文章還鼓勵和引導受教者從多側面去觀察、體驗和理解生活，如文章在闡釋徵文為何選定二月一日這一天時，頗有啟發性地指明了整體觀照與多側面觀察相結合所帶來的創造性受發現。

　　其三，召集文學集會。此時來陝北的知識者和青年越來越多，他們當中或慕丁玲之名，或出於自身興趣，申請加入中國文藝協會的人越來越多。文協根據成員情況，設立了若干興趣小組，有文藝理論、小說、詩歌、戲劇等。此後，中國文藝協會根據興趣分組情況和陝北蘇區發生的新情況舉行了多次集會。其中，文藝理論組召集了兩次座談會，主要討論時下論爭激烈的「兩個口號」的論爭、文藝運動與聯合戰線的關係問題、文協的組織工作和發展問題等。其中，關於「兩個口號」的論爭問題的座談會在 1937 年 5 月舉行，由丁玲擔任會議主席。時任文藝理論組負責人李殷森作了《聯合戰線與文藝運動》的報告。時任中央局宣傳部長吳黎平以「結論」的形式指出，「在目前，『國防文學』這個口號是更適合的。『民族革命戰爭的大眾文學』這個口號，作為一種前進的文藝集團的標幟是可以的，但用它來作為組織全國文藝界的聯合戰線的口號，在性質上是太狹窄了。……至於『國防文學』只是文藝家聯合的標幟的那種理論卻是錯誤的」〔註57〕。由於吳黎平的領導身份和親歷「兩個口號」論爭的經歷，使得延安文藝界在這一問題上暫時達成了一致。由這種討論，丁玲提醒大家，「我們在這二（兩）各口號的論爭上不再太多費時間，大家的注意力應該集中在聯合戰線中文藝運動的目標與任務上。換句話說，中國文藝協會應該發

<hr>

〔註57〕汪木蘭，鄧家琪編：《蘇區文藝運動資料》，上海：上海文藝出版社 1985 年版，第 178 頁。

展些什麼工作和做些什麼工作。」〔註58〕這就為引導人們從兩個口號的矛盾糾葛中跳脫出來打開了新思路，也在客觀上為持「國防文學」論的周揚、周立波、徐懋庸等人掃除了理論上和情感上的障礙。在討論中國文藝協會今後工作時，會員們通過了建立全國文藝界聯合戰線、竭力發展蘇區文藝運動等議案。

1937 年 6 月 20 日，中國文藝協會組織了高爾基實施一週年紀念大會，包括會員和黨政領導在內的與會者近六七百人，著重闡發了高爾基之於中國革命文學的意義，丁玲則闡述了召集高爾基紀念會的意義。這次集會，也開啟了延安文藝教育中利用名人紀念集會開展文學教育的傳統。

中國文藝協會另外兩項重要活動，一是參與整理全國紅軍戰史，一是組建西北戰地服務團。1937 年 5 月 10 日，為紀念南昌起義十週年，中央軍委決定組織革命文學力量編輯全國紅軍戰史，並指定徐夢秋、丁玲、陸定一、張愛萍、吳奚如和鄧小平等 11 人組成「紅軍歷史徵編委員會」。「七七事變」爆發後，中國文藝協會的領導成員丁玲、吳奚如等在中共中央的支持下組建了一個 30 人的西北戰地服務團，隨後奔赴抗日前線，準備用筆和槍向侵略者展開「文武夾攻」。後來徐夢秋也離開了延安。這樣中國文藝協會的活動開始減少，不少計劃都沒有完成。此間，受中共領導或影響的左翼文化力量紛紛趕赴陝甘寧地區，黨的文化力量短時間內快速壯大，建立新的文化團體接續中國文藝協會使命的時機逐漸成熟。

1937 年 11 月 14 日，陝甘寧邊區文化界救亡協會成立，中國文藝協會在完成其歷史使命後便自行停止了活動。雖然存在只有一年時間，而且其活動多不成系統，很多期刊和圖書出版計劃也都擱淺了，但正是文協的存在，文藝的種子開始在陝甘寧地區生根發芽，既吸引和團結了很多文藝界人士在蘇區開展革命文藝運動，也使得文學藝術開始走進陝甘寧地區的工人、農民、士兵當中。正如丁玲所說，「文藝的興趣被提高了，文藝的書籍也在有人搶著閱讀，而且有了文藝協會的組織，在延安的會員就有幾百，油印的小刊物（純文藝的）總是供不應求」，「這初初的蔓生的野花，自然還非常幼稚，不能饜足高等博士之流的幻想，然而卻實實在在是生長在大眾中，並且有著輝煌的前途是無疑的」。〔註59〕可以說，中國文藝協會以開創者的姿態，將《長征記》徵文活動調動起來的文學力量轉化

〔註58〕 汪木蘭，鄧家琪編：《蘇區文藝運動資料》，上海：上海文藝出版社 1985 年版，第 178 頁。

〔註59〕 丁玲：《文藝在蘇區》，《解放週刊》第一卷第三期，1937 年 5 月。

為真實的、具體的文學團體，激活了延安文藝和延安文藝教育。

三、文藝院校的「學術自由」

　　日本悍然發動全面侵華戰爭之初，中國人的家國危機達到歷史頂點。相應地，不論是何種政治派別、何種政治主張，「抗日」便成為壓倒一切的必然選擇。延安文藝教育較為明顯地全面踐行服務於全民抗戰，受戰爭逼仄，其自由探索空間較為有限。而隨著抗日進入相持階段，民族戰爭和革命鬥爭形勢又發生些許深刻的變化，延安相對有了較為充裕的自在探索和發展空間。在這個過程中，延安逐步結成了一種精神聯結緊密的道德共同體，塑造了一種全新的「革命倫理」。

　　當那些經過革命倫理重塑的知識者投身到文學教育中時，再加上青春氣息和樂觀精神的驅動，他們在踐行理想化追求時就會更加自信、堅定、毫無保留。也正因此，他們的某些探索才會更容易「失控」，常常與我們黨的政策設計與革命鬥爭策略相齟齬。這就使得，延安文藝教育的進展相當艱難，其成績相當來之不易。最能代表中國共產黨在延安文藝教育上的艱難探索的便是延安魯藝，下面我們將以其為例作一分析。

　　龔亦群指出，「魯藝成立以後，面臨的首要問題是培養什麼樣的人才：專門人才呢還是普及工作者」？〔註60〕從《魯迅藝術學院創立緣起》、《魯迅藝術學院成立宣言》等文獻來看，黨政軍領導都把延安魯藝視作藝術幹部短訓班，這就決定了延安魯藝有著應對權宜的臨時性和明確的現實針對性。它的命運不會隨著文學和文化的發展訴求而變化，只會隨著戰爭和革命形勢的變動與黨政軍機關的要求而變化。延安魯藝的創辦緣起、中間的曲折動盪、最後離開延安轉戰東北等整個辦學歷程，足以印證這一點。

　　而直到 1942 年 3 月，在陝甘寧邊區整體經濟情況較為緊張的情況下，延安魯藝在其第五屆教育計劃中仍明確指出，延安魯藝「之教育精神為學術自由」。為此，「各學派學者均可在院自由講學，並進行各種實際藝術活動」。〔註61〕研讀

〔註60〕　龔亦群：《魯藝——革命文學教育的豐碑》，文化部黨史資料徵集工作委員會、《延安魯藝回憶錄》編委會編：《延安魯藝回憶錄》，北京：光明日報出版社 1992 年版，第 80 頁。

〔註61〕　《魯迅文藝學院第五屆教育計劃及實施方案》，谷音、石振鐸合編：《魯迅文藝學院文獻（內部資料）》，瀋陽音樂學院《東北現代音樂史》編委會，1986 年，第 121 頁。

延安魯藝各期教育計劃〔註62〕，我們會發現，延安魯藝的創立雖然是為抗戰培養各類藝術幹部的功利性應對之策，使得第一、二期整體上屬於短訓班性質，但它實行按系別安排教學及課程，根據教員與學員興趣創辦社團，何其芳、沙汀、周揚等教員有針對性地指點學員平時的習作，都具有「提高」的特性，延安魯藝已然具備了專門學校、正規教育的雛形。延安魯藝第一、二期顯露出的正規化、專門化的傾向，使得所謂「普及」與「提高」的衝突日益明晰化，這終於在第三期中暴露出來。龔亦群在回顧延安魯藝第三屆教育計劃時指出，「本院第三屆是變動最多的一屆，這種變動反映出魯藝發展史上提高與普及的矛盾與鬥爭」〔註63〕。延安魯藝內部這種矛盾和鬥爭的結果便是，教員們越發堅定地選擇了走專門化辦學的方向。它大致經歷了「由單純的專門學習到提高與普及兼顧，再到單純的專門學習」的變遷過程，從而「向專門化和提高不斷發展」。〔註64〕

延安魯藝在辦學上的掙扎正是因為延安魯藝教學的具體組織者和實施者並未搞清楚毛澤東等黨政軍領導人的真正意圖。當時我們黨為了適應華北抗日戰場對「培養藝術上的連排長幹部」的要求，專門調集延安文藝教育的力量，組建了華北聯合大學。其中延安魯藝第三期的普通部大部分師生匯入了華北聯合大學文藝部。延安魯藝的教員們便天真地以為，「培養普及幹部的任務已交給了聯大文藝部，便開始提出了『提高』的口號」〔註65〕。這並非教育和文化的悲劇，至多只是個人的悲劇。

實際上，毛澤東早在延安魯藝創辦之初的兩次講話，便已然給延安魯藝辦學定下了根本的基調。他要求延安魯藝應該「組織十來年的文化成果，訓練起萬千的文化幹部，送到全國各戰線上去工作」。延安魯藝在培養幹部時要堅持「作風應該是統一戰線。統一戰線同時是藝術的指導方向」。同時，延安魯藝在統戰工作時「要有自己的政治立場」，這個立場就是服務於工農兵、服務於人民，延安魯藝的藝術工作者不能總是在學校裏學習，應該到全中國這個「大

〔註62〕 谷音、石振鐸合編：《魯迅文藝學院文獻（內部資料）》，瀋陽音樂學院《東北現代音樂史》編委會，1986年。

〔註63〕 龔亦群：《回顧第三屆（一九四○）》，谷音、石振鐸合編：《魯迅文藝學院文獻》，瀋陽音樂學院《東北現代音樂史》編委會，1986年，第74頁。

〔註64〕 龔亦群：《回顧第三屆（一九四○）》，谷音、石振鐸合編：《魯迅文藝學院文獻（內部資料）》，瀋陽音樂學院《東北現代音樂史》編委會，1986年，第75頁。

〔註65〕 龔亦群：《回顧第三屆（一九四○）》，谷音、石振鐸合編：《魯迅文藝學院文獻（內部資料）》，瀋陽音樂學院《東北現代音樂史》編委會，1986年，第75頁。

觀園」裏去，到實際鬥爭中去，青年要在社會大學裏合格畢業。〔註66〕在毛澤東的號召下，延安魯藝第一、二期學制採用「三三制」，即前三個月在校學習，中間三個月由學校安排到部隊或前線實習，後三個月返校繼續學習、結業。在招生上依靠各單位定向輸送和八路軍駐各地辦事處推薦介紹，從生源方面保證了教育目標的快速實現。但是，即便是「三三制」的短訓班形式，也不能保證學習按期完成。因為，延安魯藝辦學還受到戰爭形勢變化的極大干擾。

戰場形勢變化對延安魯藝文學系教學造成的第一次重大影響是在沙汀、何其芳帶領部分學員到前線實習之後。由於戰事吃緊，這些並未經受戰場訓練的延安魯藝師生不得不長期滯留前線，三個月實習的計劃安排一再延遲。一部分學員因此留在前線繼續工作，並未返校繼續學習，如《延安頌》詞作者莫耶、成蔭、王元方留在戰鬥劇社，張治、陳滋德留在戰火劇社。這種情況下，陳荒煤順勢而為，申請發動一部分延安魯藝文學系學員組成延安魯藝文藝工作團〔註67〕，到晉東南前線從事文藝宣傳工作。雖然他們在前線一年時間內搜集了大量鮮活的戰場素材、在部隊培養了一些文學愛好者並輔導其寫作通訊，卻也造成後方的延安魯藝教員緊缺，文學系甚至一度停辦。

實際上，延安魯藝對自己的教學活動一直保持著謹慎的自我調整。延安魯藝在 1938 年底至 1939 年春，連續召開全校師生大會，對教學工作進行全面檢查。第一次的檢查效果並不理想，便進行第二次、第三次。經過反覆調整，最終明確了延安魯藝的教育方針。「新的教育方針確定要『以馬列主義的理論與立場在中國新文藝運動的歷史基礎上，建設中華民族新時代的藝術理論與實際』」，「確定著『使魯藝成為實現中共藝術政策的堡壘與核心』」。〔註68〕延安魯藝第三期在組織上分為普通部和專修部，普通部不分系，適應戰場對人才培養的需求，以培養藝術上的基層幹部；專修部分文學等四個系，適應人才長遠發展的要求，以培養藝術上的專門人才。教學上按程度將學員分為初級班和高級班，

〔註66〕 中共中央文獻研究室編：《毛澤東文藝論集》，北京：中央文獻出版社 2002 年版，第 13～20 頁。

〔註67〕 1939 年 3 月 10 日，延安魯藝發布《迅字第九號》公告，「本院為開展前方文藝工作，特由文學系代理主任荒煤同志領導，組成一文藝團體，定名為『魯藝文藝工作團』出發前方工作」，陳荒煤為主任，團員有黃鋼、楊明、梅行、喬秋遠、葛陵。

〔註68〕 羅邁：《魯藝的教育方針與怎樣實施教育方針》，谷音、石振鐸合編：《魯迅文藝學院文獻》，瀋陽音樂學院《東北現代音樂史》編委會，1986 年，第 51～52 頁。

並分別設置相關課程。至此，「普及」與「提高」的衝突鬥爭在延安魯藝暫時達成了一種平衡，初級班與高級班的雙軌並行機制充分保證了第三期教育計劃的實行。這是前線將領的苛責、實習師生的經驗教訓〔註69〕、中央領導的要求、延安魯藝教員的文化使命等多方斗爭的結果，是延安魯藝歷屆教育計劃裏最為各方接受的方案。不過，這樣的努力很快便因為外力因素而被迫中斷了。

不過，毛澤東的講話同樣給「提高」留下了遐想的空間。毛澤東1938年4月28日在延安魯藝講話指出，「魯迅藝術學院要造就有遠大的理想、豐富的生活經驗、良好的藝術技巧的一派藝術工作者。你們不應當是只能簡單地記述社會生活的藝術工作者，而應當有為新中國奮鬥的遠大理想。這就是說，不但要抗日，還要在抗戰過程中為建立新的民主共和國而努力，不但要為民主共和國，還要有實現社會主義以至共產主義的理想。沒有這種偉大的理想，是不能成為偉大的藝術家的。」〔註70〕延安魯藝教員多是中國共產黨黨員，毛澤東這段話對他們的觸動作用顯然更大。尤其是毛澤東《論持久戰》發表後，他們更加堅信抗戰必勝；《新民主主義的政治與新民主主義的文化》（即《新民主主義論》）的發表，更使他們確認了自己的文化使命。他們現在理應為未來新中國培養更多更好的藝術工作者，以發展新中國的文學藝術。因此，他們在辦學正規化、專門化的路上走得更加堅定。這樣，延安魯藝對於正規化、專門化的努力，可以看作這些教員們的自覺的文化使命擔當。只是他們並未搞清楚服務於抗戰和著眼於未來兩大任務之間的辯證關係，並未搞清楚高層的真正意圖，個人悲劇在所難免。

1938年以後，抗戰進入相持階段，華北敵後抗日根據地擴展受阻，中共戰略重心轉為鞏固現有根據地，使得包括基層藝術幹部在內的各類幹部極為緊缺，華北敵後根據地也在日本頻繁掃蕩和國民黨的封鎖中一度陷入極大困難。為改善這種不利局面，中共中央決定抽調陝甘寧邊區的文化教育力量支持華北前線。包括延安魯藝在內的四所學校奉命合併，稍作休整即刻出發，奔赴前線開展國防教育。1939年7月，延安魯藝普通部大部分師生隨隊趕赴前線。

〔註69〕延安魯藝第一批赴前線實習的教員和學員返校彙報工作時指出，前方需要能做文藝普及工作的「通才」，戰場的文藝宣傳往往需要藝術工作者同時具備音樂、戲劇、美術、文學等多方面才能，此類人才更適應前線文藝工作的需要。沙可夫等人將這一意見彙報給毛澤東等。也正是在這樣的情況下，延安魯藝開始動員全校師生全面檢查近一年來的教學工作。

〔註70〕毛澤東：《在魯迅藝術學院的講話》，選自《毛澤東文藝論集》，第17～18頁。

不過，延安魯藝經此重大變故，並未停止辦學，仍有部分師生留延，他們重建了延安魯藝。這一變故收到了意外的效果，重建後的延安魯藝取消了普通部，教職員們認為，隨著延安魯藝普通部隨華北聯大到前線開展國防教育，延安魯藝原本承擔的培養藝術普及幹部的任務也順便移交給了華北聯大。這樣，延安魯藝在原專修部基礎上，著力向正規化、專門化方向發展，提出了「提高」的口號。第四、五期教育計劃正是在此背景下制定的。

1939 年 4 月 10 日延安魯藝全體師生大會上，羅邁公布了延安魯藝教育方針，他的表述還存在著對於現實抗戰任務的考量，要「訓練適合今天抗戰需要的大批藝術幹部，團結與培養新時代的藝術人材」。經歷了第三期普通部奉命與其他學校合併的巨大變故後，到第四期教育計劃中，「抗戰」的字眼便消失了，十分明確地規定，其教育目標是「培養新文學藝術之理論創作各方面的專門人才」。為此，延安魯藝從學制、教學內容、考核方式等方面進行了大幅度的調整。學制方面，第四期初步擬定學制為二年，後經調整，改為三年；第五期承襲第四期，規定學制三年。教學內容方面，第四期第一學年以基礎課為主，第二、三學年則注重專門課程，課程設置充分考慮到學生的興趣等個人差異、知識結構的全面性、課時安排的有效性等；第五期則進一步完善和擴展，表現在科目增多、課時延長，這確保能夠幫助學員更紮實地建立較完善的、系統的知識結構，顯現出日益成熟合理的趨勢。在考核方式上，第五期引入百分制、轉系和退學機制等現代大學教育形式；延安魯藝文學系專修科的考核則以論文為主、測驗為輔，也是充分發掘學員潛力、引導其向專門化方向發展的有效舉措。我們從這些變化可以看出，在第五期時，延安魯藝已經完全是一所成熟的正規的藝術大學。

羅邁在延安魯藝第二次全院工作檢查總結大會上，充分肯定了延安魯藝在正規化與專門化上的努力。他指出，延安魯藝在培養藝術幹部的問題上不能機械地實行中共在政權上的成熟體制，其是教育部門，因而應該專門化。「魯藝有兩重任務：一方面要提高自己，同時要幫助別人」。延安魯藝為更好地完成這雙重任務，教職員們「在研究延安埋頭長期打算，以後將來形勢好轉。分發出去，這一大批有相當修養的文藝幹部是掌握全國文藝活動最寶貴的資本。這是不是保守主義呢？如果說是的，應該說是革命的保守主義」。〔註71〕這樣

〔註71〕　《羅邁同志在第二次全院工作檢查總結大會上的講話（一九四一年四月二十八日）》，谷音、石振鐸合編：《魯迅文藝學院文獻》，瀋陽音樂學院《東北現代音樂史》編委會，1986 年，118～119 頁。

的定性，使得延安魯藝正規化、專門化教學，有了一種革命的自覺的意味。羅邁講話後次日，延安魯藝便由周揚作了第二次工作檢查總結，隨即著手調整機構設置，設立文學部等四個教學單位和教務處等四個行政職能部門。繼而又由周揚擬定了延安魯藝《藝術工作公約》，作為延安魯藝藝術創作和藝術教育的工作方針。1941 年 5 月 20 日，延安魯藝召開了第一次黨員代表大會，發布了《敬告全院教職員工書》，正式確認，「魯藝是培養新民主主義的文學藝術的創作、理論、組織各方面的專門人材的學校。……魯藝不僅是未來藝術的苗圃，也是既成藝術的花園。不但對未來藝術的繁榮，我們有責任，對於目前全國藝術的發達，我們也有自己的職務」。因此，延安魯藝要求所有黨員和非黨同志共同把「緊張、嚴肅、刻苦、虛心」的校訓和藝術公約「真正切實的實行起來，在日常生活中，在藝術活動上，為創造新民主主義的藝術而共同努力」〔註72〕1941 年 6 月 10 日，《解放日報》登載消息，稱「魯藝確定正規學制基礎」，延安魯藝正式進入正規化、專門化的辦學軌道。至此，延安魯藝形成了一套成熟的教育和藝術工作理念。這一理念完整地貫徹落實在第五期招生和培養計劃中。一直到 1942 年 4 月 11 日延安魯藝成立四週年紀念大會上，周揚仍然在強調專門化的教育方針和學術自由的教育精神〔註73〕。而在此之前的 1942 年 4 月 3 日，中宣部已經發布通知，要求展開全黨範圍的整風運動。由此可以看出延安魯藝堅持正規化、專門化辦學的難能可貴。

　　「實行正規化、專門化的教學計劃以後，魯藝承擔的各種臨時性、突擊性的文藝演出活動大大減少了，從而保證了教學工作的順利實施和教學計劃的按時完成。儘管如此，魯藝仍是延安舉辦的文藝活動中的一支重要隊伍，由實驗劇團、平劇團、戲劇系和音樂系參與的演出，常常是整個延安水平最高的藝術演出。」〔註74〕可知，延安魯藝在保證教學的純粹性、有效性、專門性之餘，並未拋掉自己負載的宣傳責任，只不過他們將培養更多更優秀的專門文藝人才這一責任看得更重要而已。前線將領所指責的「關門提高」並不符合實情，延安魯藝師生們多少有些委屈。

〔註72〕《中國共產黨魯藝總支部第一次黨員代表大會敬告全校教職員工書》，《新文化史料》1987 年第 2 期。

〔註73〕鍾敬之、金紫光主編：《延安文藝叢書·文藝史料卷》，長沙：湖南文藝出版社 1987 年版，第 142 頁。

〔註74〕王培元：《延安魯藝風雲錄》，桂林：廣西師範大學出版社 2004 年版，第 85 頁。

　　我們可以看到很多延安魯藝辦學沒有「關門」的例證：在制定正規化、專門化的第四期教育計劃之後不久，延安魯藝將之前計劃中的普及工作落實，開設了普及性質的延安魯藝部藝班，並動用其師資力量保證部藝班按時結業，並在此基礎上輔助建立了部隊藝術幹部學校。延安魯藝教員們或以個人名義、或由單位派出，參與星期文藝學園的多門課程。文學系的教員還參與到各個文藝小組的座談會、培訓等文藝教育的普及工作。實驗劇團等延安魯藝文藝團體仍然承擔校內外演出活動，延安魯藝仍然堅持派出學員實習〔註75〕，仍然提供便利使學員參加校內外文藝活動〔註76〕，延安魯藝文學系仍然設置創作實習課〔註77〕，延安魯藝每期的大多數畢業學員都分配到前線工作，構成當地的文藝骨幹。可以說，延安魯藝給教員、學員參與社會活動、深入工農兵實際生活等，提供了各種便利、創造了各種條件。王朝聞的訪談充分說明了延安魯藝在文藝教育上的追求：「整風時，周揚檢討『關門提高』，就是說有一定程度的脫離群眾。但我說是『開門提高』，不提高，就不叫魯藝。無論從思想水平，還是從藝術水平看，提高都是必要的。我認為，魯藝的長處就是『開門提高』」。〔註78〕

　　延安魯藝雖然設備極其簡陋、條件非常艱苦，沒有固定的課室桌椅，沒有充裕的教材教具，沒有足夠的圖書典籍，更沒有自由安定的辦學環境，堪稱硝

〔註75〕延安魯藝的教育計劃便規定，「技術課除講授時間外，實習時間則在自修時間內，技術實習時間一般多於講授時間」，要「有計劃的定期的出外實習，或作實習表演，或舉行展覽，並經常的進行各種社會活動，以加強與民眾聯繫，從他們中間獲得經驗與批評」。（參見《魯迅文藝學院第五屆教育計劃及實施方案（一九四二年二月修訂）》，第121～122，136頁。）其實這也是一種雙重的文學教育。一方面，延安魯藝學員經受戰場的洗禮，實現思想意識上的逐漸成熟；另一方面，延安魯藝學員成為文藝戰士和文化教員，為戰士編寫文化課本，在戰前、戰鬥間隙從事文藝宣傳、戰場動員等工作，如《戰鬥報》為戰士編寫文化課本，戰鬥劇社組建了教員班。

〔註76〕如延安魯藝文學系師生創了文學社團路社、草葉社，並創辦自己的刊物；延安魯藝師生還廣泛參加了解放區的各種文學社團，如山脈文學社、新詩歌會、魯迅研究會、鷹社、延安詩會等，不少人還是其中的活躍分子。

〔註77〕不論是初期的「短訓班」時期，還是正規化、專門化以後的第四、五期，寫作實習課都是文學系歷屆學生必修的課程，從而以課程設置的形式敦促學員們接觸實際、深入實際，從實際中激發創作靈感，從而在實際生活中提升創作和理論水平。

〔註78〕王朝聞1996年6月22日接受王培元採訪筆錄，王培元：《延安魯藝風雲錄》，桂林：廣西師範大學出版社2004年版，第85頁。

煙背後沒有圍牆的大學，卻產生了樂觀向上、積極創造的獨特的校園精神空間，具有歷久彌新的文化魅力。這不僅得益於延安魯藝聘請了一批文學名師任教、設置了日趨豐富合理的課程，更在於延安魯藝學術自由的作風。延安魯藝第五期教育計劃明確規定，為達到「培養適合於抗戰建國需要的文藝之理論、劇作、組織各方面的人才」的目的，延安魯藝奉行「教育精神為學術自由；各學派學者均可在院自由講學，並進行各種實際藝術活動」〔註79〕。這大體上是與整風運動以前的延安自由民主的氛圍一致的。毛澤東於 1939 年 12 月便制定了「大量吸收知識分子」的政策。1941 年 5 月制定的《陝甘寧邊區施政綱領》進一步規定：「獎勵自由研究，尊重知識分子，提倡科學知識與文藝運動，歡迎科學藝術人才，保護流亡學生與失學青年，允許在學學生以民主自治權利」。隨後《解放日報》接連發表社論《獎勵自由研究》和《歡迎科學藝術人才》予以闡釋。這奠定了延安時期初期的思想文化氛圍。從這個意義來說，延安魯藝的正規化、專門化辦學的努力，也是執行中共黨的政策的自然選擇。

在踐行學術自由精神方面，延安魯藝做了相當多的嘗試，比如第五期引入現代大學的轉系機制，充分保證了學員可以根據自己的興趣和潛能自由自主地學習，既保證了人才不至於被埋沒在並不擅長和感興趣的領域，也保證了珍貴的文學和文化資源的有效利用，從而使學員發揮更大的作用、創造更大的價值。退學機制的採用，既有效避免了學員精力和學校資源的浪費，也是對學員人生走向的一種有益的引導，促使其在更適合的領域發揮光熱，從而規避了「短訓班」時期的一刀切的忽視教育規律的弊端，使得延安魯藝的成材率很高。〔註80〕

四、其他文藝團體與文藝教育探索

（一）戰地鼓動與文藝教育探索

西北戰地服務團成立於 1937 年 8 月 12 日，簡稱「西戰團」。「七七」事

〔註79〕《魯迅文藝學院第五屆教育計劃及實施方案（一九四二年二月改訂）》，谷音、石振鐸合編：《魯迅文藝學院文獻》，瀋陽音樂學院《東北現代音樂史》編委會，1986 年，第 121 頁。

〔註80〕據丁玲回憶，她在《解放日報·文藝》第一百期的總結中提到，發現了三十多個年青作家，其中一半以上可能是延安魯藝學員。（參見丁玲《延安文藝座談會的前前後後》，《新文學史料》1982 年第 2 期。另參見丁玲：《編者的話》，劉增傑、趙明、王文金、王介平、王新韶編：《抗日戰爭時期延安及各抗日民主根據地文學運動資料（上）》，北京：知識產權出版社 2010 年版，第 513 頁。）

變之後，陝甘寧邊區的抗戰熱情被極大地激發起來，文壇也籌劃著奔赴前線，普通青年學子更是群情激動。毛澤東於是在抗大作了一個報告：「只要是不怕死的，都有上前線去的機會，你們準備著好了，哪一天命令來，哪一天就背起毯子走。延安不需要這麼多的幹部，我們歡送你們出去，到前方去也好，到後方去也好，把中國弄好起來，把日本人趕出去，那時再歡迎你們回來」。〔註81〕

當時同在抗日軍政大學的丁玲和吳奚如商議著組織一些人上前線，很快便徵得了六七個人。他們「草擬了一個戰地記者團的章程，只要很少的人，花很少的錢，走很多的地方，寫很多的通訊」。當天晚上便有更多人要求加入這個組織，擴大藝術種類。第二天，抗大八隊的宿舍便臨時張貼了寫有「戰地服務團」的一張白紙，算是宣告組織成立，參加者幾乎全都是抗大學生。第三天，中宣部正式任命丁玲和吳奚如分別為正副主任，並決定次日開會商議具體事宜。

1937 年 8 月 12 日，西北戰地服務團舉辦成立大會，最初 23 人團員全部到會。會議確定西北戰地服務團的性質是半軍事化、以宣傳為主要任務的團體。經過討論，通過了西戰團行動綱領、本團規約和成立宣言，發表於《新中華報》副刊《戰地》創刊號。8 月 15 日晚，西戰團歡送會在大禮堂舉行，毛澤東首先致辭，對團員們提出鼓勵與期望：「戰地服務團是一件大工作，因為打日本在中國在世界上都是一件大事……致辭戰爭可以說帶有最後一次的意義，戰地服務團隨紅軍出發前方工作，你們要用你們的筆，你們的口與日本打仗。軍隊用槍與日本打，我們要從文的方面，武的方面夾攻日本帝國主義，使日寇在我們面前長此覆滅下去。」丁玲致辭表明全團的決心：「戰地服務團的組織雖然小，但是它好像小河流一樣，慢慢地流入大河，聚會著若干河的水，變成一個洪流，把日寇完全覆滅在我們的洪水中。我們誓死要打倒日寇，如不達到此目的，決不回來與各位見面。」〔註82〕

為了更好地完成宣傳任務，西戰團進行了為期一個多月的「政治上的準備」和「工作的準備」。其中，對於政治的學習擺在第一位，「戰地服務團很快

〔註81〕丁玲：《西北戰地服務團成立之前》，張炯主編：《丁玲全集・第 5 卷》，石家莊：河北人民出版社 2001 年版，第 46 頁。

〔註82〕《作家丁玲、史沫特萊等組織西北戰地服務團出發前線》，原載《新中華報》1937 年 8 月 19 日，《鍾敬之、金紫光主編：《延安文藝叢書・文藝史料卷》，長沙：湖南文藝出版社 1987 年版，第 491～492 頁》。

成立了學習小組，每個星期開一次會，討論時事及其他理論問題，並且經常請領導和名人來講話。」主要有：莫文驊講的《戰時政治工作》，何長江講的《行軍需知》，李富春講的《戰時的地方群眾工作》，凱豐講的《統一戰線》，吳亮平講的《托派理論》，李凡夫講的《中日問題》，毛澤東講的《大眾化問題》。同學們學得非常認真，記筆記，「在演講後選一個較空的時間，便討論，提出問題，多加引證」。〔註83〕在工作的準備上，西戰團確立了「一個總的方向，即大眾化，儘量利用舊的形式」。他們很快編創、排演了很多劇目，有獨幕劇、街頭劇、大鼓、秧歌舞、快板、雙簧四簧、相聲、歌詠，還編創了《戰地服務團團歌》。在通訊工作上，自編油印的《戰地》出了兩期；「他們幫助宣傳股的工作，編排劇本，創製歌曲，及進行自我政治教育」。〔註84〕全體團員實行嚴格的軍事管理，分為四個班，各有軍事班長。

　　1937 年 9 月 22 日，西戰團從延安出發，此時已有團員 30 人。他們東渡黃河，一路經過陝北、關中、晉西、晉北、晉東等地，宣傳共產黨的抗日主張。演出中，群眾反響熱烈，經常出現加演節目的情況。西戰團聲望日益高漲，團員們在宣傳實踐中不斷成長，隊伍也在不斷擴大，新加入的文學作者有田間、史輪、塞克、邵子南、袁勃、任天馬等人。第一次任務完成後，西戰團於 1938 年 7 月返回延安。

　　西戰團返回延安後組織了彙報演出。中共中央旋即計劃組織第二西戰團再次出發到山西宣傳，並招收了陝北公學部分畢業生，後因另有新的工作安排，此計劃擱淺。此時，西戰團成員們在延安非常活躍。田間、史輪、邵子南等與邊區文協的柯仲平、林山等人發起了轟動一時的街頭詩運動，一時間，延安城成了詩的海洋，給延安以群眾文學運動的洗禮。其中部分詩作結成《街頭詩選》，在《新中華報》刊出。經過三個多月休整，西戰團組織架構進行了一定調整，團員也有所進出〔註85〕。1938 年 11 月 20 日，西戰團在副主任周巍峙帶領下第二次出發奔赴晉察冀邊區抗日前線，這次深入前線活動達五年多時間。出發路上，乘著街頭詩運動熱潮，田間、史輪、邵子南、葉頻等詩人，

〔註83〕丁玲《政治上的準備》，張炯主編：《丁玲全集·第 5 卷》，石家莊：河北人民出版社 2001 年版，第 52 頁。

〔註84〕丁玲《工作的準備》，張炯主編：《丁玲全集·第 5 卷》，石家莊：河北人民出版社 2001 年版，第 55～56 頁。

〔註85〕丁玲到馬列學院學習，但仍任西戰團主任。一些團員因健康原因或工作原因調離西戰團，又新招了一些新團員，共有團員 40 餘人。

沿途創作了很多短詩，他們將詩歌刻寫在牆壁、岩石上，不斷吹響進軍的號角。到達晉察冀邊區後，他們又將街頭詩運動在晉察冀邊區發揚光大，吸引魏巍、錢丹輝等鐵流社詩人加入進來。

1939 年初，西戰團到達晉察冀邊區，在宣傳演出之餘，自覺地承擔起鄉村藝術幹部培訓的任務，並開辦了至少四個鄉村藝術幹部訓練班。這是西戰團首次大規模正式參與到黨的文學教育活動中。1940 年上半年，西戰團主要在冀中地區活動，中共北方局書記彭真在一次演出後宣布周巍峙由副主任改任西戰團主任。西戰團進入一個新的時期，這時，西戰團的主要活動是發展鄉村文藝運動。

在前後兩次赴前線、共計 6 年多的時間內，西戰團主要從事了以下文藝教育活動。

（1）在團內組織專門的文學社團。西戰團在山西宣傳期間，田間、史輪、邵子南等詩人組織了文藝研究會，除了宣傳演出所需的編劇、通訊等工作外，他們經常利用工作之餘開討論會研究文藝問題，並計劃寫稿、出刊、聯絡其他文學團體等。1938 年春，文藝研究會改名戰地社，曾在西安《國風日報》出文藝副刊《西北文藝》，並編有《救亡》週刊的文藝欄目。早前，西戰團便曾在《新中華報》出過副刊《戰地》。西戰團離開延安後，《戰地》改為油印，克服物資不足的困難，仍堅持出刊。在周巍峙領導時期，西戰團還創辦了《詩建設》。該刊創刊於 1939 年 2 月，由田間、邵子南負責編輯，方冰製版。《詩建設》刊載了大量街頭詩，這些詩歌表達著邊區人民的抗日情緒，記錄著邊區群眾生產、擁軍、參軍的鬥爭生活。隨著時間的推移，這些詩創作中難免出現了模式化、概念化傾向，為了糾偏，《詩建設》從第 10 期開始提倡敘事詩和「更深刻的抒情詩」。但隨著整風運動的開展和大規模人事變動，出到 71 期後，《詩建設》就悄然終刊了，受戰火所累，現在只搜集到 4 期。〔註 86〕此外，抗大學員在河北成立的詩歌社團「鐵流社」也與西戰團關係密切，曾並肩戰鬥，推動了晉察冀邊區的街頭詩運動。在西戰團成立四週年時，《詩建設》還出了紀念詩選《詩建設詩選》，共收 27 位詩人 62 首詩。

（2）編輯出版西北戰地服務團叢書，共有《戰地歌聲》（一、二）、《一年》、《西線生活》、《雜技》、《雜耍》、《突擊》、《一顆未出膛的槍彈》、《呈在大風砂

〔註 86〕甄崇德：《西北戰地服務團的文學創作活動》，《新文學史料》1989 年第 1 期。

裏奔走的崗衛們》、《河內一郎》、《白山黑水》等 11 部。〔註87〕

（3）編創、排練各種劇目，在實踐中培養各種文藝人才。如前述，在第一次出發赴前線之前，西戰團就做過一個多月的準備。毛澤東指示他們「宣傳要大眾化，新瓶裝舊酒也好，舊瓶裝新酒也好，都應該短小精悍，適合戰爭環境，為老百姓所喜歡。要向群眾、向友軍宣傳中國共產黨的抗日主張，宣傳抗日救國十大綱領，擴大我們黨和軍隊的政治影響。」〔註88〕毛澤東的指示便是對西戰團成員總的精神指導，在此指示下，西戰團成員認真學習，提高思想政治水平；精心寫作劇本，排演精益求精，並且勇於嘗試各種形式，在演出後虛心聽取各方意見。就是在這種自我教育和廣納博採中，西戰團成員都快速成熟起來。

（4）開辦鄉村藝術幹部訓練班。經休整第二次奔赴前線後，為推動晉察冀邊區鄉村文藝運動，西戰團與邊區當地機關合作，開辦了至少三個鄉村藝術幹部訓練班，這是共產黨在文學教育上的一次創舉，有力地推動了鄉村文藝運動發展，為黨的文藝事業培養了大批基層幹部。

（二）文化抗戰總動員：陝甘寧邊區文化協會

陝甘寧邊區文化協會初名陝甘寧特區文化界救亡協會，成立於 1937 年 11 月 14 日，簡稱「特區文協」。1938 年 1 月，改稱「陝甘寧邊區文化界救亡協會」，簡稱「邊區文協」，1940 年 1 月第一次代表大會上正式定名為「陝甘寧邊區文化協會」。

1937 年 11 月 14 日，特區文協成立大會在陝北公學禮堂召開。周揚的開場報告流露出當時延安激昂的抗日情緒，他指出，「我們決不怕敵人的殘暴，

〔註87〕丁玲的回憶與實際略有出入，據其《延安文藝座談會的前前後後》，西北戰地服務團叢書「有八、九本集子」，實際上，《戰地歌聲》有兩集，另有丁玲回憶中沒有提及的《一顆未出膛的槍彈》、《雜技》、《白山黑水》，另外將叢書之八錯記為《呈在大風沙裏的人們》。出現差異，概因叢書編輯年代久遠，且其中有集體合作，也有個別成員編著。戰時造成消息封鎖也是一個原因，其中成員史輪參編有叢書五種，還在反掃蕩中不幸犧牲，其他西戰團成員很久之後才得知其犧牲的消息。另外，丁玲第二次並未隨西戰團赴前線，錯訛在所難免。另據張澤賢的《民國出版標記大觀》，現金能見到的西戰團叢書只有六種，有《一顆未出膛的槍彈》、《西線生活》、《一年》、《雜技》、《雜耍》、《戰地歌聲》。（參見張澤賢：《民國出版標記大觀》，上海：上海遠東出版社 2008 年版，第 670 頁。）

〔註88〕丁玲：《延安文藝座談會的前前後後》，《新文學史料》1982 年第 2 期。

我們要堅決的抗戰，挽救我們祖國的滅亡，保衛我們垂危的文化！……特區是全國抗戰的模範。那麼特區文化界的救亡工作，也應該爭取是全國的模範。」〔註89〕隨後洛甫發表了長篇報告《十年來文化運動的檢討及目前文化運動的任務》，指出今後文化界的主要任務，一要適應抗戰，二要大眾化、中國化；並希望每個文化人到群眾中、鬥爭中，到抗戰前線去鍛鍊。協會的性質便基本確定，即文藝抗戰的組織。大會通過了成立宣言和協會章程，選出艾思奇擔任主任，柯仲平擔任副主任，高敏夫擔任秘書長，柳青為文協秘書。

為達到宣傳教育的目的，「特區文協」在《新中華報》開闢《特區文藝》（後相應改稱《邊區文藝》），並發布文學通訊員的徵求函：號召特區所有文學工作者成為文學通訊員，「將生活在幾百萬心中的『特區』變為生活在四萬萬五千萬人民心中的『特區』」。認為，更多的文學工作者參與進來，用文學報告現實，對文學幹部的培養和提高，才有實質幫助。因此，在文學創作上，他們鼓勵「用速寫、特寫、通訊、報告等文藝形式反映特區人民的生活」。〔註90〕

1938 年 5 月 4 日，邊區文協發表《我們關於目前文化運動的意見》，表明了自己的文化態度，指出了所需展開的工作。他們認為，文化界人士的使命是「把自己文化的工作和抗戰的工作深相結合起來，而且要一切文化的工作服務於抗戰，服從於抗戰。」而當時亟需展開的工作主要有，「（一）大量地組織抗戰文化工作團；（二）應該普遍地建立新內容舊形式的抗戰報紙雜誌；（三）建立民間戲劇、歌曲改進會；（四）普遍組織抗戰平民教育促進會；（五）出版界應該彼此聯繫組織；（六）普遍組織『戰時文化局』」。〔註91〕

相對地，邊區文協主要從事了以下文藝教育活動：

1. 推行黨的文學和文化政策

1940 年 1 月初，邊區文協召開第一次代表大會。這次大會是延安文化界規模空前的會議，各界都非常重視，中共兩大報刊《新中華報》和新創刊的《中國文化》對會議情況予以大篇幅報導。會議籌備為期一個月，各項工作非常精

〔註89〕鍾敬之、金紫光主編：《延安文藝叢書・文藝史料卷》，第 19 頁。
〔註90〕孫國林、曹桂芳編著：《毛澤東文藝思想指引下的延安文藝》，石家莊：花山文藝出版社 1992 年版，第 854 頁。
〔註91〕《我們關於目前文化運動的意見》，原載《解放》第 39 期，《紅色檔案 延安時期文獻檔案彙編》編委會編：《紅色檔案 延安時期文獻檔案彙編・解放・第 2 卷（第 21 期至 40 期）》，西安：陝西出版傳媒集團，陝西人民出版社 2013 年版，第 478～482 頁。

細、認真。「艾思奇、丁玲，同几個文化青年，……討論好籌備的步驟和人選，實際工作便開始。所有文化界的先輩，同各文化機關與團體的領導者，都被聘積極地參加了這一工作。」「文協的同志們，停止自己或公家的一切工作，集中力量，為完成這次代表大會的任務而努力。一部分同志調查並整理從抗戰來全國的出版物，搜集各式各樣各黨各派的文化言論；供給領導文化工作的同志總結抗戰文化運動的參考。一部分同志則到邊區各處，訪問各種文化工作情形；臨近的機關學校團體，則請其自寫詳細報告；供給從抗戰以來邊區文化運動的總結作參考。……籌備大會中間，邊區文協對全國抗戰文化運動作了個全面的檢閱；對邊區文化運動也更深入的考查了一番。每個工作者，對文化戰線都加強了認識與學習。」〔註92〕

經過有序籌備，大會於 1940 年 1 月 4 日正式開幕。與會代表基本囊括了陝甘寧邊區文化界各界人士，可謂規模空前：「包含文化界的先輩，新舊文化人，作家，藝術家，文化青年和文藝青年，各機關團體學校軍隊工廠的文化工作者和軍隊學校工廠的文藝小組組員。自然科學界，醫藥衛生界，也都積極參加。個人代表，團體代表，達四百五十餘人。加上臨時旁聽的，每日到會人數總在七百人以上」。〔註93〕會議持續了 9 天。吳玉章致開幕詞，洛甫、艾思奇、周揚、羅邁、李初梨、陳康白、蕭向榮、蕭三、丁玲等分別就各自相關工作作了專題報告。第六天，毛澤東作了《新民主主義的政治與新民主主義的文化》（即《新民主主義論》）的主題報告。這次大會首次將延安文藝與文化限定在「新中國」的理論框架裏，對延安文藝給予了新的文化定位，「文藝抗戰」被明確為短期目標，相關文藝政策成為臨時政策，建設「新中國」與「新文學」成為所有文化界人士需要為之長期奮鬥的目標。相應地，黨的文學教育也就有了明確的短期目標和長期目標之分。但意想不到的是，文藝界潛存的分歧日益表面化、矛盾化了。由於「抗戰」議題不再具有統攝一切的特性，在一些具體問題的看法上，個體差異乃至矛盾便凸顯出來。在短期目標與長期目標孰先孰後、哪個重要的問題上，集中體現在普及與提高的齟齬。在文學教育領域，出現了正規化與專門化的傾向。時任中宣部部長洛甫的報告及其主導制定的寬鬆人才政策，為這種學術自由空間的生長提供了可能性。某種程度上可以說，這次大會推行的文化政策及其帶來的文化界思想變化，為日後的整風運動埋

〔註92〕師田手：《記邊區文協代表大會》，《中國文化》第一卷第二期。
〔註93〕師田手：《記邊區文協代表大會》，《中國文化》第一卷第二期。

下了伏筆。大會也確定邊區文協為陝甘寧邊區總的文化領導機關。

邊區文協的另一項重要工作便是組織抗戰文藝工作團。從 1938 年 5 月開始，先後組織了 6 組工作團，分赴晉察冀、晉東南、晉綏、冀魯豫等邊區活動。抗戰文藝工作團由邊區文協和八路軍總政治部聯合領導，目標是搜集前線資料，向全國介紹抗日根據地情況；建立文藝組織，推動群眾文藝運動；從事群眾工作，宣傳抗戰；普及革命文藝；舉行座談會，交流文藝工作經驗。抗戰文藝工作團第 1 組於 1938 年 5 月出發，8 月返回延安，劉白羽任組長，成員有金肇野、林山、歐陽山尊、汪洋；第 2 組於 1938 年 8 月出發，次年 3 月返回，組長是雷加，成員有高敏夫、周葦明；第 3 組於 1938 年 11 月出發，次年 4 月返回，組長是卞之琳，成員有吳伯蕭、馬加、野蕻、林山；第 4 組於 1939 年 4 月出發，1940 年返回，成員有劉白羽和莎塞；第 5 組於 1939 年 9 月出發，1942 年 12 月返回，成員有周而復和魯藜；第 6 組 1940 年 4 出發，不久返回，蕭三帶隊，成員有郁文、胡考。

2. 創辦專業文學社團和文藝小組

為更好地推動延安文藝運動發展，邊區文協著手推動組建文藝界的專門團體。1938 年 9 月 11 日，陝甘寧邊區文藝界抗戰聯合會成立。1939 年 5 月 14 日，陝甘寧邊區文聯轉為全國文協分會，改稱「中華全國文藝界抗敵協會延安分會」，簡稱「文抗」或「文抗」延安分會，並繼續作為邊區文協的團體會員。

邊區文協還組建了戰歌社、山脈文學社、文化俱樂部、延安新詩歌會等專門文學社團。戰歌社成立於 1937 年 12 月。首任社長劉御，其赴前線後由邊區文協副主任柯仲平兼任，成員主要有林山、呂劍、魏巍、朱子奇、胡征、李雷、周潔夫、王榮、師田手、公木、徐懋庸、李又然等。在柯仲平領導下，戰歌社活動較為頻繁，還在一些單位設立分社或興趣小組，並經常開會討論，推動詩歌創作和詩朗誦活動，並相互評點、及時汲取經驗。戰歌社的年輕詩人除了自己創作和朗誦詩歌，還參與街頭詩運動，並與其他文學社團取得聯繫。1938 年 10 月 15 日，戰歌社和戰地社等社團，發起成立了延安詩歌總會。1940 年 6 月，戰歌社召開了一次社員大會，繆海稜、師田手、劉御、戈壁舟、公木、王亞凡、王若望、陸石、張驚秋等 32 名新老社員參會。會議推舉柯仲平繼續擔任社長，並提出「加強組織、深入工作」作為戰歌社的工作目標。當年 9 月，與山脈文學社聯合出詩刊《新詩歌》。1940 年 12 月，戰歌社全體社員加入新成立的延安新詩歌會，不

再以戰歌社的名義活動，《新詩歌》成為新詩歌會機關刊物。

山脈文學社成立於 1938 年 11 月，成員以抗大、「魯藝」學員為主。在成立大會上，決定社員集體加入邊區文協，並到各單位建立文藝小組，廣泛發展社員，推動群眾文藝運動，還選出社務委員會，負責日常事務運營。山脈文學社發起的初衷在於幫助文學青年發表作品，決定出機關刊物《山脈文學》，並請毛澤東題寫刊名。1938 年 10 月底，刊物正式創刊時定名為《山脈詩歌》，「山脈」二字便取自毛澤東題字。受經費和物資所限，《山脈詩歌》只出刊約 10 期便終刊。山脈文學社也參與在各單位建立了多個文藝小組，並多次舉行文藝晚會，還邀請丁玲到會講其創作經驗。山脈文學社成員變動也比較頻繁，社員多隨團奔赴前線工作。1940 年 12 月，全體社員加入新成立的延安新詩歌會，不再單獨活動。

延安新詩歌會成立於 1940 年 12 月 8 日，由蕭三、柯仲平等發起，聯合了戰歌社、戰地社和山脈文學社等社團和「魯藝」文學系的部分師生參與。成立大會上，選出了蕭三、柯仲平、何其芳、繆海稜、郭小川等任執行委員，主要負責人是蕭三和柯仲平。會上，蕭三著重強調了新詩歌大眾化的意義，這也成為新詩歌會的主要方向。蕭三還擔任會刊《新詩歌》主編，這是延安第一個專門的詩歌期刊，主要發表新詩歌會會員作品。蕭三在編輯中受列寧政黨政治美學影響，堅持「文藝的功利主義」〔註94〕因物資困難，《新詩歌》曾在延安和綏德兩地堅持出刊，綏德版還請毛澤東題寫了刊名，但分別僅堅持出了 6 期便終刊。詩刊終刊後，新詩歌會仍堅持活動了一段時間。1942 年 10 月 22 日，新詩歌會聯合其他文學團體舉辦了一次詩歌大眾化問題座談會，蕭三、艾青、郭小川、魯藜、天藍等 40 餘人參會，討論的議題主要有詩歌大眾化的內容和形式、詩人與大眾的結合問題、大眾化運動如何展開等。座談會後不久，受整風運動影響，新詩歌會停止了活動。

文化俱樂部經洛甫提議而成立於 1940 年 1 月，目的是為廣大作家提供一個交流的場所，以便開展文化活動、增進作家的團結。蕭三擔任俱樂部主任。「所謂俱樂部，也就是擁有三四間比較寬綽的窯洞，一個平臺，平臺上用蒿草放在木架上，搭了一個涼棚。這便是非常適宜的開會地址。」〔註95〕邊區文協

〔註94〕蕭三：《我與詩（代序）》，蕭三：《蕭三詩選》，北京：人民文學出版社 1985 年版，第 3～4 頁。

〔註95〕劉錦滿：《油印本〈新詩歌〉集目拾記》，《新文學史料》1982 年第 2 期。

文化俱樂部展開的文藝教育活動主要有：1941 年 7 月 27 日艾青作報告《中國詩人》；1941 年 8 月 20 日雪葦報告《文學學習的幾個問題》；1941 年邊區文協文藝顧問委員會邀請延安作家每隔一周在文化俱樂部作文學報告，包括陳荒煤的《主題與典型》、劉雪葦的《文學的發源及其發展》、周揚的《現實主義》、艾思奇的《文學與生活》、何其芳的《欣賞與批評》、丁玲的《漫談〈子夜〉》、茅盾的《中國文學運動史》、周文的《阿 Q 正傳》等；1942 年 1 月 4 日，文化俱樂部舉行詩歌晚會艾青、蕭三、柯仲平、高長虹、公木等朗誦各類新舊詩歌作品；1942 年 9 月 10 日，文化俱樂部推動街頭文化運動，搭建了街頭藝術臺，設立「街頭詩」、「街頭小說」和「街頭畫報」等三種牆報。此外，文化俱樂部還經常舉辦中外文化名人的紀念活動，主要有：1941 年 5 月 31 日，文化俱樂部聯合新詩歌會舉辦屈原紀念座談會；1941 年 12 月 14 日，延安文化界在文化俱樂部悼念是年 7 月去世的丘東平；1942 年 2 月 10 日，文化俱樂部舉行普希金逝世 105 週年紀念會；1942 年 2 月 18 日，文化俱樂部舉辦「毛澤東日」，除毛澤東著作展覽外，徐特立報告《毛澤東片段》，張如心報告《怎樣學習毛澤東》，蕭三報告《毛澤東童年》；1942 年 4 月 12 日，舉行馬雅可夫斯基逝世 12 週年紀念，除了朗誦馬雅可夫斯基的詩作，艾青等還提出繼承馬氏詩歌之路，把詩推向街頭、推向大眾。此外，文藝月會的例會也常在文化俱樂部舉行。整風開始後，文化俱樂部受到較大衝擊，活動趨於沈寂。

3. 創辦文學刊物

延安的文學發表園地一度比較貧瘠，邊區文協成立之後便著力解決這個問題。邊區文協的作家們先是成立了《文藝突擊》社，開始主要出壁報，仍不能滿足創作和閱讀的需求，於是劉白羽提議出鉛印的刊物《文藝突擊》，得到艾思奇、柯仲平的支持，曾在《文藝突擊》壁報發表作品的解放社印刷廠文藝小組主動承擔印刷任務。刊物於 1938 年 10 月 16 日創刊，由於物資緊張，最初幾期為油印四開四版，初定為月刊，第 2 期改為半月刊，但還是因為紙張緊缺而出到第 4 期後中斷出刊。後來又斷續出過兩期後，終於還是被迫停刊。艾思奇曾談到延安出版印刷的困難，「邊區出版上所有著的困難和缺點，主要地是在於紙張困難，不能不限制印刷份數，因此供不應求。又因此，文藝方面的出版物沒有力量印刷，文藝方面的出版物，直到現在，除文協曾經出過幾期《文藝突擊》及準備中的《中國文化》外，還只有手工印刷的木刻集油印刊物之類，

這不能不說是一個應該急謀設法補救的重要缺點。」〔註96〕《文藝突擊》曾出過魯迅逝世兩週年紀念特輯和工廠文藝特輯，還曾設立「民族形式問題」討論專欄，對引導延安文學研究和創作起到一定作用。

《大眾文藝》是在第一次邊區文協代表大會召開後，在《文藝突擊》的基礎上恢復出刊的，創刊於 1940 年 4 月 15 日，是年 12 月 15 日終刊，共出 9 期。《大眾文藝》由周文任主編，蕭三負責編輯，它的投稿人範圍比較廣，當時在延的名作家幾乎都是它的作者。《大眾文藝》的主要特色是開闢多種專欄，如第 1 卷第 4 期登載了「魯藝」文藝工作團的通訊報告；第 1 卷第 5 期開設了「魯迅先生六十生辰紀念」和「八路軍誕生十三週年」專欄；第 2 卷第 1 期又開設「紀念魯迅先生」專欄；第 2 卷第 2 期則是為「魯藝」文學系第 1 期學員在參加創作實習課時的習作而設的「秋收特輯」，附有教員沙汀和嚴文井的指導《如何寫人物》；第 2 卷第 3 期開闢「戲劇專號」，登載了戲劇系教員張庚的講義《什麼是戲劇》等。1941 年 2 月 25 日，《大眾文藝》改由周揚任主編，並改名為《中國文藝》，但正式出版了 1 期便悄然終刊。

《中國文化》創刊於邊區文協第一次代表大會後的 1940 年 2 月 15 日，1941 年 8 月終刊，前後共出 15 期，艾思奇擔任主編，它由邊區文協主辦，是其機關刊物。《中國文化》在刊出內容上分為 4 個版塊，文化討論、學術研究、文藝創作和文壇廣告等，它也在發行中不斷調整。第二卷第一期的「編後」交待了它的編輯原則和工作調整，它的編輯原則是「本刊研究欄的文章，是一般自由討論性質的作品，這裡每一篇文章的觀點和見解，是不需要一致的，各種相反的意見，都可以在這裡出現」。在工作上的調整是：「對於文化運動的每一問題的具體發揮，今後想儘量多做一些，為此目的，我們準備開短評一欄，來討論每一個別的文化問題」；今後將在論戰方面「也要努力去做」；對於幫助一般讀者的理論研究上，「今後擬設問答欄，解答理論研究中所提出的一些問題，講座也打算補充一些」。〔註97〕這樣，《中國文化》成為容納百家、百花齊放的文化園地，文學、歷史、哲學，政論，等等，幾乎無所不包，它還記錄了「魯藝」文學系、魯迅研究會和文抗延安分會等機構的資料、記錄了「民族形式問題」論爭等文學思潮，成為解讀延安思想動向的珍貴文獻。不過，制約它發行

〔註96〕艾思奇：《抗戰中的陝甘寧邊區文化運動二十九年一月六日在邊區文協第一次
　　　代表大會上的報告》，《中國文化》第一卷第二期，第 27 頁。
〔註97〕《編後》，《中國文化》第二卷第一期，16 頁。

的主要因素仍是紙張等物資緊缺，在刊行中也曾提高刊物單價。1941 年 8 月
的第三卷第二、三期合刊，曾登載《編後記》，「為紀念抗戰四週年，結集了幾
篇關於抗戰以來文化各部門發展的研究文章，成為這一個專集」〔註98〕。因為
篇幅等原因，另有若干文章暫時留用，本打算另行刊出，但沒想到這個《編後
記》成為其最後的「編輯者說」，《中國文化》悄然終刊了。

4. 聯絡、紀念、徵文、研究等活動

邊區文協在成立後不久便於 1938 年 2 月 13 日組織了邊區文化界反侵略
動員大會；同月 21 日，組織文藝工作者就劇本《血祭上海》舉行研討會；2 月
26 日，協會下屬戰歌社舉行詩歌朗誦會。

其他大型活動還有：1938 年 6 月 18 日，邊區文協在抗大舉行高爾基逝世
二週年大會。會上，周揚指出應該學習高爾基的反抗精神、現實主義、反市儈
主義。其他紀念活動還包括朗誦高爾基經典作品《海燕》、演唱《高爾基紀念
歌》、撰寫悼念文章等。高爾基逝世週年紀念以後也得以延續下來，也帶動了
關於高爾基作品和美學思想的研究。比如蕭三的《高爾基底社會主義美學觀》
就曾在《中國文化》第一卷第一、二期連載。1938 年 10 月 19 日，邊區文協
主持了魯迅逝世二週年紀念大會。毛澤東、周揚、丁玲、沙汀、柯仲平、徐懋
庸等 13 人組成大會主席團。周揚、丁玲、徐懋庸和沙可夫等相繼作專題報告，
「魯藝」派人朗誦了魯迅的詩歌。

除了紀念文化名人以給邊區群眾思想洗禮外，邊區文協還曾發起多次徵
文活動，給邊區文學創作以引導。1938 年 4 月 28 日，邊區文協組建徐懋庸、
艾思奇、劉白羽、柯仲平、高敏夫、林山、徐雉七人編委會，發起《五月在延
安》的徵稿啟事，動員文學作者「多面地普遍地來描寫五月的延安」，並建議
作者們關注沒有寫作表達能力的工人、農民、商人、士兵、婦女、兒童、雜物
人員等，代他們記錄他們的生活，並將時空定格在 1938 年 5 月的延安。經過
編委會的篩選、校對、編輯，文集定名為《五月的延安》，於 1939 年出版。文
集分為九部分，包括報告文學、詩歌、散文等 55 篇。

邊區文協還推動延安文藝實踐和理論研究。1938 年 8 月 7 日，邊區文協
和西戰團部分成員發起了「街頭詩運動日」，帶動了街頭詩運動熱潮。1939 年
3 月 13 日，邊區文協組建了創作生產委員會，準備用各種文學藝術形式如實

〔註98〕《編後記》，《中國文化》第三卷第二、三期，3 頁。

記錄正在發生著的大生產運動，並計劃編選其中的集體創作作品。1939 年 6 月，邊區文協組建了文藝顧問委員會，意在解決各團體和文學青年文學活動中存在的問題，並請專人就創作等文藝問題作報告，其中丁玲曾在 1939 年 6 月 25 講《關於創作上的一般問題》，何其芳和沙汀等人從前線回延後曾作報告介紹前線情形和前線文藝工作的經驗。1939 年 8 月，邊區文協召集了延安文藝工作者擴大會議，主要討論「抗戰文藝動向」問題，實際上是又一次文學教育。

（三）文藝抗戰：中華全國文藝界抗敵協會延安分會

中華全國文藝界抗敵協會延安分會成立於 1938 年 9 月 11 日，初名「陝甘寧邊區文藝界聯合會」，簡稱「邊區文聯」，它是邊區文協內的作家發起成立的文學組織，意在「選拔幹部、供給文藝食糧、建立抗戰中的文藝理論」。經過成立大會討論，確定今後的主要工作任務是「要普遍的建立文藝小組，要號召大批文藝幹部到前線去，要出版文藝刊物，要建立正確的文藝理論」。[註99]會議選出了執委會，負責日常組織、聯絡等事宜。

它最初是邊區文協下屬協會，這一時期的文學教育活動主要有：成立後旋即成立了文藝小組工作委員會，使得帶有業餘文藝學校性質的文藝小組變得組織化、規範化，幫助更多的機關、工廠、學校等單位組建了自己的文藝小組，並聯繫作家指點小組成員創作、幫助看稿、舉行座談等。邊區文聯為了擴大文學園地，還創辦了文學月刊《文藝戰線》，該刊由周揚主編，編委會成員有：丁玲、成仿吾、艾思奇、沙可夫、沙汀、李伯釗，何其芳、周揚、柯仲平、荒煤、劉白羽、夏衍、陳學昭、卞之琳、周文、馮乃超。該刊面向全國發行，以發表文學作品為主，間有文學理論和世界文學通訊，「是一個統一戰線，它是所有站在民族立場上的作家共同的地盤」。[註100]在這一方針下，該刊自 1939 年 2 月 16 日創刊到 1940 年 2 月 16 日終刊，一直堅持加強作家的團結、反對宗派主義，並提倡現實主義創作，還號召文學創作者加強理論批評工作，深入生活、深入群眾。出完六期後，該刊擬「改成一個時間間隔較長的季刊」，遂宣告停刊。邊區文聯還曾積極組織作家上前線，先後派出十餘人參加抗戰文藝工作團到晉察冀等邊區工作。

為了加強與全國文協的聯繫，邊區文聯改為全國文協分會，並更名為「中

[註99] 林茫：《我們的「文聯」成立了》，原載《新中華報》1938 年 9 月 20 日，鍾敬之、金紫光主編：《延安文藝叢書・文藝史料卷》，第 343～344 頁。
[註100] 周揚：《我們的態度》，《文藝戰線》第一卷創刊號，第 1 頁。

華全國文藝界抗敵協會延安分會」，簡稱「文抗延安分會」或「延安文抗」。最
初既接受邊區文協的領導，同時也是全國文協的分支機構。成立大會於 1939
年 5 月 14 日召開，「先由主席周揚報告籌備經過及成立分會之意義，繼由卞之
琳代表文協抗戰文藝工作團第三組報告出發前線工作情形及所獲的經驗與教
訓，末由蕭三報告最近蘇聯文壇之動態」〔註 101〕。隨後推選出理事會和常務
理事等機關組織，日後文抗延安分會組織架構有所調整，增選理事和常務理
事，另設立總務部、組織部、出版部、研究部。文抗延安分會最初會員 67 人，
先後駐會的作家達 40 餘人。此後，由於成員流動，文抗延安分會還在各解放
區成立了若干分會，有晉西分會、晉東南分會、晉察冀分會等。

　　1940 年 4 月，文抗延安分會成立近一年後，曾向全國文協報告會務近
況。其中的文學教育活動如下：「組織方面：……2.本分會直接領導的文藝小
組，在工廠、部隊、學校、機關先後建立起來的共 19 個單位，29 個小組，
包含組員 325 人，由組織部經常領導討論寫作工作。3.由本分會派出的抗戰
文藝工作團共六組：第一組由劉白羽領導，第二組由雷加領導，第三組由卞
之琳領導，第四組由劉白羽領導，第五組由周而復領導，均已先後前往山西、
河北、山東等地工作；近復組成第六組，由蕭三領導，前往晉西北工作。」
在出版方面，「本分會出版的《文藝突擊》，已滿一卷，經第二屆理事會擴大
會議，決定改名《大眾文藝》，將內容改變為適合於對文藝大眾教育的刊物，
現已開始出版一卷一期，……出版通俗的文藝叢書，專供給前線士兵和群眾
閱讀」。在研究方面，「在研究部之下成立了文學顧問委員會，聘請作家擔任，
經常替各文藝小組看稿，並每月出席文藝小組一次，作各種文藝報告。西外
則負編印文選、介紹讀物的責任。每月由研究部召開文藝座談會三次，文藝
演講會一次。」〔註 102〕

　　由於形勢變化、成員之間的矛盾加深等因素，1941 年 7 月，文抗延安分
會正式脫離邊區文協，只受全國文協單一領導。「單幹」後，文抗延安分會於

〔註 101〕　《中華全國文抗會延安分會成立》，原載《新中華報》1939 年 5 月 19 日，鍾
　　　　　　敬之、金紫光主編：《延安文藝叢書‧文藝史料卷》，長沙：湖南文藝出版社
　　　　　　1987 年版，第 365 頁。
〔註 102〕　丁玲、蕭三、周揚、周文、曹葆華：《向總會報告會務近況》，原載《大眾文
　　　　　　藝》第一卷第一期，選自《紅色檔案　延安時期文獻檔案彙編》編委會編：
　　　　　　《紅色檔案　延安時期文獻檔案彙編‧大眾文藝‧第一卷（第一期至第六
　　　　　　期）》，第 64～65 頁。

1941 年 8 月 3 日召開第五屆會員大會。「周文、吳伯蕭分別報告上屆理事會與四年來文抗分會工作。」其中涉及文學教育活動的有：（1）文藝小組，已經在工廠、機關、學校、部隊等 45 個單位中成立了 85 個文藝小組，擁有組員 668 人；（2）抗戰文藝工作團，前後共組織 6 組，22 人，走遍了整個華北各抗日根據地；（3）文藝顧問委員會，共組織文藝講座、文藝座談會 20 到 30 此，共看稿 400 多篇；（4）文藝刊物，先後編輯《文藝戰線》、《文藝突擊》、《大眾文藝》、《中國文藝》；（5）文藝月會，由會員自發組成，舉行座談會 9 次，已出《文藝月報》7 期；（6）創辦星期文藝學園，擁有正式學生百人，學制兩年。大會還通過決議，提請「邊區政府決定並轉呈國民政府頒布八月三日為文藝節」議案，並商議具體方案。〔註 103〕

文抗延安分會於 1941 年 10 月 18 日成立了延安作家俱樂部，作為會員和駐會作家們的活動所在。俱樂部設在藍家坪，由作家們自己修葺、裝飾而成。自成立之日起，其活動便不限於文抗延安分會，成為延安的一個文化活動中心。文抗的作家們主要在這裡探討創作和文藝思想問題，互相交流經驗、批評指正。此外，星期文藝學園第二學期將學習場所遷至延安作家俱樂部，這裡成了「魯藝」之外的又一個固定的文學教育園地，文抗作家們在這裡講授既定課程，與「魯藝」遙相呼應。1941 年 12 月 14 日，延安各文藝刊物編輯聯席會曾在作家俱樂部召開，會議商討確定了各個刊物的性質和方向，提出各刊之間應加強聯繫，交換稿件並交流經驗。整風運動後，延安作家俱樂部則成為曾經的教員——文抗延安分會作家們接受教育、改造思想的地方。

1941 年 11 月 15 日，文抗延安分會創辦了另一份會刊《穀雨》。《穀雨》有意淡化了派系性質和論爭色彩，不再組織作家集會，純粹發表各類文學作品。《穀雨》由丁玲、艾青、舒群和蕭軍等輪流擔任編輯，並由當期編輯負責，因此《穀雨》刊發作品風格較為多樣，較有包容性。「魯藝」師生的部分作品也得以在《穀雨》上發表。出完 6 期後，隨著整風運動開始而終刊。

（四）直面現實的作家集會：文藝月會

文藝月會成立於 1940 年 10 月 19 日，由文抗延安分會的作家丁玲、蕭軍、舒群發起，初衷是「提高文藝創作興趣，展開文藝討論空氣」。〔註 104〕由於丁

〔註 103〕 中華全國文藝界抗敵協會延安分會第五屆會員大會記錄（專載），《中國文化》第三卷第二、三期，第 98～99 頁。

〔註 104〕 《簡記文藝月會‧第一次座談會》，《文藝月報》第 1 期，1941 年 1 月。

玲、蕭軍等人鮮明的個人風格，文藝月會實際上成為一個「以文藝批評與創作來充實延安文藝堡壘的先鋒隊」。為突顯這一自由風格，文藝月會不設常備機關和幹部，而是採用臨時推選、輪流擔任的主席負責主持當次例會。月會設立秘書一人，最初是洛男，後改為高陽，負責會議記錄、整理等。文藝月會創辦有會刊《文藝月報》。

1940 年 10 月 19 日，文藝月會召開第一次座談會，同時宣告文藝月會的正式成立。參會的除發起人外，有師田手、周揚、周立波、何其芳、陳荒煤、雪葦、周文等近 30 人。會議商討了文藝月會的性質、任務，《文藝月報》的編輯方針，並確定了座談會的形式及下次座談會的內容。由於當日時值魯迅逝世四週年，大會還就此討論以紀年魯迅。此後，文藝月會大約每個月都舉行一次不拘形式的座談會，由《文藝月報》記錄下來的就有九次。文藝月會座談會上討論的範圍非常廣泛，從各自創作或理論上的具體問題到一般的文藝理論、文壇動態等。座談會每次圍繞一個或幾個中心問題展開討論，討論時發揚自由民主的作風，甚至會展開辯論而不影響會員的團結。第二次座談會上，會員們提出了一些有益的建議，跟文學教育有關的有：作家活動必須要有文藝刊物，出版文藝書籍；組織下鄉、上前方的文藝工作團；作家要深入文藝小組，使文藝小組與有經驗的作家取得聯繫，提高邊區的文藝興趣和水平；提高對文藝的認識，開展文藝理論活動。其中，幫助文藝小組一條實施得最好。第五次例會中的一個重要議題便是創辦星期文藝學園的問題，會員們就學制、課程、招生等關鍵問題紛紛提出自己的設想，但可惜的是受客觀因素影響，很多設想都沒能實現。大約也是從第五次會議開始，會上會下、組織內外，論戰的空氣越發濃鬱起來，自由討論的風格越來越難以維持。「對壘」雙方主要是文抗部分作家與「魯藝」部分師生，焦點是歌頌與暴露問題，其中影響最大的就是蕭軍、艾青、舒群、羅烽、白朗等人與周揚的論戰。周揚曾於 1941 年 7 月 17 日至 19日在《解放日報》連載《文學與生活漫談》，批評「作家寫不出東西的苦悶」實際源於沒有體驗實際生活，作家應該到生活中去，既看到生活中的「黑點」，更應看到生活中的光明面。周揚的文章引起蕭軍等人極大不滿，經過商討，遂由蕭軍執筆，艾青、舒群、羅烽、白朗等署名，寫出《〈文學與生活漫談〉讀後漫談集錄並商榷於周揚同志》，就周揚提出有關問題逐條與之辯論。經過一些曲折，文章最終發表在文藝月會的陣地《文藝月報》上。實際上，這是一場夾雜著「新仇舊恨」的論戰，並不單純是文藝主張的分歧。這場論戰及其暴露

的論戰主張，給日後的整風和延安文藝座談會提供了鮮活的第一手資料，也影響了論戰參與者的命運走向。〔註105〕

此外，除了固定的、規模較大的文藝座談會，文藝月會會員們還會就某一問題自發組織起來進行小範圍的討論。除了這種相對間接的文學教育外，文藝月會還參與直接的文學教育，熱情幫助文藝小組，從 1940 年 11 月 26 日到 1941 年 3 月 31 日，約四個月時間內，先後為學生療養院、邊區師範、馬列學院、供給學校、邊保教導營、女大、陝公、青幹校、清涼山印刷廠、抗大等單位的文藝小組舉辦了十二次巡迴座談會，非常有針對性地解答文藝小組組員們提出的文藝理論、創作技巧和小組工作中遇到的問題，效果很好。

文藝月會的一項重要工作便是編輯會刊《文藝月報》。《文藝月報》創刊於 1941 年 1 月 1 日，緊隨文藝月會而產生。它的編輯方針在第一次文藝月會座談會上大體確定下來，最初幾期是丁玲、舒群和蕭軍三人合編，從第 7 期到第 12 期，由蕭軍主編。在他們的力主堅持下，《文藝月報》以批評之風立世。在選材上，經商議和調整，每期登載綜論文藝現象的社論一篇，小說一篇，雜文、詩歌、消息、通訊等若干，作品流派不限；因文抗負責星期文藝學園的教學工作，也儘量刊發一些學員的習作〔註106〕。從第 13 期到終刊的第 17 期，由舒群主編，較蕭軍主編時期編輯風格有所收斂，即便是評論和批評，也多是就事論事，論戰色彩不再那麼濃了。總的來說，這 17 期《文藝月報》所登載的批評文章及其引發的論戰，還是起到了一定的導向作用，實際發揮了文學批評教育的職能。此外，它如實記錄了文藝月會的部分活動情況，記錄了星期文藝學園的辦學經歷及部分學員的成長。可以說，《文藝月報》是延安文藝教育的重要文獻。

〔註105〕 比如蕭軍，抗戰勝利後到東北不久就受到批判；再如羅烽、白朗在共和國成立後的反右鬥爭中被劃為右派分子，理由之一便是此次與蕭軍等人聯名發表的文章被視為「反黨文章」。
〔註106〕 例如第 16 期還專門辦了《延安星期文藝學園結束紀念特輯》。

第三章　面向實際與深入生活的延安文藝教育

隨著整風運動自上而下深入的開展和延安文藝座談會的召開，延安文藝教育有了最重要的「教材」。在全面落實《在延安文藝座談會上的講話》精神的過程中，黨的文學教育模式開始確立，文學教育與革命戰爭的聯繫越發緊密，我們黨開始在文學領域建立理論自信並越發堅定從容。這加速了黨的文學美學規範的確立和文學範式的轉型。

在統一規範下，延安文藝教育開始面向實際，要求所有文藝教育的參與者都應「深入生活」。這個「實際」就是廣大工農兵群眾的生活和鬥爭，「生活」則是最多數人尤其是農民和士兵的生活（人民的生活）。在《講話》精神的指引下，延安文藝教育確立了為人民服務的最高原則，從教育目標到教育內容、教育方法都做了相應調整，作家、學員等紛紛下鄉或下部隊，參加實際的生產勞動或戰鬥，經受面向實際的「再」教育，進而走上「新」的文學道路。

1942 年 5 月 2 日至 23 日，延安文藝座談會召開。會議在分在三天舉行，在會議的開始和結束兩次討論中，毛澤東分別講了《引言》、《結論》，是為《在延安文藝座談會上的講話》。5 月 30 日，毛澤東再次到延安魯藝講話，提出「小魯藝」和「大魯藝」問題，號召廣大師生深入工農兵生活和鬥爭的實際。6 月，批判王實味的運動擴展到整個延安文化界，王實味被定性為托派分子，其文藝思想成為反動的敵對的文藝思想。是年，《解放日報・文藝》、《穀雨》、《文藝月報》、《草葉》等先後停辦或停刊。6、7 月間，歐陽山尊將《講話》精神傳達到晉西北地區，晉西北文藝工作者此後下鄉或進部隊，在實際鬥爭中改造思

想。這是最早將《講話》傳播至陝甘寧邊區以外地區。10 月 18 日，陝甘寧邊區文化界紀念魯迅逝世六週年大會上，蕭軍發表《紀念魯迅——檢查自己》，引發激烈論戰，論戰中不乏溢出黨的文學要求的觀念，暴露出陝甘寧邊區文壇依然存在一些不利於深化推進黨的革命事業的聲音，折射出延安文藝教育的持久性和必要性。這次論戰更加堅定了我們黨的理論自信，堅定了以文藝教育的方式持續推進知識者改造的選擇。

　　1943 年 2 月 6 日，陝甘寧邊區召開邊區勞動英模大會，會後出現了寫英雄、表模範的創作熱潮。這開啟了全面貫徹落實《講話》精神的熱潮。3 月 10 日，中央文委、中組部召開黨的文藝工作者會議，號召文藝工作者深入工農兵，改造自己。隨後延安魯藝師生投入大生產運動，展開各種形式的競賽。與此同時，黨對整個文學界動態的管控日益嚴格。4 月 2 日，陝甘寧邊區政府發布《關於民眾團體重新登記的命令》〔註1〕，限令各民眾團體依法登記，違者依法論究。4 月 26 日、27 日又連發三則政府令，要求書報檢查、登記並封存反動書報〔註2〕。4 月 22 日，中共中央發布「黨務廣播」《關於延安對文化人工作的經驗介紹》〔註3〕，認為「應該用整風運動來檢查文化人的思想，檢查我們對文化人的工作」。5 月，文抗延安分會成員開始陸續下鄉。「舊」作家被「打壓」下去，「新」作家開始冒出來，秧歌劇《兄妹開荒》和小說《小二黑結婚》先後問世，成為工農兵方向的文藝標杆，秧歌劇的創作和表演迎來高潮。10 月 19 日，經修改後的《在延安文藝座談會上的講話》全文發表於《解放日報》。次日，中央總學委發布通知稱，《講話》是黨內外整風的必讀文件。11 月 7 日，中宣部發布《關於執行黨的文藝政策的決定》，明確提出，「毛澤東同志《講話》的全部精神，同樣適用於一切文化部門，也同樣適用於黨的一切工作部門。全黨應該認識這個文件不但是解決文藝觀文化觀問題的教育材料，並且也是一般的解決人生觀與方法論問題的教育材料，中央總學委對此已有明確指示，鑒於根據地知識分子大多數都是受過小資產階級、資產階級或地主階級文藝的

〔註1〕《紅色檔案 延安時期文獻檔案彙編》編委會編：《紅色檔案　延安時期文獻檔案彙編　陝甘寧邊區政府文件選編　第 7 卷》，西安：陝西人民出版社 2013 年版，第 171 頁。

〔註2〕詳見《紅色檔案 延安時期文獻檔案彙編》編委會編：《紅色檔案　延安時期文獻檔案彙編‧陝甘寧邊區政府文件選編‧第 7 卷》。

〔註3〕胡采主編：《中國解放區文學書系　文學運動‧理論編　2 卷》，重慶：重慶出版社 1992 年版，第 18～20 頁。

深刻影響的,在他們中間尤須深入地宣傳這個文件」〔註4〕,明白無誤地確定《在延安文藝座談會上的講話》為黨的文藝政策。延安文藝在文學上的理論自信姿態越發從容。隨後,各文學團體分別組織魯藝秋歌隊、文協民眾劇團、西北文藝工作團等下鄉宣傳。

　　1944 年 1 月,新編歷史劇《逼上梁山》因符合工農兵方向而受到毛澤東書面表揚。同月,晉綏地區第四屆群英會召開,給與會者提供了大量素材,此次會議在文學上的最大收穫便是長篇小說《呂梁英雄傳》。2 月,延安新華書店、華北書店正式出版《在延安文藝座談會上的講話》單行本。2 月 25 日,晉綏邊區文聯「七七七」文藝獎金委員會發起抗戰七週年文藝獎金評比,旨在貫徹毛澤東文藝思想、紀念抗戰七週年並表現工農群眾英勇事蹟。該獎分小說報告文學、劇本歌曲、連環圖畫和年畫等三類作品,要求內容以表現工農兵對敵鬥爭為主,形式和語言力求通俗。3 月 22 日,在中共中央宣傳委員會宣傳工作會議上,毛澤東發表《關於陝甘寧邊區的文化教育問題》〔註5〕,指出陝甘寧邊區的學校要著重聯繫實際,要搞好普通教育和幹部教育,把邊區變作一個大學校,每一個鄉就是一個學校。5 月,解放社出版《馬克思主義與文藝》,此書將毛澤東、魯迅的文藝論述納入馬克思恩格斯列寧的文藝思想體系內。周揚為此書寫了序言,高度肯定了《講話》的理論價值和實踐意義,是《講話》權威化中的重要文獻〔註6〕。是年,我們黨開始注意糾偏整風中的過度行為。5 月 24 日,延安魯藝與自然科學院、延安行政學院一起併入延安大學後,舉行首個開學典禮,毛澤東到會並向受委屈者脫帽鞠躬致歉,指出「整風是好的,審幹也做出了成績,只是在搶救運動中做得過分了,打擊面寬了些,傷害了一部分同志,戴錯了帽子」〔註7〕。5 月 27 日,因艾青的《秧歌劇的形式》,毛澤東寫信向胡喬木指示,該文可刊發並印成小冊子,可以起到教材的作用。6 月 30 日歐陽山的《生活在新社會裏》與

〔註4〕中共中央宣傳部:《關於執行黨的文藝政策的決定》,劉增傑、趙明、王文金等編:《抗日戰爭時期延安及各抗日民主根據地文學運動資料‧上》,太原:山西人民出版社 1983 年版,第 276 頁。

〔註5〕毛澤東:《關於陝甘寧邊區的文化教育問題》,人民教育出版社編:《毛澤東論教育(第三版)》,北京:人民教育出版社 2008 年版,第 195～200 頁。

〔註6〕周揚:《馬克思主義與文藝——〈馬克思主義與文藝〉序言》,劉增傑、趙明、王文金等編:《抗日戰爭時期延安及各抗日民主根據地文學運動資料‧上》,太原:山西人民出版社 1983 年版,第 294～306 頁。

〔註7〕張志清、孫立、白均堂:《延安整風前後》,南京:江蘇文藝出版社 1994 年版,第 189 頁。

丁玲的《田寶霖》同時發表在《解放日報》，毛澤東讀後於7月1日給二位作家寫信大加褒揚，這意味著被改造的作家走上新的文學道路。10月30日，陝甘寧邊區文教工作者會議上，毛澤東發表《文藝工作中的統一戰線》〔註8〕，再次強調文學教育要面向實際，指出「統一戰線的原則有兩個，第一個是團結，第二個是批評、教育和改造」；「我們的文化是人民的文化，文化工作者必須有為人民服務的高度的熱忱，必須聯繫群眾，而不要脫離群眾」；在文化教育工作中，有兩條原則，「一條是群眾的實際上的需要」，「一條是群眾的自願，由群眾自己下決心」。12月25日，毛澤東在安排1945年的任務時指出，「為著戰勝日本侵略者，……還要注意文教工作」，「陝甘寧邊區文教工作會議所指出的方向，各地都可以適用」，「各地政府與黨組織，均應將報紙、學校、藝術、衛生四項文教工作，放在自己的日程裏面」。〔註9〕

　　1945年1月，陝甘寧邊區群英大會召開，又一次掀起表現英雄模範的創作熱潮。1月12日，《解放日報》發表《關於發展群眾藝術的決議》。此後，《兄妹開荒》等秧歌劇創作演出不斷，秧歌劇運動達到高潮。2月，集體創作的優秀代表《白毛女》開始在延安魯藝排演，並於6月10日首演，取得巨大成功，引發評論熱潮。4月24日，在中共七大上，毛澤東發表《論聯合政府》的報告，其中總結了當時文化教育的經驗教訓，並指出中國應當建立自己的民族的、科學的、人民大眾的新文化和新教育，而今後教育的主要對象是農民和工人，主要任務是掃除文盲，文化教育工作者應在工作中根據實際，採取適宜的內容和形式。5月起，作為延安文藝教育的最新成果，孫犁部分作品開始在《解放日報》等報刊發表，顯示了黨的文學的新的可能性。日本投降後，陝甘寧邊區文化界奉命陸續組織文藝工作團奔赴華北、東北，開闢新的文學陣地，將陝甘寧邊區的文學教育經驗傳播至其他解放區。

　　從其發生發展的過程來看，延安文藝教育本質上是毛澤東文藝思想指導下的新民主主義文學教育。作為無產階級革命事業的有機組成部分，它既服務於民族戰爭和革命戰爭，又為構建社會主義新中國提供思想和人才儲備。

　　延安文藝教育所走過的軌跡、所展現的形態、被賦予的政治期許、被寄予

〔註8〕毛澤東：《文藝工作的統一戰線》，人民教育出版社編：《毛澤東論教育（第三版）》，北京：人民教育出版社2008年版，第206～208頁。

〔註9〕毛澤東：《一九四五年任務》，人民教育出版社編：《毛澤東論教育（第三版）》，北京：人民教育出版社2008年版，第209頁。

的情感訴求，不可避免地匯聚在重建新的「卡里斯瑪權威」的歷史進程中，而這又可以從中央領導的文化理想和黨的人才政策、文藝政策裏得到闡釋。

一、中央領導的文化理想

「列寧和毛澤東都曾論述文化與教育促使落後民族進入社會主義的重要功能；他們都相信無產階級意識本身不會因生產力的發展而自發產生；……他們兩人都認為教育是很重要的。但列寧所強調的是組織的教育、專家教育和政治教育；而毛澤東所強調的教育（雖然他並不排斥上述的那些類型）則是向群眾灌輸恰如其分而必需的社會與道德的思想和價值，用以轉變群眾的心智和精神。」〔註10〕雖然毛澤東是馬克思主義者，但其解決中國問題時的思路顯然是中國式的「借助思想文化以解決問題」。

林毓生在評述清末民初中國意識的危機時，引入了西方「卡里斯瑪」這個概念。這為我們理解毛澤東及中國共產黨部署文化事業提供了一個新的視角。「卡里斯瑪」原為基督語彙，芝加哥大學的社會學家席爾斯（E. Shils）加以引申，認為「它不僅指具有創造性的人物的特殊素質，而且指能與最神聖——產生『秩序』的——泉源相接觸的行為、角色、制度、符號以及實際物體」〔註11〕。現代社會學對「卡里斯瑪權威」的研究揭示，「真正的個人自由與『卡里斯瑪權威』密不可分。一個人的思想和行為總要有所根據，如果社會的文化中沒有強有力的『卡里斯瑪權威』起著示範作用，那麼許多人的內心勢必非常貧乏。……而『卡里斯瑪權威』在社會中的出現與發揮作用，有賴於一個有生機的傳統，僵化的傳統和激烈的全面反傳統都妨礙著『卡里斯瑪權威』的產生。」〔註12〕在中國，卡里斯瑪就是普遍王權的思想，這在中國古典文化中已根深蒂固。〔註13〕它是「中國文化和社會的整合性的結構，雖歷經漫長歲月，但它並未發生本質上的改變。」〔註14〕普遍王權意味著「王」代表著一個社會文化的宗教和精神權威，他既是擁有世俗威權的「帝王」，又是秉承神的意志和道德修行的「天子」。換句話說，「普天之下，莫非王土，

〔註10〕林毓生：《中國意識的危機——「五四」時期激烈的反傳統主義》，穆善培譯，貴陽：貴州人民出版社1988年版，第4頁。
〔註11〕林毓生：《中國意識的危機》，第428頁。
〔註12〕林毓生：《中國意識的危機》，第428頁。
〔註13〕林毓生：《中國意識的危機》，第18頁。
〔註14〕林毓生：《中國意識的危機——「五四」時期激烈的反傳統主義》，穆善培譯，貴陽：貴州人民出版社1988年版，第22頁。

率土之濱，莫非王臣」，「王」表徵著中國人的倫理綱常、人生理想等一整套文化秩序和道德理想。「王道」是承載這一切的「進身之階」和終極目標。窮其一生，中國文化人的終生志業便是這樣一條精神通道：近王，仕王，終而達到「內聖外王」，這是文化人的使命之一。

正因為普遍王權蘊涵著一條必要的價值鏈環，近代以來強勢異質文明侵入造成的普遍王權跌落，必然產生社會——政治秩序的解體，也無可避免地導致文化——道德秩序的崩壞。「在過去高度整合的中國社會中所形成的思想和價值叢聚，在文化與道德系統解體以後不是敗壞，便是脫臼；或者說，傳統的文化和道德的框架已不復存在了。那些欲堅持或捍衛傳統思想和價值的人們將被迫去尋求新的辯護理由」。〔註15〕可以說，普遍王權的跌落正是中國人近代以來陷入精神困境的表徵。文化體系的崩塌和威權中心的跌落，社會必然需尋找並重建新的威權中心。我們黨在文學領域追求和堅持黨性原則，進而奪取文化領導權、在整個革命文化工作中貫徹毛澤東文藝思想，正是順應了中國近代以來走出精神困境的歷史要求。〔註16〕

毛澤東等中央領導當然不知道所謂「卡里斯瑪權威」說，不過他卻深諳馬克思主義（尤其是列寧主義）和中國文化的精髓。全面抗戰進入相持階段後，中國共產黨面臨著民主建國（或說建設新中國）的巨大歷史契機。毛澤東曾說自己是「馬克思加秦始皇」〔註17〕，顯然是針對這一歷史契機而言。這固然有領導藝術與技巧的策略考量，卻不能否認毛澤東有借馬克思主義理論武器開創中國歷史文化新格局的抱負。秦始皇對中國歷史走向的意義不言而喻，毛澤東此說顯然意在開闢新的功業，成為古今第一等的聖人。另一方面，這也是文化發展的參與者——廣大知識者的一個主動選擇。「三千年未有之變局」後，中國文化意義與價值規範的迷失，文化人產生了對民族歷史與文化的幻滅感

〔註15〕林毓生：《中國意識的危機——「五四」時期激烈的反傳統主義》，第 23～24 頁。

〔註16〕林彪出逃外蒙和「文化大革命」的失控，中斷了這種趨勢，甚至於將這種文化創建完全打亂，中國人的文化精神生活一方面出現理論真空，一方面跌入精神虛無狀態。隨著西方思潮在 1970 年代末以來重新大規模湧入中國，中國文化重新陷入某種無中心狀態，近於後現代所謂「多元化」，但好不容易建立起來的理論自信也幾乎喪失掉了。時至今日，這一文化威權的重建仍未完成。而且需指出的是，是否再需要新的威權尚存疑問。

〔註17〕陳登才主編：《毛澤東的領導藝術》，北京：軍事科學出版社 1993 年版，第 28 頁。

和虛無感〔註18〕。對於文化、文學的長期失範、失序，廣大知識者自然也是不滿的，必然尋求建構一個新的文化權威。在西方理論資源中「兜兜轉轉」之後，中國人終於意識到，借助辯證法的勾連，「馬克思主義是唯一能夠同時滿足中國現代知識分子三大需要的精神資源：一方面維繫著中國繼續走向『現代』的通道，一方面可以反抗『西方』，另一方面又能在中國恢復、重建強力的威權主義社會、政治與文化。」〔註19〕

　　這是在「民主建國」這一歷史契機面前中國共產黨及其主要領導的選擇，也是中國左翼知識者的選擇，寄寓著人們的文化理想。尤其是毛澤東，他「終其一生都為其英雄主義的理想所激蕩。」〔註20〕

　　毛澤東少年時期便已有大抱負，立下「自信人生二百年，奮當擊水三千里」的豪邁誓言。16 歲時在湘鄉東山高等學堂入學考試的題目是《言志》，毛澤東將古人所作詩歌稍作改動〔註21〕，寫下《七古·詠蛙》：「獨坐池塘如虎踞，綠楊樹下養精神。春來我不先開口，哪個蟲兒敢作聲？」已經不是「王侯將相寧有種乎」的噴歎，而是氣定神閒地指點江山，頗有一副俾睨天下、獨坐廟堂的天子氣象。這明顯超越了「學而優則仕」的傳統文人的路數。單獨評析此詩或難得此結論，若結合毛澤東革命生涯和詩詞創作，那麼便不難理解。這種情緒和思考在更為著名的詞《沁園春·長沙》和《沁園春·雪》裏得到了進一步張揚。彼時，毛澤東已非古之所謂「同學少年」，其「書生意氣」劍指古時聖賢，「糞土當年萬戶侯」，因為，「俱往矣，數風流人物，還看今朝」，要再造一個新世界！

　　毛澤東的革命思想在青年讀書時期便逐漸成熟。他的可貴之處在於，他將這些豪言壯語付諸刻苦而堅定的實踐，中央蘇區的委屈沉潛時如此，遵義會議後慷慨激昂也未變。他在《〈倫理學原理〉批註》裏便袒露了欲將勤勉苦修的宏

〔註18〕清末民初的全盤性反傳統思潮是這種歷史虛無感之後的應激反應，1925 年《京報》副刊「必讀書目」事件是其又一次形象注解。

〔註19〕李潔非、楊劼：《解讀延安——文學、知識分子和文化》，北京：當代中國出版社 2010 年版，第 126 頁。

〔註20〕張緒山：《毛澤東棋局中的魯迅——從「假如魯迅還活著」說起》，《炎黃春秋》2009 年第 6 期。

〔註21〕當然此詩原作者究竟是誰，尚無定論。《毛澤東詩詞史話》作者蕭永義指出，「所謂的《詠蛙》詩，很可能流傳已久，而且有多種版本。最初的作者未必就是鄭震谷（既見之於民國《天水縣志》，又見之於湖北《英山縣志》就很可疑），也未必就是嚴嵩。毛澤東幼年、少年時看過或聽過這首詩後曾加以改寫引用的可能性是存在的。」蕭永義：《毛澤東詩詞史話》，北京：東方出版社 1996 年版，第 3 頁。

願：「實現非此之謂，乃指吾之一生所團結之精神、物質在宇宙中之經歷，吾人務須致力於現實者。如一種行為，此客觀妥當之實事，所當盡力遂行；一種思想，此主觀妥當之實事，所當盡力實現。」〔註22〕。他曾發出「問蒼茫大地，誰主沉浮」的喟歎，曾有「我是極高之人，又是極卑之人」的感悟，但其志顯然不在於此。「一萬年太久，只爭朝夕」，他爭取的就是在有限的時間內實現終極自我。這個終極自我，就是古今罕有之聖人。「在他那氣吞山河，雄視百代的『言志』詩中，明言『秦皇漢武，略輸文采；唐宗宋祖，稍遜風騷』，言下之意，這些神武聖王都不過是武功差強人意而已，至於『文采』、『風騷』則不足道哉。『略輸』、『稍遜』貌似謙恭，實則是高傲的自負。對於號稱一代天驕的成吉思汗，一句『只識挽弓射大雕』，將這位功略蓋天地的世界征服者變成了一介趦趄武夫。『俱往矣，數風流人物，還看今朝』，讓人看到了一種氣勢如虹的雄心，一種『五百年必有王者興』，舍我其誰，當仁不讓的使命感：毛不僅要建立超越千古帝王的武功，而且還要實現流芳百世的『聖人』理想。」〔註23〕

毛澤東嚮往的理想人物並非功名顯赫卻德行有虧的帝王、豪傑，而是立德立言的萬世師表。毛澤東早年的「修身」筆錄和給友人的信中袒露了他的心聲：其中摘錄王船山的文章說，「有豪傑而不聖賢者，未有聖賢而不豪傑者也。聖賢，德業俱全者；豪傑，歉於品德，而有大功大名者。」〔註24〕在毛澤東給友人的信中說，「愚於近人，獨服曾文正」，原因是曾國藩在豪傑與聖賢兩者德業之間「完滿無缺」〔註25〕。還說，「吾之意與孟子所論浩然之氣及大丈夫兩章之意，大略相同」〔註26〕。對於現代人，毛澤東獨推重魯迅，甚至在1971年的一次談話時說，「魯迅是中國的第一個聖人。楊昌濟的話更加明白：『帝王一代帝王，聖賢百代帝王。』」〔註27〕「中國第一個聖人不是孔夫子，也不是我，我算賢人，是聖人的學生。」〔註28〕但這話我們只能看取一半，聯繫魯迅在延安被「改造」的經

〔註22〕 中共中央文獻研究室、中共湖南省委《毛澤東早期文稿》編輯組編：《毛澤東早期文稿1912.6～1920.11》，長沙：湖南出版社1990年版，第203～204頁。
〔註23〕 張緒山：《毛澤東棋局中的魯迅——從「假如魯迅還活著」說起》，《炎黃春秋》2009年第6期。
〔註24〕 中共中央文獻研究室、中共湖南省委《毛澤東早期文稿》編輯組編：《毛澤東早期文稿1912.6～1920.11》，長沙：湖南出版社1990年版，第589頁。
〔註25〕 《毛澤東早期文稿》，第85頁。
〔註25〕 《毛澤東早期文稿》，第220頁。
〔註27〕 《毛澤東早期文稿》，第591頁。
〔註28〕 盧志丹：《毛澤東品國學》，北京：國際文化出版公司2012年版，第404頁。

歷和毛澤東的革命生涯，可推出此話一方面是毛之自謙，另一方面寄寓著毛澤東等中共第一代領導人的文化理想：像孔孟一樣建立現代中國人的思想文化體系。

對於如何實現這一目標，毛澤東也有非常清醒的認知，謂之「為生民立道，相生相養相維相治之道也；為萬世開太平，大宗教家之心志事業也。」要想成就此志，當如「大宗教家」終身志其事業。自古以來「志其事業者」大體有兩類人，「有辦事之人有傳教之人。前如諸葛武侯范希文，後如孔孟朱陸王陽明等是也。」兩相對比，高下立判。帝王縱有秦皇漢武唐宗宋祖之豐功偉業，亦不過是「辦事之人」，空有功業，而無主義。所謂聖賢，屬於「傳教之人」；張載所說的「為往聖繼絕學，為萬世開太平」，便是聖賢的終生理想。除此之外，他認為還有第三類人，即「辦事而兼傳教之人也」，曾國藩就是這一類人。〔註29〕而他自己所追求的就是做這第三類人，就是他自己所說的「馬克思加秦始皇」。這就是毛澤東終其一生奮鬥不息的理想事業：既辦事（無產階級革命），又傳教（馬克思主義中國化）。毫無疑問，這兩者缺一不可，只辦事不傳教，只能「鞠躬盡瘁死而後已」；只傳教不辦事，只能空歎「逝者如斯夫，不捨晝夜」。

毛澤東這種「辦事傳教」、「內聖外王」的文化理想，使他對「教育」有一種執念；革命戰爭的殘酷又使他依賴權力並善於發動社會力量以支撐他對各項事業的絕對掌控。「為了實現自己摧毀舊政權的抱負，毛澤東文武兼用，充分利用一切可以利用的文化思想資源。」〔註30〕文學藝術教育顯然是可以取得現實成效並打下長遠基礎的有力工具。通過外在政策的規定、內在知識傳授和思想培育，我們黨快速地培養了第一批毛澤東文藝思想的信奉者，再由這些信奉者推而廣之。借著革命階段性成功累積的巨大聲望和行之有效的全黨整風運動，毛澤東的個人地位得到空前提高。〔註31〕延安文藝教育在夾雜著個人崇拜和共和國想像的多種思緒運作下，短短幾年間便完成了文學意識形態的「更

〔註29〕《毛澤東早期文稿》，第 591 頁。

〔註30〕張緒山：《毛澤東棋局中的魯迅》。其中一個重要的文化資源，便是重新闡釋魯迅，發掘魯迅的革命文化價值，將魯迅納入毛澤東所主導的無產階級文化體系中。

〔註31〕這裡提及一個有趣的現象：筆者兒時（上世紀八十年代末）跟小夥伴玩耍時，偶而會攀比誰比較屬害，爭著說「我是孫悟空」、「我是玉皇大帝」、「我是觀世音菩薩」、「我是如來佛祖」，小夥伴以為，有神佛傍身便是「屬害」的了，所謂長生不老、永恆。但最後贏了的人卻是因為說了「我是毛主席」。想來，毛澤東所著力塑造的「至聖先師」的形象，至少在一定時空內是實現了的。

新換代」，建立了全新的文學範式，甚至也推動了中國知識和學術的「本土現代化」，使我國在此後較長一段時間內在思想文化上不再「唯西方馬首是瞻」。不過，黨的文學教育參與文化創造的這種模式也在所難免地出現僵化現象，所以這就成了日後文學藝術教育的癥結〔註32〕所在。

　　為了實現終極文化理想，毛澤東常常不是以「領導人」或「家長」、而是以「老師」的形象出現在延安文藝教育實踐中的。《講話》的整體話語風格便近乎老師口吻。引言部分提出五個問題供人們思考、解答。結論也以老師口吻強調，「我們討論問題，應當從實際出發，不是從定義出發。如果我們按照教科書，找到什麼是文學、什麼是藝術的定義，然後按照它們來規定今天文藝運動的方針，來評判今天所發生的各種見解和爭論，這種方法是不正確的。我們是馬克思主義者，馬克思主義叫我們看問題不要從抽象的定義出發，而要從客觀存在的事實出發，從分析哲學事實中找出方針、政策、辦法來。我們現在討論文藝工作，也應該這做。」〔註33〕這些話有理有據，說得從容、穩健、務實，娓娓道來，以不容置疑的肯定語氣強調自己的原則，指出了過去和當前「學生」在文藝活動中的問題，並給出了方法論的指導、提出了要求。以《講話》為核心，延安文藝教育逐漸塑造出毛澤東的另一個不常被人提起的角色：老師。這在一個機構和兩份文件中體現得淋漓盡致。1942 年 6 月 2 日，中共中央總學習委員會成立。它由毛澤東主持負責，直接領導中央直屬機關分區學習委員會、軍委直屬系統分區學習委員會、陝甘寧邊區系統分區學習委員會、文委系統分區學習委員會和中央黨校學習委員會。中央總學習委員會的成立，對加強整風學習運動，起了重要作用，也為中國共產黨以教育實現文化想定了總基調。1943 年 10 月 20 日，中央總學委發布《關於學習毛澤東〈在延安文藝座談會上的講話〉的通知》，明確指出，《講話》「是毛澤東同志用通俗語言所寫成的馬列主義中國化的教科書」〔註34〕，從而凸顯毛澤東的「老師」形象。毛澤東在《關於陝甘寧邊區的文化教育問題》裏

〔註32〕將文學教育納入整個革命事業的整體進程中，必然犧牲文學教育本身的個性化訴求；人們談論文學教育時主要從革命戰爭需要出發，往往會從文學教育規律出發。如過於強調意識形態而有意無意規避藝術性，過於強調集體意志而忽略個性主張，過於強調普及而忽略提高，過於強調民族趣味而視野變窄，等等。

〔註33〕毛澤東：《在延安文藝座談會上的講話》，中央文獻研究室編：《毛澤東文藝論集》，第 55 頁。

〔註34〕中央檔案館編：《中共中央文件選集　第 14 冊　1943～1944》，北京：中共中央黨校出版社 1992 年版，第 102 頁。

又指出要把邊區變作一個大學校，是其「老師」身份的進一步強化。這樣，毛澤東在很多具體問題上，都以老師口吻給人以諄諄教導，這也成為很多受教者心悅誠服地接受黨的文學教育的重要原因。如《解放日報・文藝》出了「問題」，毛澤東便在會議上說，「《解放日報》要考試」。

　　實際上，這既迎合了傳統知識者的「尊師重道」的理念，從而使傳統知識者心悅誠服地投身革命文藝隊伍；又從正面宣揚了毛澤東文藝思想，鞏固和完善了毛澤東思想體系，從而最終服務於構建新政權新國家的意識形態體系。不過需要注意的是，出於《講話》所具體指出的現實分析，毛澤東此時的觀點仍是實用主義的〔註35〕的。只不過，經周揚等毛澤東文藝思想信徒的權威闡釋，毛澤東就成為真理代言人，《講話》被真理化、權威化、普遍化了。這種傳播過程的機械僵化操作，顯然並不在老師毛澤東的理論設計的考量範圍內。

　　有學者將毛澤東定位為「20 世紀中國文學第一人」，主要是基於「『毛文體』那無所不在的影響」，這讓中國文學迎來了一個「毛澤東時代」。〔註36〕。我們認為，這其實是毛澤東追求其文化理想的自然結果。他的這種文化理想深刻地回答了「中國人如何走出家國危機和精神困境」的問題，而文學教育則是勾連起這一文化理想與普羅大眾的關鍵環節。順此思路，我們不僅能認清延安文藝教育的本質，更能進一步認識清楚整個解放區文學、理順「現代」與「當代」的關係。我們對 20 世紀中國文學史、教育史的認識也便更加清晰，其背後的運行邏輯、成績與癥結，文壇的焦慮、躁動、痛苦、無奈、悲喜沉浮，都受之影響並能得到解釋。

〔註35〕毛澤東並不諱言功利主義，甚至直接明言，「唯物主義者並不一般地反對功利主義，但是反對封建階級的、資產階級的、小資產階級的功利主義，反對那種口頭上反對功利主義、實際上抱著最自私最短視的功利主義的偽善者。世界上沒有什麼超功利主義，在階級社會裏，不是這一階級的功利主義，就是那一階級的功利主義。」（《毛澤東文藝論集》第 68 頁）儘管他給自己的姿態附加了「我們是無產階級的革命的功利主義者，……我們是以最廣和最遠為目標的革命的功利主義者」這一政治和道德的正確性，但我們卻也應該認識到《講話》和座談會都只是權宜之計，再聯繫毛澤東的個人藝術趣味，我們就更加肯定了這一判斷。

〔註36〕李潔非、楊劼：《解讀延安——文學、知識分子和文化》，北京：當代中國出版社，2010 年版，第 123～124 頁。

二、延安文藝座談會與黨的文藝政策的調整

縱向地看，延安文藝座談會的召開是對中央蘇區文學工作經驗的自然移植。經瞿秋白的再闡釋與文藝實踐〔註37〕，毛澤東擎起了列寧文藝思想的大旗。杜書瀛指出，「毛澤東是列寧政黨政治美學最忠實且富有創造性的中國繼承者、傳播者、發揚光大者、發展者和積極實踐者。」〔註38〕毛澤東雖說想做「馬克思加秦始皇」，並準備「去見馬克思」，但「就文藝思想而言，其基本精神和關鍵之點卻是學列寧。毛澤東是名副其實的列寧的學生，是列寧（經瞿秋白）的再傳弟子，得列寧之真傳。毛澤東創造性地發展了列寧。」〔註39〕

瞿秋白精通俄文，從 1920 代初旅居俄蘇期間開始，陸續翻譯了托爾斯泰、果戈理、契訶夫、普希金、盧那察爾斯基、帕甫倫珂、高爾基等人的小說、戲劇，撰寫了《俄國文學史》、《勞農俄國的新文學家》、《赤俄新文藝時代第一燕》等論著，介紹俄蘇文學發展概況，推薦俄羅斯名家小說，充分地肯定了俄蘇文學在世界文化發展中的重要地位；還翻譯列寧、高爾基等人的文論，尤其是列寧論托爾斯泰的《列甫·托爾斯泰像一面俄國革命的鏡子》和《L.N 托爾斯泰和他的時代》等重要論文，在《海上述林》裏「詳細介紹和引述了列寧《黨的

〔註37〕 毛澤東與瞿秋白曾在中央蘇區長期共事，而兩人都兼具藝術才情和革命氣質，恰巧當時都在黨內鬥爭中比較失意，很容易有「同是天涯淪落人」的惺惺相惜，「時常坐在樹蔭下、草地上，背靠背，互相酬唱，抒發心中的不平和憤慨」。（參見蔡桂林：《秋白之華：瞿秋白傳》，324 頁。）經由情感共鳴，自然容易引起理念認同。李又然的回憶錄記錄延安文藝座談會前其與毛澤東談話的一個細節：李又然說，「毛主席，文藝界有很多問題！」隔了許久，毛澤東氣憤地說，「怎麼沒有一個人，又懂政治，又懂文藝！」李又然接道，「要是瞿秋白同志還在就好了！」這句話一定對毛澤東有很深的觸動，導致他「始終一動不動地站在那裏，頭深深埋著」，李又然走時還罕見地沒有去送。（參見李又然：《毛主席——回憶錄之一》，《新文學史料》1982 年第 2 期。）

〔註38〕 杜書瀛：《新時期文藝學前沿掃描》，北京：中國社會科學出版社 2012 年版，第 196 頁。

〔註39〕 杜書瀛較為獨到地指出了馬克思恩格斯的文藝思想與列寧文藝思想的不同之處：馬恩的美學「核心在現實主義，即真實地描寫，創造典型環境中的典型性格」。「列寧的著眼點不再是馬恩黨內強調的現實主義、寫真實、創造典型環境中的典型性格，而是突出強調『黨的文學的原則』，即文學事業要成為黨所開動的革命機器（黨的整個革命事業）的『齒輪和螺絲釘』。」「列寧創建了無產階級或社會主義或革命共產黨人的一種新的美學：以文學的黨性原則為標誌、為旗幟的列寧美學（文藝思想）。它的一個最為人稱道的地方是它的民眾性，眼睛向下，看到廣大人民群眾的利益，鮮明地提出『文學要為千千萬萬勞動人民服務』」。參見杜書瀛：《新時期文藝學前沿掃描》，第 189～193 頁。

組織和黨的文學》的主要內容」〔註40〕。可以說瞿秋白對俄蘇文學和俄蘇文藝理論有著非常精深的理解。這在他與魯迅並肩作戰和領導蘇區文化建設時得到了充分的驗證，他將其從俄蘇取來的經應用在了一系列文化實踐上。比如對於「意識形態領導權」的強調，在領導蘇區文化工作時，提出「話劇要大眾化、通俗化，要採取多種形式為工農兵服務」。瞿秋白還認為，五四總體上是失敗的，因為它是由資產階級領導的，所以有必要重新來一次無產階級領導的五四。這都是日後毛澤東發表《講話》的重要經驗和理論基礎。在人才匱乏、資源短缺的中央蘇區，無產階級自己的知識者隊伍短期內無法壯大起來，利用舊知識者對蘇維埃政權的長遠發展有著至關重要的作用，這一政策在延安基本得到了繼承。

相較於馬克思恩格斯的文藝理論，列寧根據形勢的變化，突出強調「黨的文學的原則」，將文學事業視為共產黨領導的無產階級總的事業中的一部分；談到文學的黨性與自由的辯證統一時，自由是黨性統一規約下的自由，即自由是第二位的，黨性才是第一位的。這樣的文學更加強調文學的大眾化，要為億萬勞動人民服務。再經由周揚等人對蘇聯文藝實踐經驗和理論的及時介紹，黨的文藝政策基本成形，即為階級鬥爭和抗戰鬥爭服務，為工農兵大眾服務。這從根本上規定了革命的文學藝術工作者要深入實際，實踐文藝大眾化之路，堅決依靠革命文學隊伍中的左派以壯大革命力量，在創作原則和方法上堅持「抗日的現實主義和革命的浪漫主義」〔註41〕相結合。

在列寧美學基礎上，毛澤東更加強調文學的工農兵方向，強調文學事業之於革命事業的絕對從屬地位和工具性質，突出了政黨政權對於文學事業的介入。〔註42〕也就是說，相比於列寧對「專家教育」的重視，毛澤東強調去知識者化的「大眾教育」，強調黨對於各項事業和知識者的絕對控制。這是對列寧美學的極端發展，王實味的慘案僅僅是一個開端，開創了以政治權力解決文學創作問題、文學思想問題和學術觀念問題的先河。共和國成立後，隨著毛澤東文藝思想的確立及強化，中共開始實現對新中國文藝工作的全面領導。由於中共領導的革命鬥爭取得了史無前例的巨大成功，中共及其領導人

〔註40〕杜書瀛：《新時期文藝學前沿掃描》，第 195 頁。
〔註41〕毛澤東：《為魯迅藝術學院週年紀念題詞》，中央文獻研究室編：《毛澤東文藝論集》，第 24 頁。後改為「革命的現實主義和革命的浪漫主義」。
〔註42〕杜書瀛：《新時期文藝學前沿掃描》，北京：中國社會科學出版社 2012 年版，第 198 頁。

獲得了人們心悅誠服的尊重、愛戴和服從，解放區尤其是延安的各項工作經驗得以自然而然地照搬到全國其他地區，而且日益具有了真理性和權威性，不得質疑。這種情勢發展的結果便是極左思潮的深入發展，並進而導致「文化大革命」的爆發。

同為列寧弟子的葛蘭西〔註43〕提出了文化領導權和有機知識分子問題。他指出，通過奪取資產階級的文化領導權來瓦解資產階級的集體意志，從而為最終奪取資產階級的政權創造歷史條件。「一個社會集團能夠也必須在贏得政權之前開始行使『領導權』（這是贏得政權的首要條件之一）；當它行使政權的時候就最終成了統治者，但它即使是牢牢地掌握住了政權，也必須繼續以往的『領導』」。〔註44〕而統治階級的形成「需要逐步而持續地吸收結盟集團所產生的積極分子——甚至是吸收那些來自敵對集團和貌似勢不兩立的積極分子，而這是通過具有不同效力的方法取得的。在此意義上，政治領導權僅僅成為了統治職能的一部分，而大量吸收敵人的精英分子意味著砍了它們自己的頭以及往往持續很長時間的毀滅。溫和派的政策清楚地表明，甚至在掌握政權之前可能也必然存在著霸權活動，而且為了行使有效的領導權，就不應該單單指望政權所賦予的物質力量。」〔註45〕因為「並不存在任何獨立的知識分子階級，但每個社會集團都有它自己的知識分子階層，或者往往會形成一個這樣的階層；然而，歷史上（確實的）進步階級的知識分子在特定的環境下具有一種吸引力，致使他們歸根結底要以制服其他社會集團的知識分子而告終」。〔註46〕這樣，「任何在爭取統治地位的集團所具有的最重要的特徵之一，就是它為同化和『在意識形態上』征服傳統知識分子在作鬥爭，該集團越是同時成功地構造其有機的知識分子，這種同化和征服便越快捷、越有效」。〔註47〕葛蘭西所領導的「意大利無產階級革命沒有成功，沒有建立無產階級政權，故他所闡發的只是『革命』前（或掌握政權前）的『文化領導權』理論。」〔註48〕這種挑戰同樣存在於尚未奪得全國政權的中國共產黨。

〔註43〕杜書瀛：《新時期文藝學前沿掃描》，第194頁。

〔註44〕〔意〕安東尼奧·葛蘭西著：《獄中札記》，曹雷雨、姜麗、張跣譯，北京：中國社會科學出版社2000年版，第38頁。

〔註45〕〔意〕安東尼奧·葛蘭西著：《獄中札記》，曹雷雨、姜麗、張跣譯，北京：中國社會科學出版社2000年版，第38～39頁。

〔註46〕葛蘭西：《獄中札記》，第40頁。

〔註47〕葛蘭西：《獄中札記》，第5～6頁。

〔註48〕杜書瀛：《新時期文藝學前沿掃描》，第195頁。

　　全面抗戰爆發後，大批知識青年奔赴延安〔註 49〕，使延安幾乎一夜之間由「革命聖地」變為「文化聖地」。隨著知識者不斷湧來，黨的人才政策也經歷了一個曲折的變化過程。包括蘇區時期在內，共產黨內部都曾長期有這樣一種聲音，對包括小資產階級在內的傳統知識者是拒斥的。傳統知識者不僅被認為不具有革命性，還被認為是反動的、危害革命的。毛澤東、瞿秋白、洛甫、周恩來等人對此作出過抗爭。〔註 50〕這一方面顯示出對人才的需求確實迫切，另一方面則顯示了對於解放區的制度優勢確實自信。毛澤東認為，「對文化人、知識分子採取歡迎的態度，懂得他們的重要性，沒有這一部分人就不能成事。……任何一個階級都要用這樣的一批文化人來做事情，地主階級、資產階級、無產階級都是一樣，要有為他們使用的知識分子。在他們這個階級完全知識化以前，還要利用別的階級出身的知識分子。」〔註 51〕為了盡可能多地吸納各種傾向進步的知識者，團結一切可以團結的力量，毛澤東等中共領導人盡可

〔註 49〕據《延安自然科學院史料》記載，「1938 年上半年一直到秋天可以說是一個高潮。……像 1938 年夏秋之間奔赴延安的有志之士可以說是摩肩接踵，絡繹不絕的。每天都有百八十人到達延安。……在赴延安的這些人員中，有很大一部分都是知識分子，從國內外的大學畢業生到高中、初中甚至小學畢業的學生都有。」（參見《延安自然科學院史料》編集委員會編：《延安自然科學院史料》，北京：中共黨史資料出版社，北京工業學院出版社 1986 年版，第 384 頁。）這些人中，有各級黨組織委派而來的，而更多的是慕名自發而來。到抗戰後期，延安知識者隊伍已達數萬人，撐起了共和國人才儲備的雛形。

〔註 50〕遵義會議救正了「左」傾冒險主義錯誤。1935 年 8 月，中共發表的通稱「八一宣言」的《為抗日救國告全體同胞書》，誠懇宣告「共產黨願意立刻與中國一切願意參加抗日救國事業的各黨派各團體（工會、農會、學生會、商會、教育會、新聞記者聯合會、教職員聯合會、同鄉會、致公堂、民族武裝自衛會、反日會、救國會等等），各名流學者，政治家，以及一切地方軍政機關，進行談判共同成立國防政府問題」。（參見何沁主編：《中國革命史參考資料》，北京：北京大學出版社 1992 年版，第 161 頁。）擺出了誠懇合作的姿態，但黨內依然有不和諧的聲音，「只有三天的革命性」、「招他們是危險的」，云云。就像瞿秋白耐心反覆勸說高爾基戲劇學校的學員一樣，毛澤東和中共有關部門不得不在多個場合以多種形式糾正這種錯誤偏向。諸如毛澤東在 1935 年 12 月瓦窯堡黨的活動分子會議上的報告《論反對日本帝國主義的策略》、《大量吸收知識分子》，洛甫的《抗戰以來中華民族的新文化運動與今後任務》、《中央宣傳部、中央文化工作委員會關於各抗日根據地文化與文化人團體的指示》，《總政治部　中央文委關於部隊文藝工作的指示》，《解放日報》社論《歡迎科學藝術人才》，等等，逐步將人才政策的戰略地位提高。

〔註 51〕毛澤東：《文藝工作者要同工農兵相結合》，選自中共中央文獻研究室編：《毛澤東文藝論集》，北京：中央文獻出版社 2002 年版，第 95～96 頁。

能地放低姿態。丁玲的印象足以說明這點，她認為，「毛澤東同志在延安時期
給我的印象是一個最能平等待人的黨的領導人，他總能吸引你在他的面前無
拘無束地暢所欲言，把自己的心裏話坦率地傾吐出來。……他確有一副禮賢下
士的風度，既談笑風生，又常常一語中的，使人心服。他講你的長處，也指出
你的缺點。當講你的缺點的時候，也是用商量的口吻，甚至用幽默詼諧的語言，
使你不覺得難受，但卻發人深省，促使你仔細回味。」因為，毛澤東清楚，革
命事業「創業維艱，需要知識分子，也需要作家。他看出這群人的弱點、缺點，
從個人角度可能他並不喜歡這些人，但革命需要人，需要大批知識分子，需要
有才華的人。他從革命的需要出發，和這些人交朋友，幫助這些人靠近無產階
級，把原有的小資產階級、資產階級的個人主義立場，自覺地徹底地轉變過來，
進行整風學習，召開文藝座談會」。〔註52〕這種努力使延安營造出一番安樂祥
和的氛圍，以致一些人有「延安是天堂」的錯覺〔註53〕。

　　隨著形勢的逆轉，抗戰由戰略防禦轉入戰略相持，國共對抗與摩擦日益增
多，華北、華東等敵後抗日根據地不斷面臨日軍掃蕩，前線和後方聯繫越發困
難，這使毛澤東思考未來國家的建設問題時更加審慎，也更加正視解放區尤其
是陝甘寧邊區所存在的問題。

　　毛澤東發現，這些抗戰期間來到延安的知識者並不能真正「為我所用」。
毛澤東文藝思想並不能得到全面有效地貫徹落實，或者說，延安文藝並未納入
毛澤東思想體系範疇內。伴隨著延安文藝教育自由探索的持續深入，尤其是
1941 年以來，延安文藝界迎來一段異常活躍的創作熱潮。各種問題集中暴露
出來，出現了大小文藝論爭〔註54〕、各種「出格」的言論〔註55〕。特別是親自

〔註52〕丁玲：《毛主席給我們的一封信》，張炯主編：《丁玲全集·第10卷》，石家莊：
　　　　河北人民出版社2001年版，第284～286頁。
〔註53〕蔡若虹：《赤腳天堂》，選自蔡若虹：《赤腳天堂：延安回憶錄》，長沙：湖南美
　　　　術出版社2000年版，第1頁。不過客觀來說，一段時間內，除了精神上的自
　　　　由的氛圍、民主的作風外，延安的物質生活曾經也確實呈現一種興旺的景象。
　　　　據岳瑟回憶，在國民黨沒有公開封鎖延安時，延安也不曾遭遇日本飛機轟炸，
　　　　當時的延安城「到處歌聲飄揚。城內集市繁榮，頗具規模的光華書、合作社、
　　　　飯館……一派與國統區全然不同的興旺景象」。（參見岳瑟：《魯藝漫憶》，《中
　　　　國作家》1990年第6期。）
〔註54〕如蕭軍等人與周揚關於歌頌與暴露問題的爭論，蕭軍甚至找到毛澤東抒發不
　　　　平。
〔註55〕如《「三八節」有感》、《野百合花》、《還是雜文的時代》等批評社會現象的雜
　　　　文，以及《輕騎隊》、《矢與的》、《西北風》等「放暗箭」的牆報，等等。

約談大批文學家、批評家、文學教員後，毛澤東更加確認雙方文藝思想的差異，意識到我們黨在理論建設或理論探索方面的不足，甚至感覺到蕭軍、艾青、丁玲等人的牴觸〔註 56〕。這都促使毛澤東確信文藝整風和商討黨的文藝政策的必要性。1942 年 4 月 17 日的中共中央政治局會議上提到了晉東南文藝界及蕭軍的抵抗，毛澤東要求文藝界的黨員也參與整風，「《解放日報》要考試，乘此機會討論黨的文藝政策」。說是「討論」，其實是文藝政策的收緊、從嚴，徹底「解決文藝工做到哪裏去的問題」。〔註 57〕

經過深思熟慮和精心準備，中共中央決定「以毛澤東、秦邦憲、凱豐的名義召集延安文藝界座談會，擬就作家立場、文藝政策、文體與作風、文藝對象、文藝題材等問題交換意見」。〔註 58〕在與延安文藝家充分交流並搜集正反兩方面意見後，座談會正式開始後就討論語境和討論議題作了明顯調整：「我們今天開會，就是要使文藝很好地成為整個革命機器的一個組成部分，作為團結人民、教育人民、打擊敵人、消滅敵人的有力武器，幫助人民同心同德地和敵人作鬥爭。為了這個目的，有些什麼問題應該解決的呢？我以為有這樣一些問題，即文藝工作者的立場問題，態度問題，工作對象問題，工作問題和學習問題。」〔註 59〕

從語境上看，延安文藝座談會正式確認了「革命戰爭需要文學（教育）」的總要求，文藝問題只能放置在革命戰爭的語境內展開討論，所有延安文藝家都只能是革命陣營裏的文藝工作者。從議題上看，去掉了「文藝政策」、「文體

〔註 56〕蕭軍延安日記中很容易找到這樣的牴觸甚至不屑的情緒。如 1941 年 10 月 19 日的日記寫到，「我是用了我的精神、工作成績戰勝了那些敵視我的人！今年紀念我可以告慰魯迅先生的亡靈！笑話的是他們黨政軍……等竟沒有一個人到會。管他呢，這紀念並不是為他們。這也是一種『官僚主義』的表現。」看過一切之後，又自勉道，「人一定要能本色，不為自己的毀譽所動，靜靜走自己的路。」（參見蕭軍：《蕭軍　延安日記（1940～1945·上卷）》，香港：牛津大學出版社 2013 年版，第 314 頁。）劉白羽從另一個角度記錄這樣的事，據劉文介紹，蕭軍曾在 1941 年紀念魯迅大學集會上「大放厥詞」，說「我的一支筆指揮兩個黨」。（參見劉白羽：《延安文藝座談會的前前後後》，《人民文學》2002 年第 5 期。）艾青呼籲瞭解作家、尊重作家，要求自由獨立創作的特權，顯然也是犯了忌諱。

〔註 57〕陳晉：《文人毛澤東》，上海：上海人民出版社 1997 年版，第 226 頁。

〔註 58〕中共中央文獻研究室編：《毛澤東年譜》，北京：人民出版社、中央文獻出版社 1993 年版，第 374 頁。

〔註 59〕毛澤東：《在延安文藝座談會上的講話》，中共中央文獻研究室編：《毛澤東文藝論集》，北京：中央文獻出版社 2002 年版，第 49 頁。

與作風」、「文藝題材」三個議題，新設「態度問題」、「工作問題」、「學習問題」三個議題，將「作家立場」改為「文藝工作者的立場問題」、「文藝對象」改為「工作對象」。這些議題的設定與調整，透露出諸多歷史深意。其一，由「立場問題」和「態度問題」昭示的，中共以公開討論的形式開始在更大範圍內確立「黨的文學」原則，這就牽引出在陝甘寧邊區內部加強、在邊區以外地區開展黨的文學教育的課題。其二，明確文學問題的討論是在革命戰爭的語境之內，以革命（政治）話語消解作家（知識者）話語的權威，同時樹立新的話語規範。其三，議題的調整體現出背景、語境、藝術範疇的由大變小、由抽象變具體、由偏理論到偏實踐、由偏文藝到偏政治，顯現著中共在文藝工作上更加注重實效，也開始建立起理論自信。其四，在闡述文藝方向問題時，為了盡可能突出工農兵的地位，便不得不降低藝術標準和藝術趣味，注重工農兵喜聞樂見的民族形式，這種理論空白和漏洞顯然是有意為之。再聯繫毛澤東講話中不諱言功利主義，可見毛澤東對座談會和《講話》的定位完全是折衷的對策和權宜之計。而如何在理論上使其不斷深化、體系化，如何在創作上不斷提升藝術品質，則是延安文藝座談會的歷史留白。由此可以判斷，延安文藝座談會及毛澤東的《講話》更多是一種文藝策略而非文藝主張或文藝政策，因而它們才有更明確的現實針對性和更強的說服力，才能夠穿透國統區與解放區之間的話語隔閡，進而在更大範圍內（全國）獲得傳播與言說的有效性，以至最終確立新的文學規範和話語體系。

毛澤東《在延安文藝座談會上的講話》對潛存於陝甘寧邊區廣大知識青年身上的問題及其危險認識得很清楚。毛澤東指出，這些知識青年「靈魂深處還是一個小資產階級知識分子的王國」，他們「都有某種程度的輕視工農兵、脫離群眾的傾向」。〔註60〕由於知識青年存在這些缺陷，單純的標準化組織生活的道德教化還稍嫌不足，他們更應該深入工農兵的生活。由此，深入生活成為這些知識青年必須完成的歷史課題。

總結起來，《講話》主要講了五個問題，這五個問題構成一個邏輯嚴密的問題系，具有很強的現實針對性和說服力，即文藝為什麼的問題，文藝如何為工農兵服務的問題，文藝工作中黨內關係和黨外關係的問題，文藝的批評標準問題。針對以上問題必須開展文藝界的整風運動。其中，「為什麼人的問題，

〔註60〕中共中央文獻研究室編：《毛澤東文藝論集》，北京：中央文獻出版社2002年版，第59頁。

是一個根本的問題，原則的問題」，「這個根本問題不解決，其他許多問題也就不易解決」。〔註61〕文學唯一的服務對象便是工農兵群眾，而無產階級政黨是允許並且鼓勵革命文學家到工農兵群眾中去的，這個問題輕而易舉地在理論上和組織上得到了解決。剩下的關節問題便是如何去服務，實質上也就是知識者如何轉變認識和思想的問題。因為過去知識者所謂普及與提高，所謂知識分子視角與情趣，都不是工農兵的。要建設和發展革命文學，文學的普及與提高都只能是基於工農兵、面向工農兵的：「用工農兵自己所需要、所便於接受的東西」，「沿著工農兵自己前進的方向」，「沿著無產階級前進的方向」。這就自然地引出了向工農兵學習的問題，這個問題的重要性是在教育工農兵的任務之前的。「中國的革命的文學家藝術家，有出息的文學家藝術家，必須到群眾中去，必須長期無條件地全心全意地到工農兵群眾中去，到火熱的鬥爭中去，到唯一的最廣大最豐富的源泉中去，觀察、體驗、研究、分析一切人，一切階級，一切群眾，一切生動的生活形式和鬥爭形式，一切文學和藝術的原始材料，然後才有可能進入創作過程。否則你的勞動就沒有對象，你就只能做魯迅在他的遺囑裏所諄諄囑咐他的兒子萬不可做的那種空頭文學家，或空頭藝術家」。〔註62〕如老師般耐心、懇切地，毛澤東不僅給這些「面臨考試」的知識青年們指出了「答題」的方向，還就「答題」的內容、方法等給出了中肯的建議。此外，還要求這些「答題」者「應該和在群眾中做文藝普及工作的同志們發生密切的聯繫，一方面幫助他們，指導他們，一方面又向他們學習，從他們吸收由群眾中來的養料，把自己充實起來豐富起來，使自己的專門不致成為脫離群眾、脫離實際、毫無內容、毫無生氣的空中樓閣」。至此，文學家的努力方向就十分明確了：「一切革命的文學家藝術家只有聯繫群眾，表現群眾，把自己當作群眾的忠實的代言人，他們的工作才有意義。只有代表群眾才能教育群眾，只有做群眾的學生才能做群眾的先生。」〔註63〕

　　這既從根本上規定了延安文藝生產在革命譜系中的位置，也明確了文藝生產的方向。這就從根本上建構了延安從事文學活動的前認知，即不論是文藝

〔註61〕中共中央文獻研究室編：《毛澤東文藝論集》，北京：中央文獻出版社 2002 年版，第 60 頁。

〔註62〕中共中央文獻研究室編：《毛澤東文藝論集》，北京：中央文獻出版社 2002 年版，第 62～64 頁。

〔註63〕中共中央文獻研究室編：《毛澤東文藝論集》，北京：中央文獻出版社 2002 年版，第 67 頁。

創作、文藝批評，還是文藝教育，都要站在無產階級立場上。也就是說，人們的思想鬥爭和文學鬥爭都要服務於無產階級的政治鬥爭；即便是黨外的文學家，其文學鬥爭也應該服務於政治，這個政治便是統一戰線，除此之外便是不正確的、反動的。

賀龍、王震等高級將領已在此前後從政治上覺察到延安文壇的一些偏向〔註64〕，並代表前線對「後方」的文藝教育提出新的要求。在這綜合情勢下，文藝界整風、文藝座談會、知識者改造、文學出版審查〔註65〕等有條不紊地展開。1943 年 10 月 19 日，毛澤東《在延安文藝座談會上的講話》正式文本刊載於《解放日報》；次日，中央總學委在《解放日報》發布通知要求「各地黨收到這一文章後，必須當作整風必讀的文件，……進行深刻的學習和研究，規定為今後幹部學校與在職幹部必修的一課，並儘量印成小冊子發送到廣大的學生、群眾和文化界、知識界的黨外人士中去。」〔註66〕1943 年 11 月 7 日，中共中央宣傳部《關於執行黨的文藝政策的決定》強調，毛澤東《在延安文藝座談會上的講話》「規定了黨對於現階段中國文藝運動的基本方針。全黨都應該研究這個文件，以便對於文藝的理論與實際問題獲得一致的正確的認識，糾正過去各種錯誤的認識。全黨的文藝工作者都應該研究和實行這個文件的指示，克服過去思想中工作中作品中存在的各種偏向，以便把黨的方針貫徹到一切文藝部門中去，使文藝更好地服務於民族與人民的解放事業，並使文藝事業

〔註64〕 如王震看了王實味在《矢與的》牆報上的文章後說，「前方的同志為黨為全國人民流血犧牲，你們在後方吃飽飯罵黨！」（參見李言：《對中央研究院整風運動的幾點體會》，溫濟澤等編：《延安中央研究院回憶錄》，中國社會科學出版社、湖南人民出版社 1984 年版，第 108 頁。）丁玲的《延安文藝座談會的前前後後》提到，賀龍在 1942 年 4 月的一次高級幹部學習會上說，「我們在前方打仗，後方卻有人在罵我們的總司令！」何其芳的《毛澤東之歌》也提到一個細節，賀龍十分反對延安「暴露黑暗」的作品，他直接對寫過「暴露黑暗」的作品的人說，「我們在晉西北，是這樣對軍隊講的：『你們在這裡，有很重要的任務：就是保衛毛主席，保衛黨中央，保衛延安。』你們有些人卻說延安有黑暗。如果真是這樣，那麼，我們就要『班師回朝』了！」（參見何其芳：《毛澤東之歌》，何其芳：《何其芳文集·第 3 卷》，北京：人民文學出版社 1983 年版，第 56 頁。）

〔註65〕 1942 年 3 月 20 日，中共西北局文委指示，「文協要嚴格檢查報紙、劇團，審查劇本及其他部門工作，認真揭露缺點，實行精兵簡政。」這大概是延安時期第一次出現文學審查的規定。艾克恩編纂：《延延安文藝運動紀盛 1937.1～1948.3》，北京：文化藝術出版社 1987 年版，第 329 頁。

〔註66〕 《解放日報》，1943 年 10 月 20 日。

本身得到更好的發展。」〔註67〕從此，對於延安文藝教育來說，有了「馬克思主義文藝科學與文藝政策的最好的課本」〔註68〕；對廣大受教者來說，有了文學事業前進的「燈塔」，毛澤東文藝思想也將迎來第一批堅定信奉者。

　　當然，問題的另一方面是廣大知識青年到達延安後，「明顯面臨一個如何使自己同延安特殊的環境相融合的問題。……『亭子間』的人到了『山頭』上以後，除了在文藝創作上要適應環境外，恐怕主要的還是思想觀念、看問題的方法以及生活習慣等等方面適應延安特有的政治文化氛圍」〔註69〕。即便是曾經最堅定的革命文學的倡導者、支持者，也必然存在一個思想觀念、形式技巧、文學語言等藝術範型的轉變問題。而1938年以後很長一段時間內，國內局勢處於一種戰略平衡狀態，中共開闢新根據地受阻，戰略重心也相應調整為鞏固根據地。這樣，尤其是對延安城軍民來說，慷慨激昂的抗戰情緒逐漸被日漸充實的日常生活中的安逸休閒所消解。外部環境相比過去穩定，內部而言，千辛萬苦奔赴延安的知識者對延安生活由陌生、新鮮到熟悉、適應，對延安的幻想泡沫逐漸破碎，生活變得靜態化、日常化了。「社會愈是處於動態之中，個人和他所出生於其中的社會之間的關係愈是偶然，一個人終生所需要的用以確證自己的生存要求的努力就愈加持久」。〔註70〕相反，社會變得愈靜態化，個人便愈益追求日常生活中實現自身的對象化。這樣，其世界是以自我為中心的。具體到延安文藝中，表現在蕭軍、王實味、艾青、丁玲、羅烽等人個性化、自由化的聲音日益高漲。有學者稱之為「延安文藝運動流露出了娛樂化傾向」〔註71〕，並以文化團體命名的前後差異、陝甘寧邊區文化俱樂部所帶動的消閒娛樂活動等，力證「娛樂傾向的出現，就意味著享受風氣的抬頭，意味著自我意識的萌生、滋長，也意味著一度時期被抗戰洪流和崇高愛國情感所淹沒的小資產階級知識分子階級根性所決定的個人自由主義情感和情調的重新浮出水面。」〔註72〕

〔註67〕《解放日報》，1943年11月8日。
〔註68〕周揚：《〈馬克思主義與文藝〉序言》，周揚：《周揚文集・第一卷》，北京：人民文學出版社1984年版，第454頁。
〔註69〕陳晉：《文人毛澤東》，上海：上海人民出版社1997年版，第222～223頁。
〔註70〕〔匈〕赫勒著：《日常生活》，衣俊卿譯，哈爾濱：黑龍江大學出版社2010年版，第5頁。
〔註71〕高傑：《延安文藝座談會紀實》，西安：陝西出版傳媒集團，陝西人民出版社2013年版，第171～172頁。
〔註72〕高傑：《延安文藝座談會紀實》，西安：陝西出版傳媒集團，陝西人民出版社2013年版，第172頁。

這對毛澤東和黨中央來說，延安的知識青年已經有「失控」甚至「變異」的危險。蕭軍在座談會上毛澤東講完《引言》後的發言〔註73〕，為這種可能性提供了最直觀的證據。實際上，歷史地看，延安知識者這種日益膨脹的自由觀念和自我意識，只意味著他們的創作以及他們的生活本身日益地主觀化、純粹化，「自我」成為被感知和被表現的主要對象，意味著主觀與客觀的隔離，日益處於一個真空狀態，這最終只會造成他們創作才思的枯竭。至於是否走上與共產黨尖銳對立的路子，那倒不一定，至少可能性是很小的。奔赴延安前的革命理想及與共產黨在抗日救國上的情感共鳴，是構成這一判斷的基本前提。但毛澤東的出發點顯然不是如此。

在知識者的改造問題上，首先要打破傳統知識者與新政權的矛盾與隔閡，但這個過程的難度是相當大的。一方面，「傳統」的力量無比強大，滲透進知識分子的言行和思維，這舊有的文化關係是無比厚重的。而中國文化的純熟使其有超強的自我修復能力，這種關係更顯得根深蒂固。另一方面，毛澤東所代表和倡導的共產主義文化，以決絕的姿態橫空出世，與傳統文化和傳統文人的衝突是難以調和的。毛澤東還面臨著另外兩個難題，一是構建新政權這個千載難逢的機遇相當緊迫，必須迅速找到適當的無產階級知識者隊伍；二是可供選擇的範圍比較有限，由於客觀條件所限，在歷史的機遇面前，黨的教育還未充分展開、並未取得突出成果，此時除了利用傳統知識者似乎別無選擇。基於這種思考，毛澤東提出，應「採取教育方法，將黨內的小資產階級思想加以分析和克服，促進其無產階級化」〔註74〕。李潔非、楊劼將這一思路稱之為「毛氏模式」。「它的諸般要點，具體地說包括：（一）集中和強化的政治學習；（二）在集體環境下訴諸思想鬥爭和個體靈魂剖白，即『批評與自我批評』；（三）政治身份的組織化甄別與確認；（四）懲前毖後、治病救人的程序；（五）將中國傳統知識分子固有的『民本主義』倫理，移情並過渡到『工農兵崇拜』，否定和放棄知識分子價值觀當中其他與無產階級世界觀不一致的部分；（六）思想改造和勞動鍛鍊相結合，使知識分子改變精神世界的同時，也改變他們自己

〔註73〕 胡喬木回憶說，「蕭軍第一個講話，意思是說作家要有『自由』，作家是『獨立』的，魯迅在廣州就不受哪一個黨哪一個組織的指揮。參見胡喬木：《胡喬木回憶毛澤東》，北京：人民出版社1994年版，第54頁。

〔註74〕 《關於若干歷史問題的決議》，中共中央黨史研究室編：《兩個歷史問題的決議及十一屆三中全會以來黨對歷史的回顧（簡明注釋本）》，北京：中共黨史出版社2013年版，第27頁。

『身體屬性』的觀念與理解，從內到外真正失去舊知識分子歷來所有的那種的角色體驗。」〔註75〕令人驚異的是，這一套邏輯嚴密、組織有方的改造方法，並沒有過多倚仗政權的力量，更多的是將這種改造與整體的革命事業聯繫起來，讓被改造的人也參與到「光明未來」的建構中，苦痛是「取經路上」必經的磨難與考驗。相比政權，道德的力量要強大得多。集體的氛圍，極易導致道德歸罪，進而由被動、抗拒變為主動尋求歸屬。在這樣一個嚴密而有序的體系內，很容易生成一種「宗教式」的崇高感和神聖感，一經生成，是很難移易的〔註76〕。這種宗教情緒使得曾沐浴五四自由民主空氣的傳統知識者，褪掉了「啟蒙者」的光環，虔誠地聚攏在毛澤東文藝思想這一燈塔之下，校準身姿、奔著統一的新方向，建構嶄新的人民的文藝。

在延安文藝座談會後不久，丁玲便寫了《關於立場問題我見》，可以說是傳統知識者「投誠」的代表。她坦言，「我們這裡絕沒有一個是藝術至上論者，也絕沒有一個作家否認文藝的黨性。……共產黨員作家，馬克思主義者作家，只有無產階級的立場，黨的立場，中央的立場。……假如我們有堅定而明確的立場和馬列主義的方法，即使我們說是寫黑暗也不會成問題的」。因而她要「把自己的感情融合於大眾的喜怒哀樂之中」，「改變我們的情感，整個地改變這個人」，「捐棄那些個人的感傷，幻想，看來是細緻，其實是委瑣的情感」，「抹去這些自尊心自傲心，要謙虛地學習新階級的語言，生活習慣」，「投降」到新的階級，「信任、看重新的階級」，「在工作中去建立新的信仰，取得新的尊敬和友情」。〔註77〕至此，傳統知識者徹底失去了精神和

〔註75〕李潔非、楊劼：《解讀延安——文學、知識分子和文化》，北京：當代中國出版社 2010 年版，第 108 頁。

〔註76〕不過，這畢竟不是真正意義上的宗教，畢竟有著構建新政權的「務實」訴求，或主動或被動，藝術和文化上的「務虛」的努力隨時有可能被壓制。而隨著整風的深入，延安文學界對文學創作的認識便日益極端化，某種程度上可以說是左翼文學初期弊端的重演，為了工農兵方向，不得不出現公式化、概念化的妥協。這種認識或許有違文學發展規律，甚至有違歷史事實，但由於崇高感作祟，事件的在場者往往將其奉為真理，深信不疑。對於作家價值觀和立場的強調，使得「很多人放棄了當時認為容易使人產生『小資產階級的幻想』的文藝工作，轉而從事被認為是更重要的實際工作。」比如朱寨，整風之後擔任延安魯藝文學系黨分支部書記，此後長期在部隊和地方工作，「直到 1953 年，才又回到文學工作崗位上。」參見王培元：《延安魯藝風雲錄》，桂林：廣西師範大學出版社 2004 年版，第 290 頁。

〔註77〕丁玲：《關於立場問題我見》，張炯主編：《丁玲全集·第 7 卷》，第 65～70 頁。

道德上的自信，開始成為黨的文學教育事業中的受教者。需要他們做的將是，在毛澤東不無理論缺陷的新民主主義文化體系中，作為整個革命機器的小小螺絲釘，用規範的語言和形式從事新民主主義文學創作與批評，在驗證「新信仰」正確性的同時，為民族戰爭和革命戰爭勝利做出貢獻。「毫無疑問，在當時的社會歷史條件下，要求革命隊伍中的知識分子，文化人尊重和表現作為民族解放戰爭主體的工農兵群眾，是必要的。但是，這種尊重和表現不應帶來對知識分子、文化人的歧視與貶斥，不應該簡單地以工農兵群眾的文化價值取向為絕對準則，來規範和約束知識分子、文化人的精神世界和文化選擇。……政治經濟上的民族獨立、國家富強和人民解放與思想文化的現代化，是工農兵群眾和知識分子、文化人共同努力的目標，在這一神聖事業中，他們的作用是不可相互取代的。」〔註78〕

　　1943年3月黨的文藝工作者會議上，凱豐的講話中提到，「從前和文藝工作同志講話，不管黨員也好，非黨員也好，總是客氣」，「經過毛主席在去年座談會上的結論，經過整風運動，大家認識進步了，時機也成熟了，所以這些問題應當說了。在今天，說了大家不會見怪，不會有什麼反感，因為在思想上有了認識一致的準備」。〔註79〕顯示了黨的知識者改造工作在預想的軌道上已經取得初步的成果，開始把黨自己控制範圍內的文化領導權牢牢掌握在自己手裏。除此之外，作為戰時全國陪都，重慶是當時全國的文化中心，也是國共雙方角力暗戰的中心，這其中便包括對文化領導權的爭奪。而周恩來直接領導下的《新華日報》是共產黨在國統區實施抗日民族統一戰線的最重要的輿論陣地、黨的思想主張的最有力的宣傳工具和鬥爭武器。《新華日報》和「新華軍」在揭露國民黨反共陰謀、宣傳黨的主張、開展統戰工作等方面，做出了貢獻，可以說是在國統區插上一面不倒的紅旗〔註80〕。對於「志在天下」的共產黨人來說，正是通過解放區的新意識形態的建構與國統區的強力文化宣傳，最終完成對思想文化領導權的佔領，為無產階級革命勝利後奪取全國政權尋得法理上的支撐和證明。

　　根據毛澤東對於中國革命各階段的設想，延安的各項革命工作與鬥爭屬

〔註78〕王培元：《延安魯藝風雲錄》，桂林：廣西師範大學出版社2004年版，第304～305頁。

〔註79〕凱豐：《關於文藝工作者下鄉的問題》，《解放日報》1943年3月28日。

〔註80〕韓辛茹：《新華日報史1938～1947》，重慶：重慶出版社1990年版，第1頁。

於新民主主義革命範疇，並開始為向社會主義過渡做準備，這種過渡是通過社會主義改造實現的。這種改造，外在且更直接的是經濟領域的對農業、資本主義工商業、手工業等部門的物質改造，內在且更深刻的是政治、哲學、文化、心理等領域的精神再造。具體到文學部門，要配合整個社會的社會主義改造，要建設新民主主義的，進而是社會主義的文學，就必然意味著創作者要樹立新的世界觀、人生觀、價值觀。毛澤東文藝思想在此種情勢下形成並日益強化，成為絕對的指導精神，具有了一體化、規範化的意義。經過 1949 年 7 月第一次文代會和 1953 年 9 月至 10 月第二次文代會，終於在組織、作家立場、文學觀念、作品取材、方法論等方面取得了全國範圍內空前的統一。

三、從「小魯藝」到「大魯藝」

　　某種程度上，「現代」文學與古典文學的差別在於，「現代」文學是「現代化」進程中知識分化的產物。而知識分化催生了文學的制度化運作，也就是說在「現代」，「文學」是可以制度化運作的。文學教育作為現代學科體系和知識分化的關鍵一環，它的制度化運作就體現得更為明顯。具體到延安文藝教育，在延安文藝座談會召開之後，鑒於自由探索階段文學教育工作中出現的問題及其潛存的隱患，中共明顯加強了對文學教育的規範和引導，其中一個重要方面便是救正文學教育一味地「囿於象牙之塔」的偏頗。

　　有學者指出，「解放區文學的政治意識突出，它在作家與社會、文學與讀者之間建立了一種新型的文學體制。它在一定程度上，對文學的規範性顯得更為突出，它在文學的傳播與流通過程，文學的生產與再生產方式等方面，表現得更為直接和通達。可以說，40 年代的解放區文學真正實現了文學與社會、作家與讀者的相互改造功能。社會不斷改變著文學，改造著作家，反過來，文學作家和作品也在政治意識的推動之下，實現對社會大眾的影響。文學遠離社會市場，而走入社會民間；文學團體、文學刊物被文化體制統管起來，作家不再擔心生活，文學刊物不再擔心市場競爭，文學作品不再擔心出版與發行。至此，現代文學制度日趨單純與完善。文學創作完全成了文學制度的產物。」〔註81〕我們還可以說，在延安革命實踐中，文藝教育也是文學制度的產物，或者說，文藝教育是文學制度的有機組成部分。雖然這一判斷

〔註81〕王本朝：《中國現代文學制度研究》，重慶：西南師範大學出版社 2002 年版，第 38～39 頁。

並不足以完全概括整個延安文藝，卻也能梳理出其演化的軌跡。

具體到延安魯藝來說，雖然它的正規化、專門化的努力使其表面上出現脫離中共中央既定設計的趨勢，但不論是其教職員工還是其學員，始終都沒有從既定軌道上脫離的主動訴求，甚至可以說，延安魯藝的師生也在盡其可能為這個制度貢獻著力量。透過現有的延安魯藝文獻，我們可以明顯感知到魯藝師生們在理解黨的教育方針和文藝政策上的掙扎、反覆。

當延安日益滋長的自由主義風氣已經開始干擾黨的既定革命規劃時，毛澤東下定決心開展黨內外的自上而下的整風運動，以圖確立黨性原則的純粹性和黨對文化領導權的絕對控制。因為延安魯藝象徵著「魯總司令」領導的另一支軍隊，是延安文藝教育的「精神堡壘」，所以延安魯藝對延安文藝座談會的「反應」、在文藝教育上的調整便具有風向標的意義。

實際上，在整風之前，毛澤東等領導人便已流露出對延安魯藝教學活動的不滿。毛澤東對延安魯藝的期待是，要「訓練起萬千的文化幹部，送到全國各戰線上去工作」。但抗戰肯定會勝利，抗戰文化宣傳和抗戰藝術教育最終還是要投注到新民主主義文化乃至社會主義文化的建設當中去。這就有一個短期任務與長期任務、普及與提高的矛盾如何平衡的問題，毛澤東則一直在試圖找到這樣一個合理的途徑。《講話》正式發表後，郭沫若曾發表「凡事有經有權」的意見，而毛澤東對此很欣賞，「覺得得到了知音」。這個歷史細節充分說明《講話》「有經常的道理和權宜之計」。這個「權宜之計」便是在文學和文學教育上、在抗日戰爭的大背景下，暫時以普及為主，有選擇地兼顧提高。毛澤東並不反對提高，相反，在延安魯藝的第二次講話中，他曾提到對延安魯藝在提高上的期待，「要造就有遠大的理想、豐富的生活經驗、良好的藝術技巧的一派藝術工作者。……應當有為新中國奮鬥的遠大理想」〔註82〕。毛澤東反對的是延安魯藝正規化、專門化的教育方針。在戰爭環境下，他「很反對魯藝的文學課一講就是契訶夫的小說，也許還有莫泊桑的小說。他對這種做法很不滿意。但講文學、講寫作，又必須有一些典型作品教育學生。」〔註83〕如果考慮到延安魯藝在解放區文藝界燈塔般的影響力，便不難理解毛澤東旗幟鮮明地反對延安魯藝的正規化與專門化。因為這種藝術

〔註82〕中共中央文獻研究室編：《毛澤東文藝論集》，北京：中央文獻出版社 2002 年版，第 17 頁。
〔註83〕胡喬木：《胡喬木回憶毛澤東》，北京：人民出版社 1994 年版，第 60 頁。

教育的追求，極易造成前後方在藝術上、情感上的隔膜。藝術上或許會有所提高，卻不利於全黨、全解放區的團結和統一戰線，反而不利於抗戰。前方將領、文藝工作者都表達過相似的觀點。

1938 年延安魯藝第一期部分學員從前線實習結束後，返校彙報工作時指出，前線文藝宣傳更需要做普及工作，這往往要求文藝幹部同時具備文學、音樂、戲劇、美術等多方面才能，此類人才更適應前線文藝工作的需要。沙可夫等人將這一意見彙報給毛澤東，這引起毛澤東的重視。也正是因為這樣的契機，延安魯藝開始全面檢查近一年來的教學工作，時任中央幹部教育部副部長羅邁被派駐延安魯藝全程參與。延安魯藝工作檢查的結果是實行普及與提高雙軌並行機制，設置了不分系的普通部。不過不久之後，承擔培養普及幹部任務的普通部大部分師生併入華北聯大，延安魯藝教職員工天真的以為，延安魯藝此後承擔的任務將主要是提高。這日漸引起延安魯藝以外各方的不滿。一個從前方工作回到延安的戲劇工作者曾略帶戲謔地說，「魯藝的門太高了，找劇運的材料好不容易！在前方的魯藝同學和戲劇工作者說——我們是沒有成熟的蘿蔔，因為抗戰需要把我們拔吃了，你們在後方提高，忘記了我們，將來建國你們再出來享福……他們這一種說法瞭解自己可憐遭殃是不對的（這個發言人解釋著說），但是為什麼魯藝對前方一個信息也沒有呢？」他還說「是到這裡來伸冤的，現在看這樣子，這個冤是可以伸了……」〔註 84〕延安魯藝搞「關門提高」，「門檻」高到足以讓前線文藝工作者有「冤屈」要伸，足可以說明延安魯藝追求「提高」給前後方帶來的隔膜。對延安魯藝不滿的還有賀龍、朱德等高級將領。朱德甚至在延安魯藝週年慶典上指出，對前線抗戰故事表現得不夠，是延安魯藝文藝教育的「罪過」。

正是由於延安魯藝在文藝教育中的突出地位及其表現出的諸多問題，毛澤東在延安文藝座談會前也重點約談了延安魯藝教員。到場的有何其芳、周立波、陳荒煤、嚴文井、曹葆華、姚時曉等人。毛澤東接連說道，「你們是主張歌頌光明的吧？」「聽說你們有情緒。」「一個人沒有受過十年八年的委屈，就是教育沒有受夠。」中間何其芳等人都沒有應答，顯然，他們並未意識到等待他們的將是什麼。隨後的談話中提到延安魯藝師生排演的戲，農民看不懂、不喜歡。針對這一狀況，毛澤東說，「我看你們魯藝的同志要經常到農村去，要多給農民演演戲，要認真瞭解農民喜歡什麼、不喜歡什麼，只要你們真正懂得

〔註 84〕黃鋼：《平靜早已過去了——魯藝論辯特寫》，《解放日報》1942 年 8 月 4 日。

了農民，農民也會懂得你們的。」〔註85〕於是，前不久還在秉持學術自由的教育精神的延安魯藝很快投入到整風運動中。1942 年 5 月 30 日，毛澤東再次到延安魯藝作報告，指出，「提高要以普及為基礎，不要瞧不起普及的東西，大樹也是從像豆芽一樣小的樹苗長起來的。那些瞧不起普及的人，他們在豆芽面前熟視無睹，結果把豆芽菜隨便踩掉了。你們現在學習的地方是小魯藝，還有一個大魯藝，還要到大魯藝去學習。在魯藝就是工農兵群眾的生活和鬥爭，廣大勞動人民就是大魯藝的老師。你們應當認真地向他們學習，改造自己的思想感情，把自己的立足點逐步移到工農兵這邊來，才能成為真正的革命文藝工作者」。〔註86〕為延安魯藝的整風指出了問題、方法和方向。

延安魯藝的問題被集中概括為「關門提高」和「脫離實際」。針對教育方針、教學內容、學制設置等方面存在的這一根本性的問題，延安魯藝展開了熱鬧的校內整風運動。延安魯藝成立整風學習委員會，並於 1942 年 6 月公布了《學習整風文件參考大綱》。大綱分為三部分：第一部分是反主觀主義問題的提出，給出了歷史根據、現實狀況、藝術意義等三個反思角度。第二部分是主觀主義的表現，強調反思教條主義與經驗主義是什麼，在延安魯藝的教與學中有怎樣的表現，對政治教育的態度如何，日常學習、閱讀、創作中是怎樣的態度和有怎樣的問題，如何正確對待工作，應該如何正確看待理論與知識、理論家與知識分子。第三部分是如何克服主觀主義，需要反思的是如何從實際出發改善藝術實踐，如何做調查研究、如何學習群眾，延安魯藝的中心問題在哪裏，如何著手解決。大綱制定後，要求所有師生根據大綱反省併作筆記，且可根據實際情況略作調整，並相繼召開各分會討論會和全體討論會。

不過，延安魯藝的整風聲勢大，但因堅持學術自由的精神已久，而對整風的認識不足、組織領導不力、計劃與方法不周密，自我反思不徹底，導致整風效果不太好。於是，延安魯藝整風學委會於 1942 年 7 月初召開小組聯席會議，胡喬木參與指導。這次會議取得了預想的成效，周揚代表學委會提出了整風工作的改進辦法，主要有：1.加強各級領導機關之關聯，密切各部之間關係；2.強調學習以思想為本，技術為末，反對因技術學習妨害文件學習，提倡爭論，特別對教育方針與教育計劃之爭論；3.規定牆報性質，應該是報導的、指導的、

〔註85〕姚時曉：《平易近人的深刻教誨——憶聆聽〈在延安文藝座談會上的講話〉前後》，戴淑娟編：《文藝啟示錄》，北京：中國戲劇出版社 1992 年版，212 頁。
〔註86〕雙傳學：《毛澤東幹部教育思想研究　新民主主義革命時期》，南京：江蘇人民出版社 2006 年版，359～360 頁。

戰鬥的，並發動各部同志積極寫稿，凡不發空論，短小精悍、有戰鬥性文章都可登載；4.學風部門的文件研究即將總結，除總結經驗外，並將舉行個人學習鑒定與全統考試。至此，延安魯藝的整風真正步入「正軌」。學委會要求延安魯藝師生展開個人全面反省，寫反思筆記，各部門要分別進行工作總結。延安魯藝整頓學風的內部討論，場面往往十分熱烈。黃鋼生動記錄了這樣的場景：「人們這樣的多言、激動和無次序地站著」，以致於主席團的女同志說不再收發言的條子。何其芳不得不喊到，「無論如何，同志們，休息的時候，要給我們主席團三分鐘的時間，不然我們簡直沒有法子來商議事情！」「幾天以前，這個學院的很多牆壁上就貼出了各個不同派別的『綱領』。為了熱情和某種方便，人們用『急進派』『溫和派』或者『保守派』來稱呼自己。意見是各不相同的：『急進派』認為學校的教育方針和實施方案都有錯誤，是帶有濃厚的主觀主義和教條主義色彩的，是對於長期抗日戰爭的環境認識不足。『溫和派』和『保守派』的意見認為教育路線還不是方針上的毛病，就只算學校的教育實施方案和執行有缺點而已；或者，連這些嚴重的缺點也沒有。」〔註87〕

　　經過這樣一段時間，延安魯藝於 1942 年 8 月 20 日起進入全面總結階段，並制定了《整頓黨風文件研究計劃》。這個計劃重點在於反思領導幹部在各項工作中有無宗派主義和本位主義，同時要反思個人的自由主義和平均主義，要加強批評與自我批評。8 月 30 日，延安魯藝召開整風學風總結大會。周揚在會上發表了仍帶有討論性質的報告。這次總結大會基本否定了延安魯藝過去所堅持的教育計劃：1.認為延安魯藝的教育方針沒有從實際出發，革命的和戰爭的觀念是消極的、被動的；2.沒有合理兼顧普及與提高，片面地強調了提高，造成提高與普及、藝術與革命的分離，而且將人才「抽象地分為理論、創作、組織三種，而且按著主觀的想法去培養」〔註88〕，缺乏必要的調查研究；3.提高是對的，但延安魯藝的提高是教條主義的，受了資產階級教育的影響，「對於西洋技巧」，「抱著教條主義學習態度」，歸根結底是「為了學習技術而學習技術。離開反映當前生活與鬥爭，離開應用，於是輕視小形式，一心想寫長篇中篇，寫大合唱，演大戲的現象發生了；於是自由創作與『完成政治任務』之間矛盾的現象發生了；於是既離開了實際生活，對技術學習又感覺渺茫，為技

〔註87〕黃鋼：《平靜早已過去了——延安魯藝整頓學風的辯論》，《解放日報》1942 年 8 月 4 日。

〔註88〕何其芳：《論文學教育》，谷音、石振鐸合編：《魯迅文藝學院文獻》，瀋陽音樂學院《東北現代音樂史》編委會，1986 年，159 頁。

術焦灼的現象發生了」。〔註89〕因此，經過熱烈的全校大討論，「問題大家都接近了，都共同認識：魯藝的教育路線是和實際脫節，是和當前的文藝運動脫節」。〔註90〕延安魯藝以後的改進方向應該是：有針對性地研究當前文藝運動；加強與其他團體和個人的聯繫，打破門戶之見；延安魯藝所屬劇團和研究室應有計劃地融入實際的革命鬥爭；學員定期出外實習，畢業學員必須參加文化藝術教育的實際工作；作家教員應視情況參加實際生活和工作，教學上採用輪流教學、輪流工作的體制；改變理論研究的方法，尤其是解決如何學習馬列主義的問題。

具體就延安魯藝文學系應該培養怎樣的人才、該如何培養的問題，何其芳結合自身經驗和討論的意見認為，前方需要的文藝幹部大體包括通訊工作者、文學教員、編輯、其他宣傳作品的寫作者、通俗化工作者等，延安魯藝文學系的學員應適應這些需要，把這些基本的工作做好，進而才是提高的問題。至於如何提高，「只有從參加實際工作，研究實際情形，解決實際問題去提高，再也沒有第二條路」，也就是說，只有革命與藝術相結合才是提高的真正出路。〔註91〕

在這一過程中，延安魯藝教員一方面在延安魯藝教育整改上盡著自己的努力，另一方面也在努力迎合整風的要求，進行自我改造。何其芳先後寫了《論文學教育》和《改造自己，改造藝術》，周立波寫了《思想，生活和形式》、《後悔與前瞻》等。何其芳認為，延安魯藝文學系過去對教育目標、怎樣培養學員和學員畢業去向等問題認識模糊，才有了主觀主義、教條主義的錯誤教育。產生這些問題的原因是「三股歪風的殘餘還沒有消滅，還不能很好地掌握馬列主義」，「沒有鬥爭經驗，也沒有理論知識，僅僅憑著主觀熱情，一知半解，和還附在身上的小資產階級的思想意識的靈魂來作工作，來教課。」〔註92〕周立波直言，對於他們，「思想的改造，立場的確定是最要緊的事」。因為這些教員們大多是小資產階級出身，「身子參加了革命，心還留在自己階

〔註89〕周揚：《藝術教育的改造問題——魯藝學風總結報告之理論部分：對魯藝教育的一個檢討與自我批評》，谷音、石振鐸合編：《魯迅文藝學院文獻》，瀋陽音樂學院《東北現代音樂史》編委會，1986 年，148～156 頁。

〔註90〕黃鋼：《平靜早已過去了——魯藝論辯特寫》，《解放日報》1942 年 8 月 4 日。

〔註91〕何其芳：《論文學教育》，谷音、石振鐸合編：《魯迅文藝學院文獻》，瀋陽音樂學院《東北現代音樂史》編委會，1986 年，第 159 頁。

〔註92〕何其芳：《論文學教育》，谷音、石振鐸合編：《魯迅文藝學院文獻》，瀋陽音樂學院《東北現代音樂史》編委會，1986 年，第 158～159 頁。

級的趣味裏，不習慣，有時也不願意習慣工農的革命的面貌」，一味標榜為藝術而藝術，自然會出現脫離群眾而作品不為工農喜聞樂見的狀況。因而，作家教員要「把心來扶正，把心扶正，就是改造思想，就是要不斷的和自己的非無產階級的情思做鬥爭。就是要把自己的心的願望，和廣大工農群眾的利益，連結在一起」。〔註93〕所以，在這種邏輯嚴密的整風運動裏，「後悔」，甚至「懺悔」或許是這些教員們真實的心態，他們渴望投入到群眾中去，參加實際鬥爭，從而確定正確的人民大眾的立場，並以此重新建立自己的道德根基，在實際鬥爭中不斷增強思想道德修養。

除了在教育方針、教職學員思想等理論層面的學風整改，延安魯藝的整風也有制度上的建設。在 1942 年 7 月至 1943 年 1 月間，周揚先後兩次組織延安魯藝宣傳隊，以推動延安魯藝整風。尤其是整風進入審乾和搶救運動的階段，組織建設變得越發全面，從而將作家、教員們納入一個嚴密的體系內。

這樣，在延安魯藝校外，中共中央發出了到農村去、到工廠去、到部隊去的號召，進而形成了一個深入實際生活的熱潮；在延安魯藝校內，成立了一種被稱為「工農合」的單位。所謂「工農合」，即延安魯藝工業生產合作社、農業生產合作社。這是配合大生產運動和知識者思想改造兩大任務而開設的獨特組織，被改造者一邊勞動一邊努力學習改造，既要保證生產任務的完成，更要克服自己的小資產階級的趣味和情調。在這裡，勞動不僅是陶冶美好情懷的途徑，更被賦予了一種道德懲罰的意味，書生一貫相對文弱，更會加深這種體味。以外在環境的局促、逼仄、緊張，督促被改造者尋求精神認同，從而達到思想改造的目的。《延大魯藝三年來審幹運動總結》稱，「有些同志在討論康生同志的報告時很憤慨，說這裡是勞動營、集中營，和國民黨一樣。當然這種話是過火的，但是『工農合』在客觀上會使人產生這樣的感覺：不可否認『工農合』在魯藝生產任務的完成上是起了重要的作用的，對知識分子思想意識的鍛鍊亦有某些作用」〔註94〕。延安魯藝一度掀起的生產運動熱潮，甚至展開勞動競賽，〔註95〕充分說明了這種改造的有效性。

這種制度的完善和文學的政治化、組織化，還涉及一種新的文學創作方式的產生。延安開創了有意識地下鄉體驗生活的創作模式，延安魯藝文學教員們

〔註93〕周立波：《思想，生活和形式》，選自《抗日戰爭時期延安及各抗日民主根據地文學運動資料（上）》，第 146～150 頁。
〔註94〕轉引自朱鴻召：《秧歌是這樣開發的》，《上海文學》2002 年第 10 期。
〔註95〕參見《延安文藝叢書·文藝史料卷》第 177 頁。

既把這應用於文學創作教學中，也存在於他們的自我思想改造中。不過，這有一個主客體關係定位和目標設定的根本轉變。延安魯藝創辦之初，一些教員們帶領學員到郊區參加勞動，這時的勞動還單純只是文學創作教育的手段，勞動是服從於文學教育的，師生們還只是勞動和農民生活的旁觀者。整風之後，勞動成了組織任務，目的是推進思想和道德教育，而非藝術教育；延安魯藝師生成了勞動和農民生活的參與者，他們自然而然地被從文學創作主體的位置上「請」了下來。於是，延安出現了全新的創作方式：在文學創作上，「在寫作過程中，或者作品完成後，都直接請教工農兵，讀給他們聽」，「他們的創作方法，大半是集體的，可分為兩種，一種是：純粹是工農兵自己在一塊，三五個人，或更多的人，來湊故事，大夥商量。另一種是工農兵和知識分子合作，這些群眾作家，並不一定識字，他們想好了故事，湊成功了，再由知識分子加以整理、潤飾。」這一改變，是壓垮知識者文化自信的非常重要的一根稻草，同時也似乎宣告著「人民大眾的文學時代」的到來。文藝工作者進一步與工農兵結合，後者開始用自己的語言寫自己的生活，「這樣的作品正不斷從群眾中產生出來，廣泛的得到群眾的愛好和擁護」。「由於邊區群眾文藝運動的開展，到處湧現出許多勞動詩人，作家，歌手，像不識字的勞動詩人孫萬福，他就寫下許多詩篇」。〔註96〕顯然，這一體現延安時期制度優勢和道德優勢的創作模式，被當作文學實績和成功經驗而繼承下來，得以在「十七年文學」的新民歌運動中再次找到施展的空間。

　　為加強組織管理，中共中央於 1943 年 4 月決定延安魯藝併入延安大學，成為「延安大學魯迅文藝學院」，宣告了延安魯藝整風的階段性「勝利」。1943年 4 月 25 日的《解放日報》發表了社論《從春節宣傳看文藝的新方向》，肯定了延安延安魯藝等單位在整風中在文藝創作上的新成績，「孔厥的小說《一個女人翻身的故事》、艾青的《吳滿有》都是值得特別提出的一些收穫」，「就中『魯藝』的秧歌舞，因為形式更宜於直接接觸群眾，在延安市、延安縣的群眾與幹部中，在南泥灣、金盆灣的部隊中，尤其受到了空前的歡喜讚歎，那裏面的歌曲，至今還在人們的口邊流傳著」，該社論由此論證，「我們的文藝工作者已開始走上毛澤東同志所指出的正確的道路」；並且堅信，文藝工作者更加深入到實際工作中和工農兵群眾中去並克服了現在存在的問題後，「一定能夠在

〔註96〕周而復：《人民文化的時代——陝甘寧邊區文教運動的成果》，選自毛澤東等著：《開展大規模的群眾文教運動》，香港：中國出版社 1947 年版，第 55～56 頁。

不久的將來，得到比這一次春節宣傳更為美滿的成就」。〔註 97〕

　　1944 年 5 月 21 日，延安大學公布了《延安大學暨魯藝教育方針及實施方案（草案）》，宣告黨對延安魯藝教育改造的完成。新的教育方針是：1.「以適應抗戰與邊區建設需要，培養與提高新民主主義的政治、經濟、文化建設的實際工作幹部為目的」；2.「進行中國革命歷史與現狀的教育，以增進學員革命力量的知識與新民主主義建設的理想，並進行人生觀與思想方法的教育，以培養學員的革命立場與實事求是的工作作風」；3.「通過以下各種方式和邊區各實際工作部門及實際活動相結合，以期實際經驗提升至理論高度，達到理論與實踐的統一學與用的一致」；4.「實行教育與生產結合，以有組織的勞動，培養學員的建設精神，勞動習慣與勞動的觀點」；5.「在教學之實行以自學為基礎的集體互助，教員與學員互相學習，並使教學員中書本知識與實際經驗互相交流，同時發揚教學上的民主，提倡質疑問題，熱烈辯論的作風以培養獨立思想與批判的能力」。在學制上，延安魯藝為兩年，並規定校內學習占百分之六十，校外實習占百分之四十，要求全校師生必須參加經常的生產勞動，其時間與學習時間之比例為學習占百分之八十，生產勞動占百分之二十。〔註 98〕由此可知，延安魯藝此時的教學活動已經完全是為了配合當前革命與邊區建設的需要而展開，成為整個解放區以學習與再學習、教育與再教育為特色的思想文化氛圍的有機組成部分，延安魯藝的教育活動完全納入毛澤東思想體系內。

　　兩份來自延安大學內部有關延安魯藝的總結資料，肯定了延安魯藝在整風後的變化：

　　　　魯藝從成立到現在已經將近七年了。在這一段不算很多的時間裏，它卻經歷過非常複雜和艱苦的道路，終於找到了在藝術教育和藝術活動上最正確的方向。這首先得歸功於中共中央的正確領導和偉大的整風運動，尤其是毛澤東同志一九四二年五月在延安文藝座談會的講話，給了中國新文藝運動以新的方向，也直接指導了魯藝的改造。〔註 99〕

〔註 97〕《從春節宣傳看文藝的新方向》，《解放日報》1943 年 4 月 25 日。
〔註 98〕《延安大學暨魯藝教育方針及實施方案（草案）》，谷音、石振鐸合編：《魯迅文藝學院文獻》，瀋陽音樂學院《東北現代音樂史》編委會，1986 年，第 176～177 頁。
〔註 99〕《魯迅文藝學院概況（一九四五年）》，谷音、石振鐸合編：《魯迅文藝學院文獻》，瀋陽音樂學院《東北現代音樂史》編委會，1986 年，第 216 頁。

整風以後克服了教條主義，魯藝即自覺地和邊區實際結合：秧歌劇的創造及秧歌隊的下鄉在宣傳教育上是有著很大成績的。同時他們在這些實際活動中學到了書本上所學不到的許多東西；豐富了藝術的形式與內容。文學系美術系的教員與學員經常參加邊區的各種實際工作（如在工廠會議、合作會議勞動英雄大會中）這些工作也曾大有助於他們的學習與創作。〔註100〕

四、華北聯合大學與延安文藝教育

（一）華北聯合大學的創辦及其影響

華北聯合大學，簡稱「華北聯大」，成立於 1939 年 7 月 7 日。它是抗日戰爭及解放戰爭時期，中國共產黨在華北地區創辦並領導的幹部學校。它應培養戰爭中的基層幹部之需而產生，並一直在戰時戰地堅持辦學，從創辦之初便不斷輾轉遷徙，克服各種困難，堅持 9 年之久，前後共培養各類畢業生達近一萬人，其中文藝幹部千餘人，壯大了黨的文藝工作者隊伍，為華北抗戰及全國解放戰爭的勝利作出了重要貢獻。

1939 年 6 月，抗日戰爭已經進入相持階段。華北、華東敵後陸續建立幾個抗日根據地後，日軍向華北增兵，中共發展新的根據地受阻，戰略重心便調整到鞏固根據地。抗日根據地雖較抗戰之初有所擴大，但不斷面臨日軍的「掃蕩」，國共摩擦也日益頻繁，使得這些根據地的鞏固和發展受到一定限制，因此對各類幹部的需求便日益急迫。為適應抗日戰爭形勢發展的新需要新變化、壯大黨的抗日民主力量，中共中央決定抽調陝甘寧邊區幹部院校力量，組建華北聯合大學，開赴華北前線展開教育培訓工作。於是，魯迅藝術學院、陝北公學、延安工人學校、安吳堡戰時青年訓練班四所學校奉命合併，即日開赴抗日前線辦學，展開國防教育，為抗日戰爭服務。1939 年 7 月 7 日，華北聯大在延安正式成立。毛澤東在成立大會上發表講話。他號召師生們在教學中要懂得深入敵後、發動群眾，堅持抗戰到底，並送給他們三樣法寶「統一戰線、武裝鬥爭、黨的建設」，這次到前線開創根據地，為的是爭取民族解放，進而爭取社會解放。〔註101〕7 月 10

〔註100〕《延安大學概況》，谷音、石振鐸合編：《魯迅文藝學院文獻》，瀋陽音樂學院《東北現代音樂史》編委會，1986 年，第 195 頁。

〔註101〕此後，毛澤東根據此次講話要點，將其整理為《共產黨人》的《發刊詞》。參見毛澤東：《發刊詞》，《共產黨人》創刊號，選自《紅色檔案 延安時期文獻檔案彙編》編委會編：《紅色檔案 延安時期文獻檔案彙編·共產黨人·第一

日，周恩來給華北聯大師生作了《中國抗戰形勢》的報告，他重新闡釋了中共中央關於抗戰的主張：「堅持抗戰，反對投降；堅持團結，反對分裂；堅持進步，反對倒退」，要求師生們注意做好統戰工作，在根據地開展教育、文學、藝術活動，力爭成為華北最活躍的革命力量。〔註102〕

新的學校由成仿吾擔任校長，他為學校撰寫了校歌歌詞，寫出了華北聯大師生高漲的情懷：「跨過祖國的萬水千山，突破敵人一層層的封鎖線，民族的兒女們聯合起來，到敵後方開展國防教育！為了堅持華北的抗戰，同志們，我們團結！我們前進！我們刻苦！我們堅定！國土要收復，人民要自由，新社會的創造要我們擔任！努力學習革命的理論，培養我們革命的品質，我們誓死絕不妥協投降！戰鬥啊，勝利就在明日！」〔註103〕

1939年7月12日，華北聯大與抗大合編成「第五縱隊」，抗大校長羅瑞卿擔任司令員兼政委，華北聯大校長成仿吾任副司令員，華北聯大編為第五縱隊獨立旅，成仿吾擔任旅長兼政委，全隊由120師358旅兩個主力團護送。全隊從延安出發，準備開赴戰場辦大學。一路上，聯大師生一面與敵人戰鬥周旋，一面堅持展開教學工作。成仿吾提出「背起背包行軍，放下背包上課」的口號，從開始就形成了華北聯大的辦學特色，即在戰火中組織教學。廣大師生晝伏夜行，不僅於1939年9月安全到達晉察冀邊區駐地河北阜平縣城南莊，而且完成了一些重要課程的教學，效果明顯，從而也摸索出一套新的敵後教育模式，堪稱教育史上不小的奇蹟。到達晉察冀邊區後，根據邊區急需培訓幹部和聯大女學員不宜繼續行軍等客觀因素，經聶榮臻等申請，中央決定華北聯大留在晉察冀邊區。華北聯大即著手準備在阜平城南莊一帶正式開課。《校歌》大約就寫成於此時，隨後又從中選出「團結、前進、刻苦、堅定」作為校訓，以勉勵師生。第一期學員於1939年10月正式開課，開學典禮在當年11月7日舉行。

華北聯大的成立，旨在培訓基層幹部，堅持華北敵後抗戰。為有力保存有生力量、有效開展教學活動，華北聯大施行軍事化管理。其領導體制是黨組領導、校長負責，校長成仿吾兼任黨組書記，下設四個教學單位，即原四所學校

卷（創刊號至第九期）》，2～10頁。

〔註102〕參見河北省政協文藝資料委員會編：《河北文史集萃‧教育卷》，石家莊：河北人民出版社1992年版，183頁；史若平編：《成仿吾研究資料》，長沙：湖南文藝出版社1988年版，36～37頁。

〔註103〕成仿吾：《華北聯合大學校歌》，選自《人民的大學──華北聯大介紹》，哈爾濱：東北書店1948年版。

分別改編成一個教學單位；文藝部、社會科學部、工人部、青年部，部下設隊，分別培養各類幹部。文藝部即原魯迅藝術文學院，部長沙可夫，副部長呂驥。為方便展開宣傳工作，學校另組一個文工團，由原「魯藝」部分師生和陝北公學劇團組成，黃天任團長兼黨支書記。根據從延安到華北行軍途中的戰鬥和教學經驗，以及到華北後的調查研究，華北聯大制定了戰場辦學的教育方針，即：一，根據革命鬥爭需要培養各類幹部；二，理論與邊區抗戰鬥爭實際相結合；三，貫徹少而精、通俗化的原則，以有利、有效為準則。課程設置上儘量切合鬥爭需求，業務課占約百分之八十，政治課占約百分之二十，業務課中還包括軍事課和社會實踐課。由於是在抗戰前線，在課程安排上儘量保證機動靈活，多利用戰鬥間歇和休整的機會抓緊學習。教室、教材、教具也沒辦法保障，師生們便自己動手解決。樹林、河灘、麥場等，都曾活躍著師生們教學的身影。

此後 9 年間，華北聯大先後歷經百團大戰、多次掃蕩等戰事的衝擊，學校內部也多次精簡，但一直堅持在戰火中辦學，培養出大批幹部。

1940 年 4 月，華北聯大第一期一、二隊學習結束，大約一千名學員畢業，一隊是原「魯藝」學員，二隊是冀中新世紀劇社和晉東北大眾劇社成員，他們很快充實到晉察冀邊區黨政軍各部門和學校、劇團。第二期隨即開課，這時新增設了師範部，意在培養邊區基層師資力量。參加第二期學習的有冀中火線劇社、鐵血劇社、先鋒劇社、抗戰劇社、平西地區挺進劇社等，編為三、四、五隊，三隊分為文學、音樂、戲劇、美術各系，四、五隊為「小鬼」隊。此後，聯大創辦了校刊《文化縱隊》，成仿吾撰寫的《我們的任務與工作》發表在創刊號上，他指出，華北聯大是一支文化縱隊，校刊便成為縱隊宣傳的窗口。為提高全體團員的文藝理論水平和文藝創作水平，1940 年 5 月，華北聯大文工團團部決定由侯金鏡組織團員學習盧卡契、高爾基、普列漢諾夫等人的文藝論著。團員們主要學習、討論了新民主主義和現實主義的創作方法，理論和創作水平都有很大精進。

1940 年 10 月，華北聯大據中共北方分局指示，進行正規化建設，所屬四部擴建為四個學院，即文藝學院、社會科學院、教育學院、工學院，其中文藝學院下設文學、戲劇、音樂、美術四個系及文工團。各院學制也做了調整，分本科、專修科、預科，本科學制三到四年，專修科半年，預科一年。1941 年 3月後，華北聯大再次調整組織架構，分設法政、文藝、教育三個學院，隨後又成立中學、群眾工作兩個部，這時是抗戰中華北聯大規模最大的時候，約有四千人。不久，華北聯大受到日軍掃蕩衝擊，無法保證正常教學，不得不分散到

各縣開展游擊。1942 年以來，日寇發起一波波掃蕩，根據地陷入極度困難。華北聯大決定再次縮編，只保留教育學院。幾年間在阜平、平山、唐縣等地輾轉。

　　1945 年底，華北聯大奉命開赴張家口，並與同期趕來張家口的延安「魯藝」匯合。「魯藝」部分師生沒有隨隊趕赴東北解放區，留下來與華北聯大組建了華北聯大文藝學院，下設文學系、美術系、戲劇系、音樂系、舞蹈系、新聞系等六個系。中央還加派幹部增強華北聯大領導力量。其中，周揚任副校長，沙可夫任文藝學院院長，艾青任文藝學院副院長，陳企霞擔任文學系主任，呂驥任文工團團長，周巍峙、張庚任副團長。此時，全校計有師生約五千人。在內戰爆發前的近一年時間內，華北聯大復校，並一度朝著正規化辦學方向努力探索。1946 年 1 月至春節期間，華北聯大文藝學院公演了歌劇《白毛女》。同年 3 月，華北聯大成立選舉籌委會，組織教職學員參加張家口市參議員選舉，使師生實際參加了一次民主參政教育。7 月，華北聯大本著教學與實際相結合的原則，曾組織教職學員到平綏路沿線農村參加土地改革運動。

　　內戰爆發後，張家口被國民黨軍攻陷，華北聯大再次遷徙，先後到過廣靈縣、束鹿縣農村和正定縣城，堅持戰地辦學，教職學員「背起背包行軍，放下背包學習」。為了工作方便和安全起見，自 1946 年 10 月起，學校一度改稱「平原宣教團」，學校總部稱團部，下屬學院稱中隊，並幾度精簡學部機構設置。直到 1948 年初，華北聯大才正式對外恢復校名及學院設置。為配合中共革命戰爭，華北聯大在 1947 年初舉行教育工作會議，進一步加強了政治教育，明確了以培養基層幹部為目標、根據不同對象進行政治教育和業務教育的方針。這次會議後，華北聯大成立了研究室，主要在教材編選和師資培養上展開工作，為此後的正規化教學打下了基礎。

　　1948 年春，中國人民解放軍開始轉入戰略反攻，華北幾大解放區連成一片。於是，中共中央決定將華北聯大與北方大學合併，創建華北大學。1948 年 8 月 24 日，合併後的華北大學在正定舉行開學典禮，華北聯大完成歷史使命。

　　華北聯大在戰時而生，肩負著為中共在華北輸送各類幹部的使命。華北聯大舉行開學典禮後不久，李公樸曾率領一支敵後教育考率團參訪華北聯大，他指出，「華北聯合大學是在敵後辦起的第一所高等學府，這是歷史上從來沒有過的，是英雄的事業，是插在敵人心臟上的一把劍。」〔註104〕這樣的評價是

〔註104〕成仿吾：《戰火中的大學——從陝北公學到人民大學的回顧》，北京：人民出版社 2014 年版，139 頁。

比較恰如其分的。華北聯大幾乎貫穿了抗戰和內戰始終，並一直堅持到和平時期。華北聯大不僅給中共在華北乃至全國培養了大批幹部人才，它獨特的戰地辦學經驗更成為和平時期中共開展高等教育的範本。它在教育教學上的一些嘗試和探索都得以保留下來，主要包括聯合辦學的經驗、教育與實踐密切結合的經驗、婦女兒童工作的經驗、戰時高效管理的經驗等。

（二）戰時狀態下的文藝教育

戰地辦學，並不是華北聯合大學的首創，但集結如此多的力量、投入如此多的資源開辦前線國防教育，在中國共產黨的歷史上這還是第一次。在這一過程中，文學教育並不是華北聯大最突出的教育教學活動，其所在的文藝學院甚至一度停辦，但其依然克服諸多困難，勉力維持著。

1. 抗戰局勢的變化與華北聯合大學的發展

抗戰初期，國共實現合作，各自在正面戰場和敵後戰場互相配合、支持，重創了日軍，有效地延緩了日軍的侵華計劃。從 1938 年開始，中日雙方進入戰略對峙階段。日本「速戰速決」的計劃破產以後，開始調整軍事部署，在華北戰場加派兵力，向華北軍民發起一波波「掃蕩」，以鞏固其占區。日軍提出了「竭澤而漁」的「囚籠政策」，加強各個據點軍事部署，妄圖分割封鎖各抗日根據地，各個擊破。這樣，中共開闢新的敵後根據地的計劃受到極大阻撓，戰略重心也不得不相應有所調整，轉為著力鞏固現有根據地。

在此種情況下，國民黨擔負的正面戰場的壓力有所減輕，國民黨內的「反共」勢力開始抬頭。1939 年 1 月召開的國民黨第五屆五中全會，標誌著國民黨對內對外政策有了顯著變化。國民黨由此開始執行「積極反共、消極抗日」的政策，還針對性地制定了「以政治反共為主、軍事反共為輔」的戰略方針。國共摩擦日益頻繁，國民黨不斷主動製造事端。1939 年夏，日軍在華北增兵，企圖通過黃河進犯中共中央所在駐地。其先頭小股部隊均被八路軍打退。此時國民黨軍隊也順勢增兵關中地區，多次襲擾八路軍，實際封鎖了陝甘寧邊區。這給中共前後方交通造成極大困難，也造成陝甘寧邊區內物資極度匱乏。

鞏固前方抗日革命根據地的任務日益緊迫，逐漸突顯出各類基層幹部的極度匱乏，自然地提出了大量培訓基層幹部的客觀要求。與此同時，戰火日益臨近而又物資匱乏的陝甘寧邊區共存在 17 所各類幹部學校，師生規模達數萬人。為避免造成更大損失，中共中央決定有組織地疏散學校，妥善安置在崗教

職學員，減少非戰鬥人員編制。關於學校師生的去向問題，中共中央通盤考量戰略戰局形勢後，認為應該將現有學校分散開，在華北前線和陝甘寧邊區同時開展幹部培訓活動，以解決各地幹部急缺的狀況，同時保存有生力量；決定陝甘寧邊區的幾所學校組建華北聯合大學，即刻向華北前線轉移，到敵後開展國防教育，培訓更多的幹部以鞏固根據地，並堅持在華北地區抗戰。

華北聯大由四所學校合併而成，原教學單位構成華北聯大新的職能部門，由華北聯大統一領導而又保持相對獨立，全校師生按照中共中央制定的革命教育、國防教育的方針，同時各個學部又秉持並發揚原四所學校各自的校風校訓，共同推動著華北聯大乃至整個華北地區的文化教育事業的發展。以原「魯藝」普通部師生為基礎，組建了華北聯大文藝學院，以培養文藝幹部為主要特色，是華北聯大文學教育的主要載體。

1939 年 11 月 7 日，華北聯大在晉察冀邊區舉行開學典禮。在致辭中，著名的民主戰士李公樸稱，「華北聯合大學是在敵後辦起的第一所高等學府，這是歷史上從來沒有過的，是英雄的事業，是插在敵人心臟上的一把劍。」大體說出了華北聯大的文化戰略地位和影響。

據《華北聯合大學簡史》記述，華北聯大（包含陝公、「魯藝」等四所前身學校）大體經歷了在戰爭中產生（1937 年 7 月～1939 年 9 月）、在農村中發展（1939 年 10 月～1942 年 9 月）、殘酷的戰爭環境裏堅持、在城市的一年（1945 年 9 月～1946 年 9 月）、回到農村、回顧與前瞻等六個階段。

華北聯大產生之初幾個月，基本上是在休整與行軍中度過，雖已開始部分課程，但因各單位合併到新單位尚需磨合、行軍途中與敵人周旋等因素，各項教學工作並未充分展開。為了保證學校各部門高效運轉，華北聯大實行軍事化管理。在休整期間，授課基本採用集體授課的形式，中共領導人紛紛到華北聯大作報告，主要是作戰前的思想動員，調動廣大師生的工作和學習熱情。正是在休整期間的充分準備工作，華北聯大師生才克服了行軍途中的諸多困難，順利到達晉察冀邊區，進而以飽滿的熱情扎根敵後，開展國防教育。

1940 年 1 月，華北聯大奉命轉移到基本未受日本「掃蕩」破壞的平山縣一帶辦學。這裡相對比較富庶，而在群山環抱中相對比較隱蔽，且附近有第四軍分區的主力團掩護，非常適合開闢為辦學場所。華北聯大校本部駐紮在元坊村，而文藝部則駐紮在土岸村。為適應戰時對幹部教育的迫切需求，華北聯大辦學非常靈活，轉移到平山縣後，華北聯大旋即派出兩個考察團到其他軍分區

徵求意見，並加以吸收、改進。1940 年 2 月，中共中央北方局在貫徹中共中央《關於大量吸收知識分子的決定》時，指示華北聯大第一期限期畢業，並於 1940 年 3 月招收第二期學員、4 月開課。第一批學員經歷了休整、戰前動員和行軍教育，整體素質很高。其中一些學員畢業後留校工作，充實華北聯大教員隊伍。此間，晉察冀邊區各機關單位、文藝團體送來了大量學員。其中，文藝部第二期學員主要是晉察冀邊區各劇團成員，如火線劇社、先鋒劇社、挺進劇社、抗敵劇社等，共約 400 人，分別編為三個學員隊。

隨著晉察冀邊區的逐漸擴大，此後又有更多學員來到華北聯大學習，元坊村一帶漸漸不能容納更多的師生活動。1940 年 9 月，中共中央北方分局決定華北聯大再次遷移，到更為寬闊的滹沱河邊的李家溝村辦學。與此同時，隨著第三期學員入學，中共中央北方分局指示華北聯大向正規化辦學方向調整，原所屬各部改為正規建制的學院，除繼續開設專修科，另增設預科與本科，建制更為完備。文藝部改為文藝學院，院長是沙可夫，下設文學系等四系。實行正規化辦學後，華北聯大不斷擴大招生規模，到 1941 年夏天，全校教職學員共約四千人。

但很快，1941 年秋，日軍開始了對邊區更大規模的「掃蕩」，華北聯大根據指示和戰場變化，不斷縮編，最後只留有教育學院，其餘教職學員全部返回原單位參加戰鬥。

抗戰勝利後，華北聯大奉命轉移到剛剛解放的張家口恢復辦學，各個學院都陸續恢復。1945 年 12 月，奉命轉移到東北解放區的延安大學師生因故在張家口逗留。隨後，中共中央調整部署，除自然科學院外的延安大學其他各學院全部併入華北聯大，包括原「魯藝」。隨著短期內大批中共知識分子聚集在張家口，華北聯大一度又有所興盛。

全面內戰爆發後，華北聯大的教學活動受到很大影響，再次被迫轉入農村並多次遷徙。此次在農村辦學期間，華北聯大在束鹿地區利用有利條件，開辦各種文化補習班、文藝短訓班、鄉村藝術訓練班，克服困難，堅持文學教育。

2. 華北聯合大學教育方針的制定

從校訓和中央有關指示上，我們可以看出，華北聯合大學在教育方針和教學原則等方面更多地繼承了陝北公學的傳統。陝北公學的校訓是「忠誠、團結、緊張、活潑」，而華北聯大的校訓與之較為接近：「團結、前進、刻苦、堅定」。由於緊鄰戰場，廣大師生的戰鬥熱情被激發起來，大家同仇敵愾、目標明確，

所以華北聯大在貫徹落實中共中央有關指示精神方面，遠比延安「魯藝」等在延教育機構做得要徹底，華北聯大較少在教育計劃、方針政策等方面產生爭議。

　　華北聯大根據中共中央指示，制定了以民族解放為根本目標的教育方針：華北聯合大學應該是為抗日戰爭服務的一支文化縱隊。因此，開展文化抗戰、粉碎敵偽的奴化政策，為保衛中華民族幾千年的文化而鬥爭，是華北聯合大學要努力完成的任務。華北聯合大學應該是文化戰線上的一塊前進陣地。所以，反對買辦性的封建主義文化教育、開展新民主主義的文化教育，便是華北聯合大學的一項神聖任務。華北聯合大學應該是推進華北抗戰的一個有力槓桿。因而，幫助華北地區的黨、政、軍、民各界培養、提高各種幹部，推動華北敵後的抗日戰爭，就是華北聯合大學最主要、最實際的任務。〔註105〕此文件主要強調了華北聯大的教育活動要著眼於抗日戰爭，其教育要為各根據地建設輸送政治、經濟、軍事、文學藝術等方面的幹部，明確了它的抗戰屬性。

　　而另一份文件顯示，中共中央對其具體的表述作了一定的調整，除繼續強調其抗戰屬性外，有幾處改動較為值得注意。1940 年 10 月 29 日，中央宣傳部根據華北聯大申力生和呂驥的彙報，主要作了如下指示：1.學制定為一年，文藝部中有天才者，可酌情延長訓練；2.為著培養華北各根據地的高級文化教育幹部，可於各部畢業生中擇優組成研究班，學習期限最低一年；3.應加強時事政治與策略教育；4.聯大是黨領導下的統一戰線性質的學校，招生時應不分黨派信仰，同時學校內應在堅持我黨抗日與民主的統一戰線政策的原則下，對非共產黨人員應保證其思想、信仰及學術之自由；5.教育作業應與政治指導合一，政治指導工作合併於教育系統，允許學生組織有一定自治權利；6.行政機構應該簡化，以適應戰爭環境；7.注意培養學生自治的能力，避免工作中的一刀切和簡單粗暴的干涉；8.要求聯大學生以學習為第一要務，減少課外及校外活動，保證學習的有效性；9.對於黨員的教育要格外加深黨的建設及黨的策略教育，支部書記以不脫離學習為原則；10.關於教材，應極力設法自己翻印，請分局注意幫助聯大解決此問題。〔註106〕

〔註105〕　《華北聯合大學章程》，1940 年 1 月 3 日。轉引自王安陸、劉向兵、梁靜芝、蘇海舟、付春梅編《造就革命的先鋒隊——中國人民大學史（第一卷）》，北京：中國人民大學出版社 2007 年版，125 頁。

〔註106〕　《中央宣傳部關於華北聯大教學任務、方針等問題的指示（1940 年 10 月 29 日）》，選自中央檔案館編研部編：《中國共產黨宣傳工作文獻選編：1937～1949》，北京：學習出版社 1996 年版，186～187 頁。

　　從中可以解讀的歷史信息有：1.隨著教學實踐的展開，華北聯大已注意到學員的程度差異，個別學員存在著提高的客觀需求，即便在戰場辦學，華北聯大順應教育規律，已出現了正規化辦學的傾向，而且得到了中共中央的支持；2.此文件發布時，正值華北抗日革命根據地非常艱難的時期，國民黨不斷製造國共摩擦，統一戰線受到很大衝擊，中宣部的指示著重強調這一點，既是貫徹落實毛澤東有關革命工作「三大法寶」的精神，也是擴大聯大生源、提高影響、鞏固根據地的有效手段。3.聯大最初是準軍事化管理的教育機構，教學教務工作中難免出現簡單直接的做法，中宣部令其改進工作方法，注意發揚民主作風；4.華北聯大非常注重思想政治學習，將政治指導與教育系統統一整編，便於管理和教學；對於共產黨員學員來說，尤其要注意加強黨建和黨的策略學習，支部書記也不應脫離學習。5.教材缺乏是華北聯大展開教學的一大障礙，主要是由於日本掃蕩和國民黨封鎖交通線，造成各根據地之間來往不便，物資較為匱乏。

　　至此，華北聯大的教育方針基本確定下來，即堅持統一戰線，堅持思想政治教育與業務教育並重，為抗戰培養適合的幹部。

　　為更好地貫徹落實該教育方針，華北聯大在實際教學過程中堅持這樣兩個原則：1.理論與實際密切聯繫的原則；2.個人學習與集體學習相結合的原則。這兩條原則，既是共產黨的傳統，也在「魯藝」等教學機構實踐中得到了應用。

3. 華北聯合大學文藝教學活動概貌

　　產生初期，華北聯大隸屬中共中央北方局領導，各項物資由晉察冀邊區供給。首任校長成仿吾，行政上設置教務處、秘書室、政治指導處、軍訓處、供給處和衛生處等。教務處下設註冊科、教務科、政治研究室、圖書館等部門，負責招生、日常管理等事務。秘書室後擴展為秘書處，下轄出版所。政治指導處下設組織科、宣傳科、民運科等部門，主要負責推動全校的政治思想工作。軍訓處又稱參謀處，下設作戰教育科（又稱一科）、警衛連、情報通訊科（又稱二科），主要負責全校的軍事訓練，職責是提高全校教職學員的軍事素養，方便隨時展開戰鬥。供給處下設會計科、管理科、供給科、運輸科等。衛生處下設醫療股、藥材股、護理股、總務股等。

　　最能提現華北聯大特色的兩個機構是政治研究室和軍訓處。兩個部門與晉察冀軍區保持密切聯繫，學校被迫更換駐地後，這兩個部門隨即與當地軍區取得聯繫。這樣保證了對敵情和當地政治態勢的及時知悉，既提高了戰鬥效率，也反過來促進了教學進度的有效完成。

在教學上，初期，華北聯大將原四所學校分別改組為文藝部、社會科學部、工人部、青年部等四部，原「魯藝」構成文藝部。各部設立黨總支，部下面設隊，每隊也成立黨支部。原則上，每個教學單位都設有自己獨立的教務科、政治指導科、軍事指導科、總務科等機構，以方便各個學部有針對性地開展工作。文藝部即原魯迅藝術文學院，部長沙可夫，副部長呂驥。為方便展開宣傳工作，學校另組一個文工團，由原「魯藝」部分師生和陝北公學劇團組成，黃天任團長兼黨支書記。

在日常教學活動中，華北聯大學員主要受兩種課程培訓，即思想教育和業務教育。思想教育的目的是「幫助同學清除舊中國（半封建半殖民地的中國）的生活和教育給予他們思想意識上的影響，幫助他們認識世界和中國的過去和現在，認識人民並認識自己，這樣來建立科學的世界觀和歷史觀，來建立『為人民服務』的人生觀。」〔註107〕這是全校學員都必修的課程。思想教育開設的課程有：1.政治學習，包括社會發展史、中國近代革命運動史、新民主主義論、解放區建設等；2.專門問題的報告，主要是開設關於思想的、政策的講座；3.時事學習，主要以時事問題的報告與討論的形式進行；4.日常的民主生活，包括小組生活和學生會的活動等；5.社會活動和民運工作，主要是參加學校駐地居民的工作和土地改革運動等；6.生產勞動，以幫助根據地居民解決人手緊缺的問題，同時使學員在勞作中陶冶性情。

華北聯大各部（學院）開設相關業務課程，目的是「要使每個同學都學會為人民服務的一項具體本領。」〔註108〕可以說，在政治教育與業務教育的關係問題上，華北聯大處理得非常好。所謂政治教育與業務教育，兩者是一對矛盾統一體：沒有思想的提高，業務學習就有可能脫離實際，脫離鬥爭生活的需要；如果沒有業務的精進，空有思想，則不能真正投入到抗戰文化宣傳中去。

為擴大生源，華北聯大的招生相對較為自由和簡單。經考試後，即可採取自願原則，根據考生興趣特長等情況決定進入哪個系學習。文藝部（文藝學院）下設文學系等四個系，另有一個研究室、一個創作組和一個文藝工作團。其中，帶提高性質的研究室分研究與通訊報導兩股，下設文學、美術、戲劇、音樂四個研究小組，除文藝學院全部教員擔任研究員外，另招聘專門的研究員和研究生。

〔註107〕《我們的學校》，選自《人民的大學——華北聯合大學》，東北書店 1948 年版，8 頁。

〔註108〕《我們的學校》，選自《人民的大學——華北聯合大學》，東北書店 1948 年版，9 頁。

除政治教育外，面向文學系學員所開設的文藝學課程有：1.面向文藝學院全體學員的：文藝講座，包括文藝思想、文藝政策及各種文藝專門性質的問題報告；社會科學概論；唱歌等。2.文學系專修課程：文學概論、近代中國文學史、創作方法、民間文學、文法與修辭、作品選讀（包括外國和中國的作品）、寫作練習、文學活動等。

在課程的時間分配上，華北聯大按課程性質，業務課和政治課的比例為 8 比 2，授課時間大體佔據全部學習時間的三分之二，實習和其他活動占三分之一。在複雜多變的戰爭年代，這樣的時間安排還是比較合理的。

相比之下，華北聯大除了在政治教育上較有特色外，文學系所修課程基本上是照搬延安「魯藝」的經驗。

此外，華北聯大文藝學院還仿照延安「魯藝」的經驗，不定期開辦短期訓練班和鄉藝訓練班，學制三個月到半年不等。這些短訓班旨在提高各地劇團和宣傳隊的藝術水平，從而培養和發現基層藝術幹部。

（四）華北聯合大學文藝教育的經驗

華北聯合大學創辦於抗日戰爭時期，歷經抗戰、解放戰爭的戰火淬煉，幾經劫難與波折，幾乎經歷和見證了中國共產黨及其領導的革命戰爭從扎根地方到走向全國、從堅持抗戰到走向勝利的全過程。它從創辦起便注意貫徹落實中共中央有關指示精神，歷經奔波在敵後開闢培養黨的幹部的新課堂，開展國防教育，逐漸形成一種發奮圖強、堅忍不拔、積極向上、戰勝任何困難的革命樂觀主義精神。而這可以說是中國共產黨建黨、建軍、開展教育的寶貴傳統。華北聯合大學從奉命聯合辦學開始履行其歷史使命，到再度聯合迎接勝利和新的使命，它從發展歷程的艱辛、辦學經驗的可貴、精神作風的優良等多個方面，堪稱共和國黨辦大學的範本。

1. 為政治服務：「造就革命的先鋒隊」

在華北聯大出發前的動員大會上，毛澤東贈給全校師生三大「法寶」，即「統一戰線、武裝鬥爭、黨的建設」，這既是毛澤東對中國新民主主義革命的經驗總結，也提現了他對幹部教育的要求，其中的關鍵便是注重開展思想道德教育。無產階級所謂思想道德教育，便是對學員灌輸無產階級的政治思想觀念和道德規範，提升其思想道德修養。

毛澤東非常看重思想道德教育的作用，他認為，人們的社會存在決定人民的思想，而代表先進階級的正確思想，一旦被群眾掌握，就會變成改造社會、

改造世界的物質力量。〔註109〕從而確立了學校教育中「三育並重、德育為首」的教育原則。而在所有人的培訓中，幹部培訓又是重中之重，因為幹部是中共各項事業的組織基礎，幹部的好壞直接影響基層隊伍的好壞，直接影響共產黨的各項方針政策的傳達和落實。因此，毛澤東強調幹部是人才，也是先鋒隊。在抗日軍政大學第二期開學典禮上，毛澤東在講演中曾以「磨刀石」比喻抗大的教育：「抗大是一塊磨刀石，把那些小資產階級的意識——感情衝動、粗暴浮躁、沒有耐心等等磨它各精光，把自己變成一把雪亮的利刃、去革新社會，去打倒日本！」〔註110〕生動形象地解釋了共產黨在思想道德教育上的原則和要求。1937 年 10 月 23 日，陝北公學開學，毛澤東撰寫了《為陝北公學成立與開學紀念題詞》，要求陝北公學「要造就一大批人，這些人是革命的先鋒隊。這些人具有政治的遠見，這些人充滿著鬥爭精神和犧牲精神。這些人是胸懷坦白的，忠誠的，積極的，正直的。這些人不謀私利，唯一的為著民族與社會的解放。這些人不怕困難，在困難面前總是堅定的，勇敢向前的。這些人不是狂妄分子，又不是風頭主義者，而是腳踏實地富於實際精神的人們，中國要有一大群這樣的先鋒分子，中國革命的任務就能夠順利的解決」〔註111〕由於陝北公學與華北聯大在校風、教育方針等方面較為相近，毛澤東針對陝北公學的這些指示和要求，在華北聯大那裏得到了自然的繼承和延續。

　　當然，革命對人才和幹部的需求是多樣的。自開辦以來，華北聯大先後在各個學部開設了 12 個學系，涉及文學、語言、藝術、教育、歷史、經濟、政治、軍事等多個學科。這些學系的創辦，不僅為抗戰文化宣傳輸送了一批幹部，更為共和國儲備了各類專門的人才。

　　為了實現中共中央及中共北方分局制定的幹部培養目標，華北聯大明確提出政治思想教育先行、兼顧業務教育、切實聯繫實際的總的教學原則。在此指導下，形成了一套高效嚴密的思想政治工作體系。在組織架構上，華北聯大以黨團為最高領領導機構，在黨團下設立黨委，負責學校日常的黨務工作。學校總黨委在下屬各級單位都設立各級黨總支，在學員中也建立學員黨支部和黨小組。在組織上，學員被劃分為若干學員隊，每隊設有指導員，兼任學員黨

〔註109〕轉引自儲培君主編：《教育學教學參考書‧德育論分冊》，北京：人民教育出版社 1992 年版，33 頁。

〔註110〕何長工：《艱難的抗大歲月》，《光明日報》1981 年 6 月 25 日。

〔註111〕毛澤東《為陝北公學成立與開學紀念題詞》，選自人民教育出版社編：《毛澤東論教育（第三版）》，北京：人民教育出版社 2008 年版，41 頁。

支部書記，負責對學員進行思想政治引導。

與之相配合的是，將政治理論課作為全校學員必修課。如前所述，華北聯大十分重視思想政治教育。這類課程主要有馬列主義基本原理、中國近代革命史、馬列主義的哲學和政治經濟學、群眾運動以及時事策略。

華北聯大的另一大特色是開設軍事訓練課。他們將平時授課安插在戰鬥間歇，有機地將學習和戰鬥結合起來，以準軍事組織的高標準高要求來安排學習和生活。華北聯大全校學員如無特殊情況，都要上軍事訓練課。這些課程包括理論上包括軍事常識、游擊戰術，實踐上則包括投彈、設計、跑步、行軍、轉移等。在日常生活和學習中，華北聯大都採用軍事化管理，作息要聽軍號，做好了隨時參加戰鬥的準備。

正是在這樣嚴密而高效的綜合教育下，華北聯大培養出大量高素質的基層幹部，對有效開展各項工作，作出了非常大的貢獻。

2. 戰略轉移：教育部門的「小長征」

華北聯合大學名字以華北開頭，卻成立於延安。學校成立後經過物質準備和行軍動員，即以部隊編制出發。從出發到最終在晉察冀邊區落腳、辦學，路途中所經歷的戰鬥與艱難，堪稱一次小長征，也創造了教育史上一個不小的奇蹟。

1939 年 7 月 12 日，華北聯大師生伴隨著號聲，一路唱著高亢的戰歌出發前行：「保衛家鄉，保衛黃河，保衛華北，保衛全中國！」「我們要去打擊侵略者，怕什麼千難萬險！」……這是中共革命史上繼長征之後又一次大規模的人員轉移，在教育史上則是第一次。

根據中共中央和中央軍委的指示，東遷的華北聯大和抗日軍政大學合編為八路軍第五縱隊，採用部隊建制和番號開拔。抗日軍政大學羅瑞卿擔任司令員兼政委，華北聯大成仿吾擔任副司令員。其中華北聯大此行共 1700 人，編成第五縱隊下屬獨立旅，成仿吾兼任旅長和政委；旅下又編為三個團和一個營，文藝部是第三團，團長沙可夫，甘霖擔任政治處主任。

此次行軍統一指揮，有固定的行軍序列。有一定戰鬥力的抗大第一梯隊和第二梯隊作為先鋒隊，華北聯大組成第三梯隊跟進。由於既定的路線經過敵軍的重點控制區域同蒲鐵路一線，所以中央軍委調令一二〇師下三五八旅的兩個主力團在側翼掩護。全體人員晝伏夜行，終於順利渡過黃河，於 1939 年 8 月 17 日到達山西興縣曹家坡村。縱隊在此休整二十多天，由於生病等原因，發生一些減員。華北聯大減員到 1500 人，將三團一營的編制減額為兩個團。

為保證女隊員不掉隊，縱隊黨委專門開會研究了女隊員過路的辦法。為了順利通過敵軍控制的同蒲線區域，縱隊化整為零，分批次夜行，這既是夜行軍，也是急行軍，隊員們都輕裝簡行，以防敵人有所察覺和防範，有時一夜就是急行上百里地。一路上，隊員們克服了糧食短缺、水源不足等困難，相互激勵，終於在 1939 年 9 月底到達晉察冀邊區。

一路上，隊員們跨過黃河、汾河，翻閱了呂梁山、雲中山、太行山、更是突破敵人數道封鎖線，可謂歷經千難萬險。從開拔到順利抵達晉察冀邊區，前後歷時兩個多月，行程約三千里，教職學員們驕傲地稱之為「小長征」。並不具備熟練作戰經驗的教育部門，在轉移途中邊學習邊戰鬥，在戰鬥中成長，並且能保證大部隊幾乎沒有戰鬥減員，堪稱不小的奇蹟。更為難能可貴的是，在行軍途中，隊員們雖大多是初涉戰場，卻激情飽滿，互相鼓勵、互相攙扶，一邊與敵人周旋，一邊堅持在行軍和戰鬥間隙開課。這次大遷徙成為華北聯大的寶貴財富和優良傳統，更為中國高等教育進行了有益的探索。

實際上，從陝甘寧邊區轉戰晉察冀邊區的這次「小長征」的勝利結束，並不意味著華北聯大可以高枕無憂，而這僅僅是其在戰火中輾轉遷徙的開始。可以說，所有的炮火都是對其能夠在戰爭中堅持下來、并培養出大批高素質的基層幹部的禮讚和慶賀。從 1941 年秋開始，日軍投入更大兵力，對華北各根據地展開了更大規模的「掃蕩」。再加上國民黨對根據地的封鎖，根據地的生存都陷入了極大困難，在此境況下堅持辦學，其難度可想而知。但也正是在這樣艱苦的條件下，廣大教職學員充分發揮主觀能動性，化整為零，分散到各單位和農村，開辦各種機動靈活的短訓班、補習班。戰事吃緊即開展游擊戰，戰事放鬆即突擊開課，逢農忙時則參加勞動。學員們反而有了更多的實踐的機會，在鬥爭實踐中更加快速地成長。

教育教學活動和農村的生產勞動相結合，使華北聯大在廣大農村建立了牢固的根基。在參加生產勞動時，教職學員還會利用間歇去搜集農村的民間故事、山歌民謠、先進模範事蹟、戰鬥故事等等，並以此為素材，以牆報、標語、化妝演出等多種形式展開文藝宣傳，既提高了業務能力，也推動了抗戰的進展。

可以說，從籌辦、奉命轉移到在敵後抗戰前線開展國防教育，再到因戰事而輾轉於各地，經歷縮編、撤銷院系等重大挫折，華北聯大飽經戰爭磨難。最後竟然在頻仍的戰火中堅守下來，可謂「渡盡劫波」；而最終得以與北方大學勝利「會師」，組建著眼於和平時期人才培養的華北大學，實現了薪火傳承。